岁月有神偷

绿亦歌·著

陕西新华出版 三秦出版社

图书在版编目（CIP）数据

岁月有神偷 / 绿亦歌 著 . — 西安：三秦出版社，
2024.6
 ISBN 978-7-5518-3114-7

Ⅰ.①岁… Ⅱ.①绿… Ⅲ.①长篇小说 – 中国 – 当代
Ⅳ.① I247.5

中国国家版本馆 CIP 数据核字 (2024) 第 046795 号

岁月有神偷

绿亦歌 著

出版发行	三秦出版社
社　　址	西安市雁塔区曲江新区登高路 1388 号
电　　话	（029）81205236
邮政编码	710061
责任编辑	王思琴
责任校对	刘　红
策划编辑	唐　婷
封面设计	吴思龙 @4666 啊
印　　刷	北京盛通印刷股份有限公司
开　　本	880mm × 1230mm 1/32
印　　张	8
字　　数	207 千字
版　　次	2024 年 6 月第 1 版
印　　次	2024 年 6 月第 1 次印刷
标准书号	ISBN 978-7-5518-3114-7
定　　价	45.80 元

网　址 http://www.sqcbs.cn

CONTENTS

目录

001　楔子
004　第一章
027　第二章
050　第三章
075　第四章
098　第五章
120　第六章
139　第七章
156　第八章
174　第九章
193　第十章
224　尾声
228　番外一 向深海处（舒也篇）
238　番外二 人生在世（宋建军篇）
242　后记

☁ 所有的相遇都是有期限的。

这一生，多么想要，为你击退所有的苦难。

多么多么想要，再见你一次。

看见你哈哈大笑的样子，和你沿着操场奔跑，和你一起在波光粼粼的大海边唱歌。

再一次，呼唤你的名字。

Time

is

A

Thief

我想要为了你，再一次、再一次，喜欢上这个世界。

楔子

宋好佳十六岁那年,发生了三件让她的人生彻底完蛋的事情。

第一件事是,她戴眼镜了。

傻瓜,不,散光二百五十度,远视三百度。至于为什么是老年人才会有的远视,宋好佳想这是命运般的暗示,她的青春期还没开始就已经结束。

宋好佳是在批发市场门口配的眼镜,一百九十九元的学生套餐,这个感人的价格带给宋好佳的是砖头一样厚的镜片,和廉价的红色塑料框架。

老板娘说戴上它以后,宋好佳看起来非常单纯,她甚至没有办法昧着良心说出"可爱"两个字。

第二件事是,她戴牙套了。

医生在残忍地拔掉了她的两颗智齿后,又解决了两颗大牙,医生认为拔宋好佳的牙是个太简单的手术,把它交给了一名英俊的实习生。

实习生人帅心善,然而第一次拔牙,他比宋好佳还紧张。最后,他不仅把宋好佳的牙齿敲得支离破碎，还不小心忘了几块碎片在宋好佳的血窟窿里。于是一个星期后，宋好佳的创口发炎，伤到牙神经，痛得她"四眼"一翻，差点晕死过去。

一想到自己再也不会像小时候一样长出新牙，一想到自己接下来的人生就只能和剩下的二十六颗牙齿相依为命，宋好佳忍不住哭了。

为那些再也回不去的，满口都是牙齿的时光。

然而这些都不算什么。在宋好佳戴上银光闪闪的钢牙的一瞬间，她的舌头"上吊自尽"了。

镜子里的四眼钢牙妹给宋好佳的视觉冲击实在太大，宋好佳认为过去那些说自己丑的男生必须向当时的自己道歉，因为他们没有见过现在的自己。

宋好佳哭着问医生，什么时候才能摘掉牙套，他拍了拍宋好佳的肩膀，恭喜宋好佳说，只需要短短三年，三年后，她就可以美美地去上大学了。

当然，前提是她要配合治疗，并且考上大学。

第三件事是，她要去怀川私立中学读高中了。

怀川私立中学是全市最好的私立学校，学费高昂，升学率第一，学生德智体美劳全面发展，号称中国版的伊顿公学。

所以宋好佳到底在矫情些什么呢？

因为怀川中学，是一、所、男、校！

一所男校，没有卷发棒，没有格子裙，没有像水蜜桃一样可爱的女孩子们，没有人和她一起结伴去厕所。

这一切都要感谢她的父亲，宋建军先生，他是怀川中学的教导主任。

宋好佳的中考成绩给了他致命的打击。

宋好佳的母亲在宋好佳六岁的时候和宋建军先生离婚，宋好佳花了十年时间也没能知道真正原因。宋建军先生为了宋好佳能身心健康地成长，殚精竭虑、尽职尽责地扮演了一名中国式父亲。

对，就像绝大部分的父亲一样，他完全不管宋好佳。

宋建军先生的美梦被宋好佳的成绩单击得粉碎。他决定"洗心革面"，改变教育方针——必须将宋好佳放在他的眼皮子底下，让她知道什么叫"黄荆条下"出好人。

宋建军先生第一次做父亲，宋好佳第一次做女儿，他们都不知道，万事皆有缘法，过亏或者过满，都只能破碎。

在宋好佳走投无路、没有学校愿意收留的时候，怀川私立中学向宋好佳敞开了它长满胸毛的怀抱。

这三件事中的任何一件对宋好佳的打击都是致命的，她完全没有办法按照灾难等级将它们排序。

宋好佳在心底发誓，她将永远、永远、永远不会怀念自己的十六岁。

然而，谁也不曾料到，我们年少时所遇见的人，便是我们这一生能遇见的最好的人了。

第一章

高中开学当天,宋好佳就把自己这辈子攒下来的风头都出尽了。

那个炎热的夏天,大地被烤得几乎融化,蝉鸣声嘶力竭。

宋好佳吃力地拖着行李箱,哐哐当当地走到教学楼下。公告栏前立了一块巨大的木板,上面张贴着新一学期的分班公告,周围乌压压一片男生,一个比一个人高马大。

宋好佳身高一米五九,对外宣称一米六零,在人群后不停跳啊跳。

前面有人插队,队伍一片混乱,宋好佳无可奈何,戳了戳前面的男生,捏着嗓子,嗲嗲地说:"同学,你好,可以帮我看看名字吗?"

男生回过头,随便扫了她一眼,冷漠地说:"不会说请啊?"

下一秒,他猛然回过头,和宋好佳面面相觑,宋好佳一脸迷茫地眨了眨眼睛。

男生:"……"

"天啊——"男生一边尖叫一边跳起来,大喊了一句,

"女的!"

随着他几乎叫破喉咙的喊声,所有人整齐地回过头,在看到宋好佳的一瞬间,刚刚还喧嚣沸腾的空气瞬间凝结。

全场静寂。

盛夏的尾巴,阳光一如既往地强烈,不远处的篮球场上,传来一阵爆发的欢呼声,隐约听见有人在大叫:"也爷,好球!"

一阵微风吹过,天空澄澈如洗,温柔地发着光,树影婆娑,枝丫相互交映。

就这样,宋好佳悲惨的少女时代,开始了。

"我叫宋好佳……"

宋好佳低头盯着讲桌,紧张地抓着粉笔颤抖。台下坐了三十几个男生,漠不关心地看着她。

宋好佳的大脑和身体都僵住了,把提前一周打好的自我介绍腹稿忘得一干二净。

讲台下的人渐渐不耐烦起来。

她的头越埋越低,生怕一抬起来,就会暴露自己的胆怯。她掐着粉笔头,干巴巴地补完了后半句话:"是个女生。"

这可能是怀川建校以来最与众不同、独一无二的自我介绍。

三秒钟的沉默以后,班主任带头开始鼓掌,可是没人给他面子,拍了几下以后,他只好咳嗽一声,尴尬地放下手。

他环视四周,鼓励大家,问有没有人愿意和宋好佳坐同桌。

不知道是不是宋好佳的错觉,她看到台下的男生们在一瞬间都把桌子往后挪了几寸。她咬住下嘴唇,目光不经意转过班级望向窗外,装作什么都没看见。

忽然有人高高举起手,吊儿郎当地说:"老师,我我我。"

她循着声音望过去,然后倒吸一口凉气。

宋好佳这辈子第一次见到舒也,对着他头上扎成冲天炮的刘海目瞪口呆。好几年后,有个叫小田切让的明星以半丸子头迷倒万千少女,宋好佳想起舒也,只觉得人生何处不相逢。

他坐在靠窗的位置,懒洋洋地趴在课桌上,亚麻色的头发在阳光下熠熠生辉,英俊得一塌糊涂。窗外枝丫茂盛,托起一整片蔚蓝天空。

他的声音是独属于少年的干净,又漫不经心地放肆着。

然后,他不耐烦地晃了晃高举的手臂,顺便冲宋好佳眨了眨眼睛。

宋好佳心脏"扑通"跳了起来,她赶紧挪开交会的目光,在心中默念清静经。并且十分正人君子地痛斥了自己差点向敌方阵营缴械投降的行为。

长得好看的人真是占便宜,什么也不用做,只是坐在那里,就让人犯色戒。

谁知道,班主任只是扫了舒也一眼,就收回了目光,仿佛什么也没听到,重复一遍:"有没有人愿意和宋好佳同学做同桌?"

那里不是有一个吗?宋好佳心道。

"这里不是有一个吗!"舒也愤愤道出宋好佳的心声。

于是班主任又咳嗽了一声,重新开口问:"除了舒也,有没有人愿意和宋好佳同学做同桌的?"

是可忍孰不可忍,舒也出离愤怒,辫子在头顶晃啊晃,问:"老师,凭什么!"

班主任慢条斯理地抬了抬眼镜,面无表情地说:"舒也,你在初中部可是大名远扬,我怎么放心把女孩子交给你?"

舒也:"……"

最后,因为没有同桌,宋好佳一个人坐了讲台旁的特殊座位。

班主任过意不去,连连跟宋好佳说:"以后就是一个大家庭了,日久生情,相处的时间长了,总能培养出感情的。"

宋好佳却很开心,擦干净厚厚的眼镜片,认真地在新书上写下自己的名字。

拜托,谁想和这帮臭男生培养感情,有这耐心,她为什么不去考清华北大呢?从今天起,她要和他们界限分明,他们走他们的阳关道,她过她的独木桥,井水不犯河水。

人,总是靠着不切实际的天真幻想活下去的。

高一(7)班来了个女生的消息不胫而走,几节课的时间就传遍了全校。于是一到下课时间,教室门口围了乌泱泱一帮人,大刺刺对宋好佳评头论足。

"喊,白期待了。"

"好丑哦。"

"谁骗我说是个白富美的?"

"别笑,严肃点,以后就是我校校花了呢。"

"搞了大半天,是个四眼钢牙妹。"

"……"

宋好佳埋头写作业,用力握住钢笔,恍若未闻。可是再怎么掩饰,脑袋和耳朵一直在嗡嗡作响,眼前的宋体字越来越模糊,眼眶微热,有什么东西,摇摇欲坠。

"看什么看!"忽然一声怒吼,坐在宋好佳身后的男生站起身,将凳子狠狠踢倒在地,"砰"一声,所有人都惊呆了。

他说:"既然又黑又丑又胖,有什么可看的,滚。"

宋好佳抬起头望向秦帅,心中五味杂陈,不知道他是在帮自己还是损自己。

秦帅是除了舒也以外，宋好佳第一个记得名字的男生，只需要多加一个字，宋好佳，秦很帅，便对仗工整，朗朗上口。

不得不说，怀川私立中学的家长给孩子取名都十分艺术。

不过秦帅很烦宋好佳，大概青春期的男生，没有一个愿意和长得丑的女生说话。所以他此时忽然站出来，连宋好佳都不明所以。

几个高年级的火冒三丈："臭小子，拽什么拽，一个丑女，也就你们班当个宝贝。"

"关你屁事，"秦帅说，"嘴巴放干净点。"

"小子很横啊，给老子滚出来。"

"要打架是不是？有脾气你们自己滚进来，老子懒得动。"

宋好佳抬头四顾，却看见班上的男生们视若无睹，聊天的聊天，吃零食的吃零食，打游戏的打游戏，连个眼神也不往这边投。

"算了吧。"宋好佳对秦帅说。

秦帅掀眼皮看了宋好佳一眼，嫌弃地说："别自作多情了，和你没关系，老子就是看不惯他们。"

对面的人受了秦帅的挑衅，在心底默数，他们这边有五个人，秦帅就一个。

大放厥词，在怀川这个男性含量过高的地方完全就是家常便饭。

所以对方大摇大摆地向秦帅走来。

谁知道，挑衅的人刚踏入教室半步，高一（7）班里上一秒还似一盘散沙的男生们，"轰"一下全站起来了，一个一个撸起衣袖，朝对面五个高二的男生横眉竖眼，十分嚣张。

"哟，我当是谁呢，"舒也将长腿搭在课桌上，一边剪着指甲一边漫不经心地说，"滚出去。"

对面五个人，上一秒刚被高一（7）班全体男生的气势吓得没回过神,下意识偷偷退后一步。

下一秒,被舒也这副不可一世的讨打模样激怒,骂骂咧咧地冲了进来。

就是"战败",也得把他头上这个小揪揪给扯了!

半个小时后,怀川中学教学楼下蹲了一排男生,楼上教室一片狼藉。

天空依然蓝得万里无云,知了在声声地叫着夏天。

肇事者舒也就蹲在宋好佳旁边,遗憾的是,一场混战下来,他的头发还是纹丝不乱。

宋好佳垂着头,班主任看热闹的不嫌事大,对宋好佳说:"宋好佳,你爸来了。"

不必他说,长眼睛的人都看到了,怒发冲冠的宋建军还有三十秒抵达战场,所有人齐刷刷盯住宋好佳。宋好佳心道:完了。

参与打架的学生都蹲在草坪边,双手抱头,宋建军一个一个骂过去,高年级的几个是惯犯,宋建军说要再记一过。

轮到宋好佳的时候,宋建军更是火冒三丈,大吼:"我是让你读书的,不是让你来丢我的脸的!"

宋好佳想说她也有好好读书,想说那群人轻蔑地嘲笑她,她都忍着,她也不想丢宋建军的脸。

是她自己想要长得不好看,是她想要被人叫丑女叫胖子的吗?

可不知道为什么,一面对宋建军,宋好佳就没有办法控制自己的情绪。明明可以忍下的委屈,一下子堵在嗓子眼,爆发了出来:"嫌我丢脸,那你把我生出来干什么!"

"谁想在这里读书啊!"

不知道宋好佳哪句话惹怒了宋建军,他气得当场一巴掌对宋好佳扇了下来,"啪"一声无比清脆,全场顿时鸦雀无声。

宋好佳恶狠狠地瞪着宋建军,不让泪水落下来。

班主任这才终于意识到这对父女关系有多差,赶忙上去拉住宋建军:"主任你不要着急,这件事和宋好佳没关系,她没动手。"

"我动手了,"宋好佳眼里含着泪水,直视宋建军的眼睛,指了指一旁的高年级男生,"他自己嘴巴欠,我拿凳子砸他都是轻的。"

"呸!"

一旁的男生抡起拳头,又要朝宋好佳招呼来。

这时,宋好佳身边的舒也突然站起身,飞快地伸出手,堪堪在半空架住了对方,他看了宋好佳一眼,欲言又止。

宋建军暴跳如雷,指着宋好佳:"那么想打架是不是?我看你干脆也别读书了,去当流氓好了,看看你,像什么样子?"

"那你呢!"宋好佳噙着泪水,吼回去,"你打人就是对的吗?你就了不起吗?"

宋好佳话音刚落,下意识地侧过脸,宋建军的下一巴掌却迟迟未来,宋好佳抬起头,看见他整个人瞬间沉默下来。

她从来没有见过宋建军这个样子,他好像在一瞬间老了。

他冷冷地看着宋好佳,半响后才说:"宋好佳,你就这样吧,我对你很失望。"

然后他转过身走了。

宋好佳看着他的背影,那句"我对你很失望"在耳边不断回响,泪水止不住地往下落。

她再一次把自己和宋建军的关系搞砸了。

宋好佳和宋建军这么一吵,剩下一堆烂摊子,班主任是个老油条,懒得处理这些事,就挥挥手让大家都散了。

回到教室里，全班静悄悄的，谁也不敢说话。

宋好佳埋着头，不要命似的写试卷，一直到下午放学，所有人都吃饭了，她还是一动不动地坐着，写试卷。

等到她口渴难耐地放下笔，才发现饮水机没水了。

宋好佳在走廊上，提了一桶新的水回到教室。

水桶很重，宋好佳抬起大腿抵住水桶，使出吃奶的劲儿往上提，坚持不过一秒，水桶摔在地上，一大摊水溅出来，流了满地。

她的裤子被打得湿透，她手忙脚乱，不知道该如何止水。这时候，有人从宋好佳身后把她挤开，宋好佳听到"哐"一声，一桶新的水稳稳当当立上了饮水机。

宋好佳回过头，看到班上一个她叫不出名字的男生，一脸不耐烦地看着她。

今天参与打架的人也有他。

他说："搬不动就不要搬。"

"谢谢你。"宋好佳说。

对方不耐烦地摆摆手："把你的烂摊子收拾好，别让水流到桌子下面。"

宋好佳点点头，赶紧去后门拿来拖把。吃过晚饭的男生们陆陆续续回到教室，看到饮水机边上一片狼藉，也没有人说什么。

舒也是最后一个回到教室的，打了篮球回来，一身汗气。每个人都和他打招呼，"也爷、也爷"地叫。

他的座位在最后一排，他特意从讲台上绕过，经过宋好佳面前，随手在她桌子上放了一瓶水和一盒饼干。

接下来的日子总算清静下来，宋好佳想要给班上的男生们道个谢，但是他们对她依然很冷淡。

在得知她是教导主任的女儿以后,他们更提防她了。他们各个都在违规的边缘走钢丝,生怕宋好佳去打小报告。

宋好佳也无暇去建立友好和谐的同学关系,因为有一件让她更头疼更紧迫的事——游泳课。

怀川不愧为优秀私立学校,对学生是德智体美劳全面培育,一周两节体育课,到了夏天就是游泳。

在乌泱泱一群男生面前穿泳衣,对于宋好佳来说无疑是凌迟。她捏了捏自己腰上的"游泳圈",决定用大姨妈做借口,能躲一天算一天。

宋好佳鼓起勇气去请假,却被人捷足先登。

舒也有气无力地站在体育老师面前,耷拉着小辫子,问:"老师,我可不可以请假?"

"为什么?"

"身体不舒服。"

"哪里不舒服?"

舒也想了想,捂住肚子,期期艾艾地说:"大姨父。"

宋好佳默默放下搭在小腹上的手:"……"

就这样,宋好佳和舒也一起,被体育老师一左一右拎到了游泳池。

到了泳池,宋好佳发现自己纯属自作多情。一池子的男生像三岁小孩一样拿着水枪狂吼,玩得不亦乐乎,并没有一个人对她的泳装感兴趣。

宋好佳松了一口气,刚刚一直收腹的肚子像气球一样涨回了原状。

宋好佳扯着自己结实圆润的"拜拜肉",心想游完泳一定要管住自己的嘴巴。

谁知道刚迈出一步,忽然听到一阵鬼哭狼嚎,宋好佳低头望去,看到了她坑死人不偿命的猪队友舒也同学。

他腰上套了个小黄鸭的游泳圈,一米八几的大男生,抓着墙壁边的台阶,眼里噙着泪水,十分狼狈地扑腾着手臂。

刘海扎的小辫子还跟着他一晃一晃。

舒也两腿一蹬,水花四溅,宋好佳来不及闭嘴,被迫喝了一大口洗脚水。

宋好佳面无表情地抹了一把脸,往前面的深水区走去,心想能离这个蠢货有多远就多远。

她正在心中全神贯注地鄙视着舒也,脚下没注意,一个打滑,"咚"的一声栽进泳池。

水流一瞬间涌向她,灌向她耳鼻口眼。宋好佳惊慌失措,手脚在水下乱拍一气。可是心越慌越糟,恐惧侵袭她的大脑,宋好佳觉得自己越沉越深,就要窒息。

然后宋好佳就着水下最后的一点光亮,看到挂着小黄鸭的舒也,扑腾扑腾向自己狗刨着过来了。

他丢开小黄鸭,一口气沉下水,紧紧抓住宋好佳的手。

宋好佳正庆幸死里逃生,就听到舒也颤巍巍地大叫:"啊!深水区!"

吼完这句话,舒也就两眼一翻,晕了过去。

女儿当自强,也多谢了他这么一闹,宋好佳定住神,总算找回呼吸节奏,一只手拽着他,一只手划水,好不容易追上小黄鸭游泳圈。

宋好佳重重地趴上去,吐出一口气,用最后一点力气喊道:"救命!"

这天下午,舒也没来上课。据说是发烧加感冒,在医务室输液。

坐在宋好佳后面的秦帅破天荒头一回主动找她说话，他用笔盖戳了戳宋好佳的肩膀："那个谁，舒也让我跟你说声谢谢。"

"谢什么？"宋好佳不明所以。

秦帅不耐烦地说："你不是救了他吗？"

宋好佳神色复杂地看了秦帅一眼，毕竟她对舒也的救命之恩来得十分尴尬，算来算去，也不知道究竟是谁救了谁。

不过没有了舒也的高一（7）班，虽然看起来没什么变化，但是总觉得像是少了一克的灵魂。

放学后，宋好佳又在教室里写了一会儿作业，但是越写越错，中午没吃饭的肚子饿得咕噜咕噜叫起来。

过了饭点，她在抽屉里想要翻点东西来吃，摸索了半天，只找到一个空掉的饼干包装，就是不久前舒也放在她桌子上的那包。

宋好佳只好自己去了一趟小卖部，买了一堆零食。

宋好佳吃着饼干，经过学校后面，对面是一条熙熙攘攘的小吃街，烧烤、馄饨、铁板烧，烟气混杂着三轮车的铃铛声飘过来，宋好佳鼻尖动了动，似乎闻见油水滋滋的香气。

作为一个过来人，宋好佳的经验之谈：保持身材圆润的最好办法就是从早餐开始吃肉，大口吃肉，大口喝可乐。

她看着手中最后一片饼干，揉了揉自己松垮垮的肚腩，只觉得肉体虽然勉为其难地饱了，但是灵魂还嗷嗷待哺。

怀川是全寄宿制，宿舍区的最左边一栋是教师宿舍，一间屋十来平方米。宋建军有一间，租了隔壁那间给宋好佳，她没有交住宿费，不在"住校生上课期间禁止离校"条例中。

宋好佳馋虫上脑，跑出学校打包了一份铁板炒饭。她看着老板娴熟地热油，丢下一大把米饭、火腿、蔬菜爆炒，香气四溢。

游泳本来就消耗体力，闻着铁板炒饭的香气，宋好佳的口水一个劲儿地流。

宋好佳忽然想到秦帅那句"你不是救了他吗"，犹豫了一下，对老板说："再加一份吧。"

"好嘞，还是火腿炒饭？"

"再加个鸡蛋吧。"宋好佳咬牙。

宋好佳把两盒饭藏在衣服下，被塑料饭盒烫得皮肤生疼，偷偷摸摸跑到校医室。

谁知宋好佳刚推开门，病床旁边两列男生目光如炬地一齐向她看过来。

宋好佳没想到这么多人来探病，机械地转过身，准备开溜，忽然有人开口："好香啊，这是什么味道？"

"我跟你赌命，绝对是肉味。"

"宋好佳，你怎么在这里？"

宋好佳动作停滞，浑身僵硬。她的心一沉，很害怕他们发现自己带着铁板炒饭来看舒也，一定会有各种流言蜚语，她最害怕的就是流言蜚语。

秦帅慢吞吞地开口："宋好佳，手背后面干什么，什么东西这么见不得光？"

宋好佳手里的两个饭盒无处可藏。

"原来教导主任的女儿就可以光明正大地出校门，吃外卖啊，"秦帅讥讽地看了宋好佳一眼，冷冰冰地说，"真是大开眼界。"

宋好佳咬住下嘴唇，知道自己这下是惹了众怒。之前宋好佳和他们只是相互看不顺眼，现在算是正式把自己推向了敌对的那边。

"宋好佳我告诉你，从今天起——"

秦帅顿了顿，下一秒，他冲上来，抱住宋好佳的大腿："你就是我女神了，女神，赏小的口饭吃，就一口，好吗？"

宋好佳还没反应过来，刚刚围在舒也病床边的男生们一窝蜂而上，不由分说地跪倒在她的饭盒下。

"女神，赏口饭吃！"

"我去！好烫！"

"没关系，有肉啊！"

"地上那根香菜是谁掉的，给我捡起来吃了！"

宋好佳终于回过神来，目瞪口呆："等等，你们这是在出卖灵魂你们知道吗？知道我校校训是什么吗？让成功人士的子女更成功！大少爷们，能有点骨气吗？能为家族争光添彩吗？"

一众男生抬起头，神色迷茫地问她："骨气是什么？可以当肉吃吗？"

然后又埋下头对着饭盒群起而攻之。

其中还夹杂着舒也愤怒地大喊："禽兽们！给我住手！这是带给小爷我的！"

舒也拿着病床上的枕头丢过去。只可惜，枕头太轻了，在空中打了个转，轻飘飘落在宋好佳手里。

两盒炒饭被一抢而空，一粒米都没剩下。吃干抹净后，男生们开始犯浑，在彼此的衣服上蹭自己油腻腻的手，一时间，整个病房乱哄哄的。

宋好佳抱着枕头，讷讷地抬起头，看到舒也躺在病床上，他正似笑非笑地看着自己，眨了眨眼睛。

夕阳余晖落在他脸上，宋好佳想起他挂着小黄鸭游泳圈扑腾扑腾的样子，忽然"扑哧"一声笑了。

她好像找到和这群臭男生相处的办法了。

仔细想想，他们也没那么可怕嘛。

虽然宋好佳渐渐适应了和三十多个男生同处一个教室的生活，但是回到家里，她和宋建军依然不交流，沉默地共同生活。

宋建军还是那个样子，在外面对学生耀武扬威，回家多一个字都不肯讲。

很多时候，宋好佳面对他，觉得有满腹的话，很想开口和他说点什么，但是两人的关系似乎是如铜墙铁壁一般，谁都戳不破。

两个人都不勤快，囤下的衣服堆得像山丘，已经隐隐发臭，宋好佳忍无可忍，周末的时候一起丢进洗衣机里。

十来平方米的房间，有一方小小的阳台，宋好佳抱着衣服推开门，看到日光倾泻而下，落在乳白色的橡木地板上，被窗棱分成一块一块。

窗外可以看到学校外的一座小山坡，因为没有人，所以草木茂盛，肆意生长。风吹过，草木如水藻摇曳，宋好佳非常喜欢这个场景。

她在窗口站了一会儿，直到洗衣机发出"嘟嘟"的提示。

宋好佳站在阳台上，笨拙地挂好衣服，没有完全甩干水的衣服"滴答滴答"不停落水，砸在她的脑袋上，顺着脖子一路流进领口。

她有点累。

隔壁屋传来宋建军打欢乐斗地主的声音："叫地主，不要，抢地主。"宋好佳在心中翻了个白眼，大吼："小声点儿行不行！"

宋建军没理她，自顾自地出着牌。隔了一会儿，音响里又传来震耳欲聋的声音："快点儿，我等得花儿都谢了。"

宋好佳一肚子的火，抓起钥匙和饭卡，"砰"一声关上门。

宋建军听到关门声，终于舍得张嘴说话："带饭！"

做梦吧，宋好佳在心中愤怒地想。

到了周末,学校里只剩下外地生和家长不能来接的本地生,被关在教室里上自习。食堂只开了两个窗口,大堂内空空荡荡。

宋好佳来到窗口,食堂里的人都认得她,宋主任的女儿,全校唯一的女孩。

"佳佳啊,晚上要吃什么?"

宋好佳想了想:"三两牛肉面,不要豆芽。"

"生活还习惯吧?"

"还好,"宋好佳一边刷饭卡一边回答,"就是听说月底有考试,很担心。"

"别担心啦,小丫头,考试又不是一切,好好享受青春才对。"

宋好佳勉强笑了笑,端着碗在食堂的角落坐下,热气腾腾的面条上面撒满了葱花和牛肉,她吸了吸鼻子,被香气感动得热泪盈眶。

然后她又想起什么,手在空中顿住。宋好佳心烦意乱地放下筷子,站起身,给宋建军打包了一份青椒肉丝,一份火爆双脆。

宋好佳恶狠狠地瞪着打包的饭盒,在心里吐槽自己干吗要给他带饭,就是因为太惯着他,他现在才是这副样子。小时候是妈妈惯着他,妈妈离开以后,她明明在心底发过誓,再也不要理宋建军了。

可是心里这样想着,脑海里又有别的想法,火爆双脆是宋建军最喜欢的一道菜,食堂只有周末偶尔会做。这道菜的精髓就是趁热吃,她担心凉掉,只好狼吞虎咽地几口吃掉面。

离开的时候,不锈钢的汤碗还飘着些许热气。她没来得及喝上一口面汤。

像是某些心意,堵在喉间说不出口,只好步伐匆匆,留下一句:凉了就不好吃了。

回到寝室里,宋好佳将饭盒放在门口的鞋柜上,没跟宋建军说话，扭头就走。

宋建军一边出牌一边吼宋好佳："不知道给我拿过来吗！"

钥匙刚刚插进锁孔里，宋好佳咬了咬牙，又折回宋建军的房间，把饭盒打开，放到他眼前。宋建军拿起筷子就开始吃，他吃东西发出嘶溜溜很大的声音。

宋好佳莫名其妙一肚子火，说："你吃饭的时候小声点行不行？"

宋建军没理宋好佳，还是咂巴着嘴。

宋好佳气得将门砰一声甩上，回屋去了。

宋好佳刚在书桌前坐下，就听到窗外刮大风的声音，敲得玻璃窗哐当作响。她打开窗户，一股风灌进来。

风扑在脸上，冰凉却又让人平静。远处天空已是一片深蓝，隐隐地发着光。

不过有光就好了，宋好佳在心中安慰自己，再等一等，黑夜过去，就能抵达未来了。

她趴在窗户上，拿出手机刷微博。这天是她很喜欢的一个明星贺千山十六岁生日，宋好佳不是狂热的追星族，做过最多的也就是周末上网给贺千山微博点赞。

宋好佳点开视频，是贺千山在舞蹈室的一段独舞。没有开灯的房间，年轻而英俊的男孩子，穿着黑色毛衣，衣袖长过手臂，被他漫不经心地抓住。

月光透过四格窗棂落在地板上，冷冷清清的一截，他踩在上面跳舞，没有音乐，世界安静下来，甚至能听见少年的呼吸声。

黑暗的、无声的世界里，只有他一个人，与月光一起沉沦。

十分钟的视频，宋好佳反反复复地看，看到最后眼眶微热，泪水猝不及防地落下来。

每一次看到这个人，都会想要哭泣。

宋好佳想起她第一次见到贺千山的情景。

那天她正好在医院，输完液以后整个人非常疲惫，痛得一句话都说不出来。医院永远是最安静也最喧闹的地方，人来人往，生命脆弱得不堪一击。

电视机上在放近期爆红的电影，贺千山演了一个天才少年，穿白色的衬衫，眉目如画，暗恋他的女孩缠着他给她写同学录赠语，他一笔一画认真地写："纵有疾风起，人生不言弃。"

故事里的风将少年身后教室的纱帘轻轻扬起，也将故事外的满墙爬山虎一并拂过。

阳光猝不及防地跌进来，宋好佳仰起头，泪水还是止不住地往外流。

舞蹈视频一直重播到手机没电自动关机，宋好佳叹了口气，心情似乎好了许多，又似乎更难过了。

她摘下厚厚的眼镜，揉了揉自己的眼睛，努力眺望远方，觉得有什么沉甸甸地压在心头，却又说不出来那是什么。

她不知道别的女孩子的十六岁都是怎样的，大概是明亮的、欢快的、色彩斑斓的吧。在这个世界上，会有人和她一样，忍受着孤独，慢慢生活着吗？

忽然天边一道闪电劈开，狂风怒吼，阳台上的衣服被吹得呼呼作响。宋好佳这才想起来自己的衣服，晾衣杆刚够到衣架，手一滑，挂在上面的衣服被卷出窗外。

"啊！"

宋好佳大叫一声，眼睁睁看着自己的文胸像破败的小船，在风中乘风破浪，最后稳稳当当地停在了路上一位男生的脸上。

宋好佳:"……"

作为一个标准的小胖妞,宋好佳从进入发育期就和所有的少女系列、小清新无缘,每次去内衣店,都是直奔花车里清仓甩卖的加大码。

而此时盖在男生脸上的,就是一件缀着劣质蕾丝的肉色爆款。

男生拉着一个皮质行李箱,站在寝室楼下的小路上。他一把扯下自己脸上的文胸,十分不可思议地看着它。

宋好佳捂住额头哀号,知道是祸躲不过,只能戴上眼镜,硬着头皮出声:"哎,同学。"

男生抬起头,静静看着宋好佳。

这一秒,全世界的分针指向"12",沿街两侧的路灯一盏盏亮了起来。

宋好佳在这个瞬间看清了男生的脸。

首先是他的眼,黑色的眼睛,黑色的头发,黑色的眉毛,黑色的宽松套头衫,衬得他整个人越发白,像是一轮清冷的月亮。

安安静静地发着光,摄人心魄。

大概是刚才看了太多遍舞蹈视频,在男生抬头的一瞬间,宋好佳竟然觉得自己看到了贺千山。

宋好佳的内心已经炸开了,早知道今天就把压箱底那条草莓裤子挂出来了,或者是那双毛茸茸的卡通腿袜,为什么偏偏要是这件丑得惨不忍睹的肉色文胸?

"同学你好,可不可以麻烦你等我一下,站在原地别动。"

等她好不容易跑到寝室楼背后的小路上时,刚刚的男生已经离开。

正说不上失落还是庆幸,一道闪电又从山坡后劈下,天地白亮,宋好佳看到一旁的树干上,挂着一条像是凶器的文胸。

宋好佳默默取下自己的内衣，心想难不成是遇到了聊斋里的千年狐狸？

晚上宋好佳作业写到一半，忽然接到隔壁宋建军的电话："过来给我关灯。"

宋好佳气得差点把笔杆折断，恶声恶气地问："你自己没手吗？"

谁知道三秒钟以后，手机又不依不饶地响起来，屏幕上显示"宋建军"三个字。宋好佳不知道别的女生都会怎么在通讯录里存自己爸爸的名字，反正她从来都是"宋建军"。

宋好佳切了静音放在一边。手机屏幕一闪一闪，宋好佳盯着面前的数学题，一动不动，心中十分烦躁，宋建军终于识相地没有再打来。

半晌，宋好佳忽然愤怒地将笔往桌上一摔，站起身走出去。

宋建军正侧躺在床上用iPad看小品，露着牙齿咯咯地笑。

宋好佳第一眼就看到饭盒摆在电脑桌前，饭菜没吃光，油腻腻的也不知道倒掉。筷子凌乱地放在桌上，落了一团油。

宋好佳语气冰冷地说："别看了，我帮你把灯关了，黑暗里看iPad对眼睛不好。"

宋建军背对着宋好佳，恍若未闻，视频节目里演员怪里怪气地说："家家有本难念的经。"

宋好佳沉默地站了一会儿，见他丝毫没有要睡觉的意思，她啪一下关了灯。

宋好佳觉得自己要疯了。回到房间里坐下，一肚子的火无处发，连做了七八道题全部都错了。

转学吧，宋好佳对自己说，她实在没有办法忍受和宋建军朝夕相处。

窗外夜色沉沉,一片漆黑。大雨将至,却迟迟不肯落下。

宋好佳今天下楼的时候又吓到人了。

男生目瞪口呆地看着宋好佳,然后脚下一滑,从楼梯上摔了个四脚朝天。

"有、有女生!"

自从宋好佳来到了怀川中学,住进了男生宿舍楼,每天都有不同的人被吓得魂飞魄散。

刚开始的时候宋好佳还畏畏缩缩,觉得十分不好意思。久了以后她就懂了,男生和女生完全是两种生物。

宋好佳在心中翻了个白眼,一脸麻木地从他面前经过,不是她不想拉他一把,而是食堂的麻辣牛肉面限量一百份,她已经错过好几天了。

既然不是几岁的孩子了,就得摔倒了自己爬起来。

等她气喘吁吁地跑到食堂门口,正好撞上打着饱嗝的秦帅,他看到宋好佳,笑眯眯地挥了挥手:"哟,女神,恭喜你,又迟到了。"

"闭嘴,"宋好佳恶狠狠地瞪了他一眼,有气无力地说,"路上把人吓傻了。"

秦帅问:"怎么,全校还有不知道我女神存在的人吗?"

宋好佳对他给自己的新称呼十分不习惯,她说:"秦帅,我们两个没这么熟。"

"没事,你帮我多带几次铁板炒饭就熟了。"

"秦帅,你画风转变太快,我反应不过来。"

秦帅说:"是这样的,我只对熟悉的人好,要是见人就笑,岂不是让人很没安全感?"

宋好佳在心底冷笑，所以呢，为什么要和男生说人话?

等宋好佳到了教室，看到一众人围在讲台边，她眼皮猛跳，直觉没有好事。

果不其然，新生校服发下来了。

怀川私立中学旨在培养一群绅士贵族，校服做得像模像样。白衬衫加黑长裤，春秋是亚麻的西装外套，冬天是深蓝色的英伦风大衣，搭配毛毡帽和手工皮鞋。运动服是白底蓝边。

单独打一版女款太麻烦，所以宋好佳领到的是一套170尺码的男生校服。

宋好佳盯着桌子上的一整套校服，白色显胖，尺寸偏大，已经能想象自己穿上它们会有多丑了。

宋好佳觉得哪里不对劲，猛然回过头，目之所及是一片白花花的肉体，男生们已经旁若无人地换起衣服。

他们还保持着脱衣服和裤子的动作，和宋好佳面面相觑，这时才想起班里还有个女生。

全班顿时鸦雀无声。

"啊——"不知道谁先尖叫了出来，颤巍巍地指着宋好佳，"有色狼!"

宋好佳捂住眼睛，崩溃地大喊："你们够了! 给你们三秒钟的时间，把衣服给我穿上! 一——二——三!"

宋好佳数完"三"，放下手，却看见这帮男生继续若无其事地换衣服，刚刚的尴尬仿佛不曾存在。

不在沉默中死亡，就在沉默中爆发，宋好佳早上没有吃到牛肉面的委屈在此时此刻一并爆发："你! 大高! 胸毛这么多都不知道梳一梳!"

"还有你！眼镜！肚子三层游泳圈了也好意思拿出来晒！烤五花肉吗！"

"疯子，我就不说你了，胸腔挂了两块腊肉排骨，看着都心疼。"

"我说你们，究竟是哪里来的自信，身材烂成这样，稍微有点羞耻心的人都知道要藏着掖着，你们竟然还好意思往外秀，我看着都嫌丢人。"

"……"

"唉，既然话都说到这份上了，"一道无可奈何的声音懒洋洋地响起，好似十分伤脑筋地说，"那我这种八块腹肌，黄金比例的美男子，不脱的话，岂不是糟蹋了你的心意？"

宋好佳的目光穿过满教室的男生，直直地落在坐在最后一排课桌上的舒也身上。

他双手撩起校服下摆，作势就要开脱。

宋好佳被吓得魂飞魄散，带着哭腔说："也爷，小的错了。"

舒也手还保持在一个微妙的位置，腰间的肌肉若隐若现，他冲宋好佳眨了眨眼睛，用鼻音说："嗯？"

"也爷，莫慌！"宋好佳伸出一只手挡在眼前，识时务地说，"是我冒昧了，小的现在就回避，你们慢慢换，好吗？"

宋好佳一边说一边跑到教室门口，准备离开这个是非之地。

教室门哗啦一声被推开，宋好佳和来人撞了个满怀，手上的衣服散了一地。

黑色眼眸的英俊男生，面无表情地看着宋好佳。

宋好佳猛地低下头，赫然意识到，自己身上穿的，正是昨天那件肉色蕾丝文胸。

宋好佳："……"

下一秒，宋好佳突然反应过来，不可思议地抬起头，盯住眼前的男生，震惊得忘记了呼吸。

而顶着一张和贺千山神似的俊脸的少年，目不斜视地从她身边经过，若无其事地和其他人打招呼："早。"

大家的反应也很平淡，头也不抬地继续换衣服："早啊。"

只有宋好佳还处在石化状态，她僵硬地伸出手，戳了戳把语文书立起来躲在后面睡觉的秦帅："这这这这是谁？"

秦帅打了个哈欠，道："你是没眼睛还是没常识？贺千山啊。"

贺贺贺贺贺千山？！

"演《岁月忽已暮》的那个贺千山？！"

 第二章

宋好佳决定要减肥。

一个女生,一年总有那么三百六十五天,嚷着要减肥。

放学后,宋好佳在座位上磨磨蹭蹭,等大家都离开教室,才偷偷摸出一个苹果。

苹果减肥法的第三天,宋好佳每天晚上饿得翻来覆去,夜里做噩梦,闭上眼睛全是火锅、冒菜、烧烤、奶茶、小龙虾,刚刚出炉的奶黄包瘪着嘴巴哭:"姐姐,你不爱我了吗?"

宋好佳觉得自己像是负心浪子,不敢回头,一回头,满地都是芝士蛋糕破碎的心。

她的体重掉了整整五斤,每次上体重秤都恨不得把睡衣、发夹、眼镜脱个精光,就这样,还不满意,总觉得自己牙齿上两排铁丝有十公斤重。

苹果才吃两口,宋好佳开始胃痛,像在刀山火海上滚。冷汗顺着额头和背脊沁透校服,她感觉心口有成百上千的蚁虫在撕扯。

肯定是低血糖犯了,宋好佳伸手去拧自己大腿肉,坚持下去,

她想。

从小到大，同龄人总是嘲笑她是丑女，甚至吐口水欺负她，那时候她读《丑小鸭》，沮丧地发现，这根本不是励志童话，丑小鸭原本就是白天鹅。

以至于之后许多年，她连裙子都不曾穿过，她下意识地避开所有和美有关的事物。

"砰"一声门响，宋好佳抬起头，舒也站在教室门口，与她四目相对。

舒也一愣，看到宋好佳一张毫无血色的脸。

舒也蹙眉道："你怎么不去吃饭？"

宋好佳嗫嚅："……减肥。"

舒也对她上下打量一番，点点头，颇为赞同地说："是该减肥了。"

宋好佳面无表情，苹果飞去砸向舒也的头："哦，手滑。"

她真是脑袋被门夹了才会在刚才有一瞬间期待他会说"你根本不用减肥"。

无条件宠爱女主的男生果然只有在言情小说里才会有。

舒也懒洋洋地伸手，半空中抓住苹果，低头咔嚓咬了一口，英俊的五官皱在了一起："这么酸，你也吃得下去啊？"

"要你管。"

宋好佳趴在桌子上，她现在根本不想看到他。

舒也将苹果扔进垃圾桶，拽住宋好佳往外走："走。"

"你干吗！"

"吃饱了才有力气减肥。"

"放开我！我不吃！"宋好佳挣扎道。

舒也翻了翻白眼，然后十分惊奇地看着自己一只手，居然圈不下宋好佳的手腕。

"叹为观止。"舒也感慨道。

"你、去、死！"

十分钟后，舒也和宋好佳坐在食堂的小炒区，桌前摆满了热气腾腾的饭菜。

舒也优雅地伸出手，盛了一碗山药排骨汤，打定了主意就算是用灌的，也要让宋好佳把这碗汤喝下去。下一秒，他的笑容凝结——

只见宋好佳淋了一大勺菜汤在米饭上，整张脸几乎埋进碗里，狼吞虎咽，恨不得手脚并用。

舒也没好气道："你慢点吃啊。"

宋好佳百忙之中从碗里抬起头，舒也伸出手，摘掉了粘在她鼻头的米粒。

她呆头呆脑地看着他。

舒也露出一个无可奈何的笑容，阳光透过窗棂落在他脸上，他琉璃色的眼睛被光影切成碎开的海浪。

从未有人对她露出过这样的笑容，他好似透过她，看到了别人，于是他对着那段旧时光，露出了一个笑容。

宋好佳吸了吸鼻子，有一种想哭的感觉。

她低下头，桌上食物还冒着腾腾热气，美色算什么，食物才是世界上最打动人的东西。

秦帅正好端着餐盘经过，用余光瞟到满桌的肉："哇塞，也爷，今天什么日子，这么丰盛？"

秦帅伸手去拿桌子最中央的糖醋里脊。舒也眼疾手快，拿筷子敲他的手指。

秦帅嗷嗷大叫。

舒也挑眉："一边儿去。"

秦帅惹不过舒也只好去惹宋好佳："宋好佳，我说真的，你是我见过最——能吃的女生。"

舒也恶狠狠剜了秦帅一眼，皮笑肉不笑地问："哦？秦帅同学，你这辈子，见过几个女生啊？"

秦帅的一句话，让宋好佳闷闷不乐一整天，她努力憋着气收腹，幻想消耗更多卡路里，结果连作业都写不下去，两头空。

晚上第二节晚自习下课，男生们成群结队，趁着休息时间去买夜宵。教室里都是此起彼伏的人工下单声："可乐加冰""热狗三根""烧烤味的薯片"……

宋好佳捂住耳朵，趴在桌子上，催眠自己"不要听，不要听，不要听"。

舒也突然站起来伸了个懒腰，踢宋好佳的椅子腿："走喽。"

宋好佳对破坏自己减肥计划的罪魁祸首怒目相对，其实她气的并不是舒也，而是意志力不够坚定的自己，为什么不能忍一忍呢，稍微再忍一忍就好了啊。

"干吗！"宋好佳情绪低落地问。

"你不是要减肥吗？还坐着干吗？"

宋好佳不明所以，舒也蹲下身，平视宋好佳的双眼，他弯起眼睛，勾着嘴角笑："走吧，小公主。"

这天，夜空晴朗，运动场暖黄色的路灯安静地亮着，不远处的食堂人声鼎沸，头顶繁星璀璨，天上和人间，两个世界。

舒也带着宋好佳，来到操场开始跑步。

"我不要跑步。"宋好佳可怜兮兮。

"那你就靠节食？"舒也挑眉，"你能一辈子不吃东西吗？"

宋好佳不说话了。

舒也开始叉腰，左扭扭，右扭扭，做热身运动。头上的小辫子随着他矫健的身形晃动。

他站在月光下，就像一个魔法师，让宋好佳不由自主地跟着他，开始做热身运动。

做完了热身运动，舒也开始跑步。他手长脚长，小跑起来十分轻盈。

宋好佳跟在舒也身后，气喘吁吁地跑着，觉得自己全身上下的肉都在抖。

"跑……跑……跑不动了。"宋好佳吐着舌头说。

舒也转过头，一边倒着跑，一边掰着指头数："糖醋里脊、酸辣蹄花、青椒肉丝……"

报的正是中午宋好佳吃下去的菜，宋好佳哭丧着一张脸，咬咬牙，不要命地往前冲。

舒也刻意放慢了速度，一边跑一边教宋好佳正确的呼吸节奏，告诉她实在跑不动就改为快走，但绝不能停下。

宋好佳又咬牙跑了半圈，忽然鼻子一动。

舒也回过头，看到她仰起头，站在一棵树下。

"哇，舒也，你看——"

女孩子穿着松松垮垮的运动服，一头毛燥燥的短发，月光落在她身上，和他的记忆深处的一道身影重叠，如浮光掠影般涌上舒也的脑海。

有多少年了？

他怔怔地凝视着她。

她张开双手，闭上眼睛，像在拥抱一阵看不见的风。

下一秒，宋好佳猛然抬起头，他已经分不清那道声音来自回忆还是真实，女孩子弯弯的眼，覆上了水雾的眉，对他露出一个大大的笑容，说："是桂花啊。"

何物动人，二月杏花八月桂。

良久，舒也才挪开目光，他声音里充满了苦涩，好在被吹散在风中，谁也没有察觉。

"是啊，秋天来了。"

两个人的影子被拉得很长，在最远的地方重叠在了一起，

在舒也的带跑下，宋好佳跑了两圈半，走了半圈。

宋好佳全身都是汗，气喘吁吁地说："从小到大第一次跑这么远。"

"你中考八百米怎么过的？"

宋好佳揉了揉鼻子，左顾右盼，装作没有听到。

舒也翻了个白眼，一针见血："又懒又馋，胖是有原因的。"

两个人顺着操场的台阶往上走，教学楼的灯光出现在眼前。

宋好佳连滚带爬地上楼梯，恨不得变成一张毛毯，让舒也拖着自己回教室。她侧过头看舒也，发现他呼吸均匀，两圈半跑下来，心跳还没打游戏绝地翻盘快。

"你体力这么好？"

"我可是篮球队的，"舒也斜睨了她一眼，剑眉上扬，"我还去旧金山跑过半马。"

宋好佳眼睛一亮："半程马拉松？真的吗？好厉害，我也想参加！"

舒也拖着长长的声音："哦——"

话音还没落，宋好佳肚子"咕噜"一声响。舒也乐不可支："上好佳，你肚子都不信你的话。"

"不准吃夜宵，"舒也说，"也不准节食，好好吃饭。慢慢来，

比较好。"

"真好。"

男生有微微的鼻音:"嗯?"

"流汗的感觉真好,比饿肚子好,像是认真在活着。"

舒也笑了笑,伸手想要摸她的头,悬在空中又顿住,只弹了弹她的额头,说:"喂,上好佳,你可别放弃啊!"

然后他转身离开,只剩下宋好佳一个人站在原地,委屈地摸了摸自己的头。

晚自习结束,教学楼只剩宋好佳一个人。

每次她出现在男生寝室楼,总会引起尖叫和混乱,一群上半身赤裸的大男生开始鬼哭狼嚎说她"非礼"。

为了还他们一片能自由裸奔的草原,宋好佳习惯性地最后一个离开教学楼。

跑步过后,宋好佳舒服得仿佛全身毛孔都在呼吸,灯光透过树影,在地上间或投下点点光亮,她一蹦一跳地踩上去。

男生寝室传来撕心裂肺的歌声,男生们光着膀子趴在走廊上打闹,生活老师怒气冲冲的吼声混杂其中:"王二明,你给我站住!"

一如既往。

宋好佳贴着楼梯墙壁偷偷往上走,前方有背影一闪而过,男生的T恤一角消失在转角处。宋好佳跟做贼似的,屏住呼吸,蹑手蹑脚地上楼,生怕吓到对方。

可再走了几步,宋好佳意识到不对劲了,宋好佳探出头,看到他竟然在自己隔壁寝室门口停下来,掏出钥匙,开门。

屋里灯一瞬间亮起,男生英俊的脸在光和影的勾勒下毕现无遗。

宋好佳不可思议地张大了嘴,因为这个人她认识。

应该说，全国人民没有谁不认识他——贺、千、山。

第二天，宋好佳鬼鬼祟祟地来到秦帅身边。

她用问数学题做幌子，再努力做出一副我就随便问问可没有放在心上的表情，说了昨晚看到贺千山的事。

"对啊，千哥不住男生寝室的。"

"为什么？"

"他经常外出拍戏，放学回去还要背台词、练舞，在寝室根本没条件，所以租了一间教师宿舍单独住。"

宋好佳颤巍巍地伸出手，使劲在秦帅手臂上拧了一圈，然后忧伤地说："一点不疼，果然是在做梦。"

秦帅已经痛得失去知觉。

"别傻了宋好佳，这跟做梦也没区别，"秦帅诚恳地看了她一眼，"你只用当千哥他是一张行走的3D海报。"

说曹操，曹操到。贺千山推门而入，他单肩背着黑色书包，头顶翘起几缕乱发，一边打哈欠一边揉头发。

贺千山睡眼惺忪，与宋好佳擦肩而过。

宋好佳憋了一大口气，一直等到贺千山回到座位上开始蒙头大睡，她才敢小心翼翼地将那口气吐出来："他哪里是行走的海报，简直就是行走的'少女杀手'。"

这天舒也值日，他坐在讲台上，无所事事地把玩手中的飞镖。舒也手腕轻轻一扣，飞镖射出去，落在教室墙壁的靶上，羽毛微微颤抖，正中红心。

舒也回过头，不知道秦帅对宋好佳说了什么，她忽然沮丧地垂下头。舒也蹙眉，他特别看不惯宋好佳驼背含胸的样子，他又捡起一支飞镖，扔向宋好佳。

"当"一声,飞镖几乎擦着宋好佳的头发,稳稳当当地落在她面前。

宋好佳差点被吓傻,愣了三秒钟,然后她咬牙切齿地回过头:"舒——也!"

她狠狠地瞪他,表情鲜明,又活过来了,舒也想。

于是他嘴角扬起无辜的笑,还不忘冲她眨眨眼睛。

这个时候,班主任抱着厚厚的文件夹走了进来,看了宋好佳一眼:"愣着干吗?回座位去。"

"明天开始摸底考试,大家都知道,既然是摸底,那自然要摸清楚,所以提前打声招呼,试卷很难。"

台下有男生接话:"老师,大家都这么熟了,还摸什么底啊。"

"就是就是。"

班主任皮笑肉不笑:"我用的是陈述句,不是在征求你们的意见。"

宋好佳翻开自己的课后习题书,见全是错错错,头皮开始发麻。如果说她进怀川私立中学,性别上走了后门,那成绩上就更是走了个山路十八弯的门了。

有一句话说,努力了不一定有回报,但是不努力就一定没有。

不幸的是,宋好佳正是"努力了不一定有回报"的那一类。悬梁刺股、挑灯读书的事不是没有做过,抄课本、刷题库也是家常便饭,但是她成绩单上的数字永远和体重秤上的一样岿然不动。

这时,宋好佳抬起头,看到了一道奇观——贺千山面前整整齐齐排了一列队伍,男生一个一个走到他面前,双手合十,口中念念有词,拜了又拜。

贺千山浑然不觉,依然我行我素地趴在桌子上睡觉。

宋好佳好奇地问:"这又是什么习俗?"

秦帅俨然成了一个"包打听":"考前拜千哥,是我校的优良传统。就跟微博上转发锦鲤求好运一样的道理。"

"封建迷信要不得。"宋好佳摇摇头说。

第二天考试前,宋好佳拿着三根抹茶味的百醇棒,走到贺千山面前,在全班同学和监考老师的目瞪口呆下,认认真真地三鞠躬。

"千哥,"宋好佳无比虔诚地说,"保佑我,下辈子投胎做个好人。"

贺千山:"……"

一周以后,摸底考试成绩出来了。

宋好佳全班倒数第一,舒也全班倒数第二。

她的底被摸了个精光。

虽然早知道会是这样的结果,可是宋好佳还是大受打击,趴在桌子上,把数学课本上所有封闭的字符涂成全黑。

下课时间,几个男生正无聊地在教室后面叠罗汉,忽然听到一阵"乒乒乓乓"。

宋好佳回过头,看见舒也一手拖着桌子,一手扛着凳子朝她走来。

刘海扎成的冲天炮晃啊晃。

然后在众人的注目下,舒也哐当一下将桌子放在宋好佳身边,他伸直了一双大长腿,搭在讲台上,郑重其事地说:"上好佳同学,从今天起,我们就是同桌了,请多多指教。"

宋好佳不明所以:"哈?"

"我得好好照顾你,"舒也对她露出一个纯良的笑容,慢条斯理地说,"以免你因为感冒发烧、受人排挤、水土不服等种种原因错过今后人生中的每一次考试。"

是,她要是退学了,就没人帮他垫底了。

宋好佳最近郁郁寡欢。只吃苹果瘦下的五斤肉早已反弹,她一上课就拿着课本,到最后一排收腹挺胸站着。

老师莫名其妙:"宋好佳同学你怎么了?"

全班男生异口同声地替她回答:"减——肥——"

贺千山投来若有所思的一瞥,宋好佳羞愧得恨不得找个地缝钻下去。

在舒也每天的监督下,宋好佳能跑下1200米了,可是和21公里的半程马拉松比起来,中间还隔了一个银河系。

她想要增加运动量,但是舒也不让。

节食也不让,跑步也不让,宋好佳气鼓鼓地看着他。

"欲速则不达,想要持之以恒地做同一件事,最重要的是它要让你开心。你一个新人,刚来就加大运动量,往死里跑,最后只会厌烦跑步。"

道理都懂,但是她就是做不到。

然而减肥这件终身大事,多的是旁门左道。宋好佳买来辣椒膏,在手臂、大腿和腰上涂厚厚一层,然后深吸一口气,缠上保鲜膜,试图加快脂肪燃烧。

结果保鲜膜勒得过了头,宋好佳根本迈不开腿,她像是活生生吞了一管辣椒膏,欲哭无泪地看着舒也。

舒也觉得自己脑壳发疼:"你一天到晚都折腾些什么玩意儿?"

宋好佳顿了顿,没忍心告诉他,在她们减肥界,还有酵素、代餐粉、热控、流脂茶等各种"神器"。

小小一瓶辣椒膏,真的算不了什么。

好景不长,宋好佳的体重再一次进入瓶颈期,稳如泰山,纹丝不动。

每天上体重秤都像是酷刑，宋好佳对体重的执念几乎走火入魔，趁着舒也最近对她很放心，又偷偷开始节食。

这回她换了枫糖减肥法。枫糖浆加柠檬加辣椒粉冲水，断食，一天七杯，七天一个周期，网上的经验帖都说能瘦六七斤。

每天中午，她装模作样地在食堂边上溜达一圈，然后从包里拿出水壶捏着鼻子一口气灌下去。

可是饿啊，心中像是关了个馋嘴小人，在监狱里摇着铁门大吼放我出去，到了晚上，就用指甲在墙壁上抓啊抓，宋好佳的胃都要被它抓破了。

人啊，不见棺材不落泪。

周末的时候，宋好佳写不出作业，蹲在冰箱面前，盯着三明治和火腿肠找解题思路。

宋好佳答应过舒也周末也不能偷懒，她换了衣服出门，做伸展运动的时候，雨水从树上落下，滑进她的后脖衣领，宋好佳一阵哆嗦。

她顺着身后梧桐树望上去——

就在这瞬间，一团黑影从天而降，宋好佳瞪大了眼睛，来不及尖叫，已经"嘭"一声被压在地上了。

她的头摔进水坑，疼得龇牙咧嘴，宋好佳抬起头，和一张小白脸面面相觑。

小白脸一声不吭地爬起来，帮宋好佳捡起眼镜，他涨红着一张脸，内疚得快要哭出来了："对对对对不起。"

小白脸伸出手，原意是拉宋好佳一把，可是拉了半晌，才发现自己根本拉不动她。宋好佳自暴自弃地坐在水坑里，戴上眼镜，瞧着眼前的男生分外眼熟。

"我想起来了,你是不是我们班的?"

男生胸前挂了一个单反相机,他蹲下身,一手给相机遮雨,一手给宋好佳挡雨,手忙脚乱,笨拙却诚恳。

男生依然通红着一张脸,小声回答:"余乔白。"

"你怎么会从树上掉下来,穿越了吗?"

余乔白将怀中的相机递给她,告诉宋好佳自己刚才在树上拍照。

打开相机,先是几张学校全景,再往前翻,宋好佳竟然看到了自己。她穿着白色的运动服,衣服扎进裤子里,站在朱砂红的跑道上弯腰压腿。

在朦胧的雨中,一头短发的少女看起来兴致盎然,朝气蓬勃。

"这是你拍的?"宋好佳震惊。

余乔白不好意思地点点头,又急忙解释:"我不是有意冒犯,你如果介意,我马上删掉。"

"不不不,真好看,我上镜很丑的,这辈子第一次有人把我拍这么好看,"宋好佳指着屏幕,"你可以发一份给我吗?"

余乔白点点头。

宋好佳继续翻,发现还有一段视频。

黑白的画面里满目疮痍,四处都是坍塌的建筑物,大地一片寂静,一切都在死去,荒颓的景象如一把刀,一点一点地砍在心头,让人钝钝地痛。

视频的最后,定格在一片废墟下,一株小小的、脆弱的、顽强的植物,从绝望的罅隙中长出一片叶。

"这是2008年汶川地震的时候,我去做志愿者的时候拍的。"余乔白说,"之后每年5月12日我都会去那边,记录下灾后的城市重建,这是今年的,很漂亮,对吧?人类很坚强,生命值得敬畏。"

宋好佳不说话了,沉默着将视频又看了一遍,然后郑重其事地将单反交还给余乔白："你想做一名摄影师吗？"

余乔白摇头："我想要成为一名电影导演。"

宋好佳咧嘴一笑："那你可不可以拍个电影，就叫《那些年，我们这群没人追的女孩》，就讲讲像我这样的胖丫头的故事，一辈子都在和青春痘和减肥做斗争，简简单单的青春，没有什么轰轰烈烈的爱情，有很多很多的快乐，也有很多很多的不快乐，说不上刻骨铭心，但是一辈子也只有这么一次。"

"好啊。"

宋好佳心满意足地点点头，往前走了两步，又退回来："还有，记得让贺千山演男主角。"

余乔白笑起来，脸颊有浅浅的酒窝。

回寝室洗过澡后，宋好佳躺在床上，脑袋从床沿耷拉下去，一边敷面膜一边晾头发。

忽然听到敲门声。

宋好佳瘪瘪嘴，心想苍天有眼，宋建军居然也有讲礼貌的这一天。她用发夹抓住打结的头发，穿着《海贼王》的卡通睡衣，顶着惨白的面膜，不耐烦地打开门："干吗？"

宋好佳和来人面面相觑。

下一秒，宋好佳一个激灵彻底醒了，"砰"一声关上了门。

半分钟后，礼貌的敲门声再一次响起来，宋好佳八爪章鱼一般贴在门背后，崩溃地对自己的头发一通乱揉。

门外的男生开口："请问是宋主任家吗？我寝室停电了，可以借用一下网络和洗衣机吗？"

宋好佳不敢出声，手在嘴边疯狂扇风，大口大口深呼吸，试图让自己降温冷静。

贺千山只得离开，却不忘礼数周全："不好意思，打扰了。"

宋好佳手忙脚乱，一边扯下面膜，一边用手指抓头发，又从衣架里翻出一件校服套在睡衣外面，趴地上半天没凑成一双拖鞋，只好嗷嗷叫着光脚跑去打开门，一把扯住对方的手臂："千千千千千哥，不要走！"

国民男神站在门外，捧着一台笔记本电脑，脚边放了一筐衣服，神色茫然地看着宋好佳。

他穿着黑色的套头衫，上面印了一只巨大的皮卡丘，灰色的睡裤，一双白色的男式拖鞋，看起来和普通的高中男生并无两样。

非要说的话，就是好看了一点——一个可以装下整个宇宙的点。

宋好佳在心中疯狂尖叫，脸上表情却和她的体重一般沉稳。

进了屋，宋好佳用手臂把桌子上七零八碎的东西一扫，恨不得用脸在上面滚一圈，紧张得舌头打结："千哥，坐坐坐坐坐，你要不要喝饮料？可乐还是雪碧？王老吉？冰红茶？"

"不用，"贺千山屈身给她鞠躬，"打扰了。"

宋好佳火烧着一张脸拉开冰箱门，才想起来饮料都被她扔了，正兀自后悔着，余光看到一旁还有减肥用的糖浆和柠檬，连忙回过头问："柠檬红茶可以——"

"吗"字被吞进了喉咙里。她回过头，凝视着他。

他坐在银色的笔记本前，白色的耳机线缠缠绕绕落下来。他一动不动地盯着屏幕，嘴唇微动，没有出声，是在背台词。

他认真的时候，下巴微微内收，薄唇抿住，眼睛像是黑曜石，闪烁着专注的星光，侧脸勾勒出一道完美的轮廓。

宋好佳第一次知道，男生的嘴唇原来可以如此性感。

她曾经在网上看过他的接机视频，整个机场挤满了举着LED灯和荧光棒的女孩子，尖叫声如潮水般汹涌。车子根本开不出去，于是他打开车门下来，取下棒球帽和口罩，安安静静地向众人欠身，他说，就此别过。

怪不得他要来怀川私立中学，这里只有男生，而且个个家境殷实，身世背景一个赛一个的神秘，石油大亨的长子、天才钢琴手、曾登上《纽约时报》的神童……净是名门之后，所以这里大概就是贺千山的世外桃源，他可以褪去光环，做一个普通的大男孩。

宋好佳不动声色地凝视他，凝视自己心底的一个梦。

她一定不能破坏这片净土，要好好保护他。

宋好佳想起下午遇到的男生，余乔白认真地说，他想要成为一名导演。

那她呢，她有什么梦想吗？宋好佳收回目光，看着自己的手心，从上到下、爱情线、事业线、生命线，深深浅浅的印记交错而过，她将五指合拢，手心微烫。

真羡慕他们那样的人，她想，热烈而绚烂地活着。

宋好佳关上冰箱站起身，没想到蹲下时间过长，大脑瞬间缺血。她强忍着走了两步，最后扑通倒在了地上。

贺千山正全神贯注地看剧本，丝毫没有察觉房间里的动静。

半个小时后，贺千山终于摘下耳机，靠在椅子上，微微长嘘一口气。

他的目光落在女孩子床头的轻松熊上面，一怔，才想起来这不是自己的房间。那房间的主人呢？他记得是一个脸圆圆的女孩子，叫什么来着？

上好佳？

贺千山环视四周，低下头，终于发现了倒在地上失去知觉的宋好佳。

贺千山："……"

宋好佳睁开眼醒来,对上了一双漆黑的眼睛。她被吓得赶紧闭上眼,过了十秒钟,又偷偷张开一道缝隙,看到贺千山还在,才敢确定不是在做梦。

"千千千千千哥,是你把我送来的吗?谢谢你。"

贺千山点头,又摇头。

他坐在病床边,T恤上的皮卡丘正对着宋好佳,持续输出"十万伏特"。宋好佳心中猛然升起一个可怕的念头,她视线偷偷上挪,看到了贺千山的喉结,然后是极薄的嘴唇,下一秒,那张嘴突然开口说话了。

"你是我第一个女生同学。"

"啊?"

贺千山双手插在外套衣兜里:"我觉得女孩子胖一点,健康一点比较可爱。"

宋好佳一怔,半晌过后,才嗫嚅道:"你从小就漂亮,那么多人喜欢你,你不会明白的。"

贺千山神色淡然:"色衰而爱弛。"

"所以啊,要趁着年轻,努力变漂亮,好好去爱人。"

贺千山不再说话,他起身倒了一杯刚煮好的姜茶给宋好佳,无意识地揉了揉手腕。宋好佳接过茶杯,刚才的念头再一次复活,她颤巍巍开口:"我能问一句吗?"

"你是怎、怎么把我带来的?"

话音刚落,老校医推门而入:"还能怎么,公主抱呗!"

贺千山:"……"

宋好佳一脸疑惑。

老校医对宋好佳翻了个白眼:"一天到晚只知道花痴和减肥。"

"这个月月经来了吗?平时痛经吗?说你呢,动不动就节食减肥,激素分泌紊乱、低血糖、低血压……杂七杂八一堆毛病,以后生不出小孩了,又到处求观音拜菩萨。"

贺千山面无表情,眼睛眨也不眨地眺望窗外。

作为一个演员,这点定力和演技还是有的。

只是可怜了宋好佳,她在心中长号一声,只想跪下来求校医不要再说了,下辈子给他做牛做马。

舒也是在下午返校后得知宋好佳晕倒的消息的。

篮球队的人在门外问:"也爷,走不走?"

舒也咬牙切齿,把书包甩在桌子上,说:"今天你们先打着,我有点事。"

然后就磨刀霍霍地向校医室冲去。

宋好佳正一个人百无聊赖地输液,刚想着要有人来陪她说说话就好了,就见舒也"砰"一声推开医务室大门。

她收回刚刚那个念头。

宋好佳见到舒也,比见到宋建军还害怕,躲在被子里,捂住头瑟瑟发抖。

舒也轻言细语地对她说:"我就是来看看你,身体好点没?吃药了没?别怕,我不骂你。"

宋好佳对舒也这个人缺乏最基本的认知,听信了他的鬼话,从被子里探出头:"嘤嘤嘤,也爷,贺千山刚刚才走,你知道吗?我是被贺千山公、主、抱、来、的!"

舒也拎起宋好佳的耳朵:"宋好佳你找死是不是?谁让你又节食?你就那么想上新闻头条?

宋好佳抓着被子嗷嗷大叫："舒也你放开我！男女授受不亲！你放开我！痛痛痛！"

舒也冷笑："你还知道痛？"

宋好佳试图说服他："枫糖浆减肥法，风靡欧美明星圈，排毒清肠，轻断食你知道吗？帮助身体代谢废物和毒素。"

舒也冷冷地打断她："宋好佳！"

隔壁的老校医终于听到动静，急急忙忙跑过来，挡在宋好佳面前："病人，病人。"

"她自作孽不可活。"

"唉，你们这些男孩子，"老校医说，"关心的话要好好说啊。"

舒也面无表情："哈、哈、哈，真好笑，我才不关心她，你看看她这样子。"

老校医点点头："你说得对。小姑娘呀，之前宋主任给我说过你的情况，你本来就——"

宋好佳忽然打断他："医生，我没事。"

"你这丫头……"校医摇摇头，然后转向一旁的舒也，说："关心则乱啊。"

舒也看着宋好佳手背上的针眼，还有剩下大半的输液瓶，气不打一处来。

"宋好佳，如果你自己都不爱惜自己的话，是不会有人来爱你的。如果你自己都不好好对自己的话，也没有人会好好对你的。你非要这么折磨自己身体也可以，就算你真的节食瘦下来，然后呢，你一辈子不吃饭了？"

"我……"

"还是你觉得，朝辞暮别，未来人生并没有什么值得向往的？"

宋好佳猛然抬起头，她直勾勾地看着舒也。男生眼中一片清澈，似乎只是随口一说。

宋好佳松开抓着被子捂头的手指。

舒也转过身，耸耸肩，离开了校医室。

雨后初晴的天空，隐约可以看见绚烂的彩虹。

可是那真的是彩虹吗，还是只是少年人眼中的海市蜃楼，浮光掠影般一闪而过？

上晚自习前，宋好佳输完液回到教室。推开教室门的一刹那，几十道怨恨的眼神一齐射向她，宋好佳打了个寒战。

"羡慕，嫉妒，恨，"秦帅说，"听说千哥亲自抱你去医务室，你知不知道，我千哥的手可是买了保险的。"

"……那我是不是也应该给我肚子上的肉买个保险？"

"保什么？"秦帅斜睨她，"保你的脂肪岁岁平安？"

舒也忽然发出一声冷笑，宋好佳瞬间噤声，她原本就是想卖个蠢，逗逗舒也开心，没想到被他看穿。

她只好扯了扯舒也的衣角："也爷，我错了。我对天发誓，以后再也不这样了。"

舒也继续冷笑："哼！"

宋好佳脸皮薄，想着舒也这会儿大概还在气头上，自己还是不要再火上浇油的好，于是小心翼翼地收回手，开始认真写作业。

而刚刚还在摆谱的舒也，发现宋好佳竟然不理自己了。在也爷的剧本里，她此时应该是抱着自己一顿求饶悔过，一把鼻涕一把泪地反思才对。

但是她呢！她竟然连哄都不哄一下！就冷漠地开始学习！

舒也浑身上下都是戏，可惜他的冷漠还挂在脸上，宋好佳已经自顾自地戴起耳机做听力题了。

被无视的也爷十分受伤，从包里摸出一块巧克力，掰成一块一块的，往嘴里抛，还故意咬得咔嚓咔嚓响。

"咕噜咕噜"，宋好佳的肚子比眼睛灵，先一步举旗投降。

她扭过头看着舒也，吞了吞口水。

舒也目不斜视地继续咬住落下的巧克力，把自个儿当猴子耍。可是他本人浑然不觉，还笑吟吟地对宋好佳说："别看了，这可是巧、克、力、啊。"

"亲爱的也爷，"一千只蚂蚁在践踏宋好佳的心口，她小声地哀求，"我就吃一块，一块，好吗？"

好了，剧本来了。

舒也坐正了身子，开始了他的表演。

他看着她，露出一个纯良无害的笑容。

"做、梦、吧。"

余乔白听说宋好佳晕倒，一个劲儿地跟她道歉，以为是自己下午从树上掉下来，害她摔在雨中感冒生病了。

宋好佳一脸迷茫："为什么余乔白每次见到我都脸红？他暗恋我？"

舒也差点笑岔了气："上好佳，你快别自作多情了，乔白就那样，对着食堂打饭大妈也能害羞到说话结巴。"

宋好佳沮丧地垂下头："原来如此，真可惜，唉！"

然后宋好佳再接再厉地问："也爷，那你为什么对我这么好？"

舒也瞟了宋好佳一眼，冷笑道："万一我眼瞎看上你了呢？"

宋好佳知道，舒也说话的可信度跟女生说"今天要早睡""吃完这顿就开始减肥"一样负无穷大，于是她笑嘻嘻地问："那你喜欢我哪点?"

舒也继续冷笑:"我喜欢你全身上下没有点。"

宋好佳:"……"

宋好佳好奇道:"舒也,你好好说话,会死吗?"

舒也斜睨她一眼:"上好佳,下午校医在医务室要说什么,你做贼心虚不让人家说?"

"啊,"宋好佳没料到他还记得这事,支支吾吾,"也没什么,就说我节食不对嘛,被唠叨了一下午,耳朵都起茧了。"

舒也看着她的眼睛,欲言又止。

两个人各自捂住心中重重叠叠的秘密,不约而同地别过了头。

秋意在一场雨后加深,桂花落了一地,那浓郁的香钻进泥土,再闻不见了。

晚上回家,站在家门口,宋好佳往书包前面的小包里一摸,心瞬间凉下来,完了。

下午她昏迷不醒,被贺千山带去了医务室,根本没带钥匙。

屋漏偏逢连夜雨,这周宋建军去北京开会学习,备用钥匙也被他带走了。宋好佳傻了眼,取下黑色的发夹,戳进钥匙孔,学着电视里演的那样掏啊掏。

然后发夹"咔"一声断在了里面。

宋好佳丝毫不气馁,想起班上的男生们总是用饭卡打开教室门。于是她也拿出饭卡,一手抓住门把,一手将卡放入门缝里,使劲摇晃。

宋好佳全身心投入与门锁的斗争中,没有听到身后的脚步声。

贺千山停下来,疑惑地问:"你在做什么?"

宋好佳赶紧转过身,将饭卡藏在身后:"没……没什么。"

贺千山狐疑地看了她一眼，对面寝室楼透出的光亮落了些许过来，女孩子满头大汗，一脸窘迫模样。

贺千山恍然大悟："你进不去屋门是不是？抱歉，都是我的错。"

"哪有，是我自己作死。"

贺千山微笑起来，他笑的时候有碎光落入眼睛，像是月亮跌入深海，只能一直一直往下沉。

他说："不介意的话，来我屋吧。"

然后又补充道："我打地铺。"

你来我屋吧——

来我屋吧——

我屋吧——

屋吧——

吧——

宋好佳觉得自己在这一刻乘上宇宙飞船，光速冲出地球，在浩瀚无边的宇宙炸开了一朵花。

老爸，如果我真是您亲生的，宋好佳在心中双手合十，虔诚地祷告，您老人家可不可以就不回来了？

第三章

宋好佳朝贺千山的房间探了个头。

同她房间一模一样的格局,贺千山的房间空空荡荡,像是个随时会离开的旅人,只是暂得一处落脚。

开放式衣柜里挂了两件黑色连帽衫,墙边靠着一张两米长的定制原木书桌,上面放了一台笔记本,一个纯黑的磨砂大口马克杯,几盆仙人掌。

另一面墙做成了黑色落地大书柜,密密麻麻摆满了书,有一半是英文原版,宋好佳光是看一下就心底发怵。

与房间连接的阳台,被改成了小书房,白色宣纸铺开在长长的毛毡上,一旁摆满了笔墨纸砚。宋好佳想起来,曾经看到过一篇人物志,写贺千山,说他从小习得一手好字。

他的第一部电影,就是演少年时代的书圣王羲之。古书记载,王羲之曾用池塘水洗墨笔,日夜不曾辍笔,染黑了整塘水,终于换来一幅《兰亭序》。

天道酬勤,但问耕耘。

Time
is
A Thief

绿亦歌 — 著

用我渺小一生
去对抗永恒

过去的我 | Chapter 1

《岁月有神偷》的故事，动笔是在 2016 年，完成在 2023 年。

虽然跨越了很长的时间，但是故事的结局从来没有变过。我想写一个美丽而温柔的故事，我希望读完这个故事的你们，不会失望地认为它是一个悲剧，我希望它能在你们孤独、痛苦的时候，给你们力量。

生命是如此灿烂、美丽，只要活着，就会有好事发生。

2014 年，大学毕业的我写完了《岁月忽已暮》，2015 年，研究生毕业的我写完了《致岁月迢迢》，直到写完《岁月有神偷》，我觉得自己终于进入了人生的成熟期。

青春期的我，曾像姜河一样浪漫，像一玫一样勇敢，像宋好佳一样孤独。

这些年我身上发生了很多事，我结束了长达十年的初恋。

没有争吵，没有相看两厌，没有一次次的回头，就这样平静地分开了。

这是我能到的，一段人生最好的结束方式。自此以后就可以背着行囊，轻装上路，去往我想要追逐的更广阔的天地。

我身边没有一个人问过我为什么。

因为他们都知道，我的心里有一个太过于强大的自我，我不允许它被驯服、被遗忘、被困于《革命之路》的那座大花园里，即使那是以爱之名。

我不愿温柔地走入那良夜。

生命只有一次，我想要度过完完全全属于我的季节，春夏秋冬，时间留在我身上的痕迹，我要一个不落地记得。

有很长一段时间，我的微信签名是：用我渺小一生，去对抗永恒。

永恒到底是什么呢？对我来说，永恒就像是人生丛林里的湿地沼泽，看上去绵软无害，踩上去就会一点点下坠，直到忘记了过去在丛林里披荆斩棘、追逐日升月起的岁月。

有人问我是否还相信爱情。

我反而更相信爱情。

好的爱情，让我们看见最真实的自己。就像宋好佳和舒也，他温柔地化解了她身上的刺，那些短暂的，爱过人，也被人爱过的时光，留在我们的记忆里，成为面对往后漫长人生的勇气。

但是好的爱情，不一定要生生世世、朝朝暮暮。

温柔的、尖锐的、孤独的、愤怒的、沉默的……这些都是爱情。

明白了这点的我，又开始写爱情小说。于我而言，世界上有许多媚俗之物，爱情恰恰是最不媚俗的。

它往往和自由相生相伴，如光影随行。

我曾沮丧地想，为什么有的人一生顺境，而我似乎总是在走弯路，要经历那么多失意、不公和失败，才能明白自己想要的是什么。

为什么我孤零零走在这路上，没有人伸手拉我，为我点灯。

距离我第一次写故事，已经过去了二十多年，文字治愈了我。通过不断书写、阅读，我在一片废墟里，重建了我的精神花园。

而现在，三十一岁的我，看着花园里的硕果累累，觉得自己是如此丰盈、坚韧。我庆幸自己经历的所有，它们让我来到此处，遇到了像珍珠一样美丽的朋友们。

我清楚地知晓了自己的心，再也不拧巴地活在世界上，我接纳全部的自己，为自己再造一身骨肉。

回过头看时，曾经觉得孤独无助的我，原来一直在被许多人帮助着，记挂着，思念着。

于是我写完了《岁月有神偷》的故事。

我曾经害怕，有一天，我的读者们都已经长大，不再看爱情故事，不再看我写的故事。

如今我变得乐观开朗，所有的故事都是如此。在偌大的世界里，我们相遇，留下一段回忆，如那湖面的波光倒影，有过美丽的一瞬就足够了。

无论是爱情、写作，还是人生，只需要对自己有所交代就够了。

现在的我 | Chapter 2

我买了一个橘黄色的沙发,在墙壁上贴上喜欢的海报,将次卧做成了衣帽架加书房,打造了一个漂亮的岛台。

客厅铺了一张漂亮的橘色的地毯,我和朋友在这里吃饭、聊天,偶尔晚上失眠,我会用吸尘器将地毯打扫得干干净净。

房子位于市区的繁华地段,两站地铁的交会处,附近有两家大型购物中心,有一座公园。

我在这里收养了两只猫,橘色的沙发、橘色的地毯、橘色的猫咪,是我独自居住的温暖的家。

我每周坐地铁六号线回父母的家,晚上的时候,车厢空空荡荡,我习惯坐靠边的角落,低头看书。

每一次回家,母亲会为我换上干净的床单,放一个热水袋在里面,这样我洗完澡钻进被窝,就总是很暖和。

母亲退休了,父亲也快要退休了,我每年带她去做身体检查,我希望他们长命百岁,但是我也知道他们的头发正在一天天变白。

2022 年的冬天，我卖掉了那间房子。

安逸舒适的事物似乎总藏着陷阱，我总是在想，如果一直这样生活下去，就什么都不会改变了。

2023 年的春天，我搬去了成都的老城区，这里没有高楼大厦，没有车马如龙，这里树木茂盛，人流稀少。

骑自行车去地铁站要十几分钟，去公园也是十几分钟。我常常骑车去公园，很少再去地铁站，在成都生活，我几乎没有离开过这片旧城区。

我有一间很大的书房，这是我的"一间属于自己的房间"。

我在这里写作、学架子鼓、学画画，这里还有一间小小的花园。

我书桌上的小花是从阳台的小花园剪下的，自从我开始养花，家中花瓶里就没有缺过花。

画桌。可以在室内开花的球菊。

架子鼓和书架。

已经被猫抓得残缺的瑜伽垫。这是我的第二个瑜伽垫了，我用它来做一些拉伸动作。

一张小床，供我午休时小憩，猫咪喜欢蜷缩在上面，一边睡觉一边陪我，现在已经成了它的专属猫床。如果我在这里休息，它会悄无声息钻入我的被窝里。

窗外能看到一片郁郁葱葱的树林。

我在这里开始了我的新生活，也在这里写完了《岁月有神偷》。

春天还没来临的时候,我读到了吉井忍的《东京八平米》,我多年前在成都的一家书店参加过她的分享会。

我很喜欢这本《东京八平米》,也是因为读了这本书,我不再畏惧自己的未来,人的成长本就是在迷雾里前行。作者在书中写她去披萨店打工,虽然收入微薄,但是她在观影、读书、旅行上从不吝啬。

我喜欢她的生活态度,她充满信心和力量,没有焦虑和畏惧,她对自己的生活有十足的把握。

写完《岁月有神偷》后,我马不停蹄开始写《流光似你》的故事,偶尔卡文,觉得自己距离生活还是太遥远,并为此感到痛苦。

夏天的时候,我找到一家有花园的咖啡馆做兼职。我一周去店里两次,工作日四个小时,周末十个小时,午后往往没有人,我会在咖啡馆的花园里看书、写作。

我在暴雨连绵的日子里读完了利维的女性三部曲,我喜欢《生活的代价》和《自己的房子》(另一本叫《我不知道的事》)。

三本书分别写于作者四十多岁、五十多岁和六十多岁。

我喜欢的女性作家们,一直在用自己的人生经历,给我启迪和勇气。

又或许是许多相似的人生经历让我在茫茫书海里遇到她们。感谢她们写下的文字,让我明白,啊,世界上不止是我一个人,在用这样的方式生活着、战斗着。

那些艰难的、孤独的路,她们已经替我走过了。她们将人生种种书写下来,与年轻一点的人分享经验,勇敢和智慧。

我心中深深感谢,世界上早就没有了"少有人走的路",历史就是前人留给后人的路灯。

我现在这样叙述自己的人生，也是在心中抱着期待，或许，此时此刻的我，也能给远方的某个人一些慰藉。

　　我在自己的公众号上一个月写一篇随笔，游记，一些推书和观影记录，这些文章零零总总加起来，成为了我这一年对自己的年度总结。
　　是我生活在这个世界上，留下的水迹。
　　我变得越来越快乐，充沛。
　　我和我的小狗去公园里散步，它刚出生后不久得了细小，被人扔在路边奄奄一息，母亲将它送去医院抢救，如今它是家中最受宠爱的小公主。
　　每次看到它在阳光下一蹦一跳的身姿，我心中总会涌起一种难以名状的感动。
　　它快乐地奔跑着，忘记了所有的痛苦。
　　我紧紧抱住它，对它说："多亏了当时的你努力活了下来，你的好日子还在后头呢。"

　　《岁月有神偷》的故事结束了。
　　而我们的人生故事，也总会有结束的那一天。
　　这一切的一切，都只是如鸟儿拍打翅膀，向着更广阔的世界飞翔，有一些羽毛被风吹落，缓缓落入温柔的海洋里。

　　（谢谢所有等待过这部书的读者，谢谢我的编辑萧萧，谢谢我的后援会会长思思，谢谢所有喜欢宋好佳故事的人。）

2021 年，去了新疆，旅行回来以后，我开始更新公众号，每个月写一篇随笔。

29

♣ 29 岁的夏天

在朋友的鼓励下，去拍了一组照片。

过去的几年不太爱拍照，整理旧照时才发现，几乎没有什么可以用的。

有一些旧照片也因为更换电子设备而弄丢，曾经发生在生活里的事情，都逐渐被忘记。

总的来说，那几年我有点孤独，对于自身和世界充满了迷茫，对于传统的人生叙事有抵触，但是无法全然释怀，努力在打起精神，但是生命里的冬天略显漫长。

这一年，犹豫了很久，鼓起勇气自己养了两只猫咪。毛毛和跳跳，两只橘猫，它们总是抱在一起睡觉，它们的来到是我的人生大事。

2022 年，30 岁生日，朋友给我拍了一组照片。

（面对镜头还是会慌乱、紧张）

去海边旅行，看到大海的时候，想到了《岁月有神偷》，暗自下决心一定要写完它。感谢我的编辑萧萧，和我签下合同，审稿、改封面，催我稿子，才有了这本书和这个小册子的诞生。

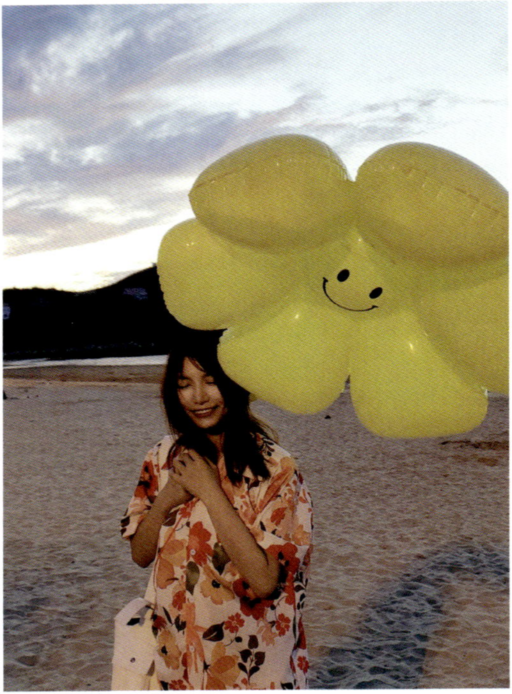

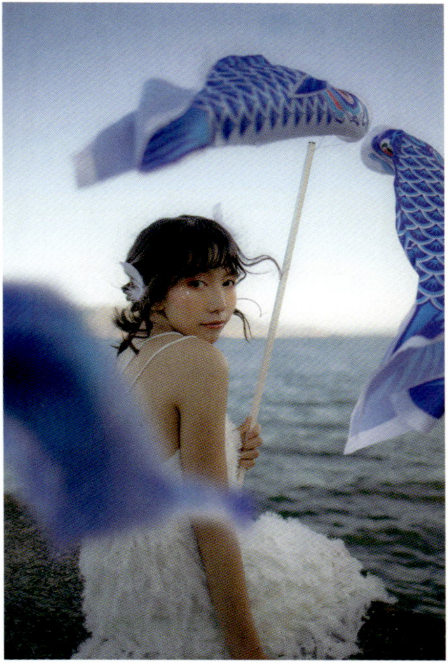

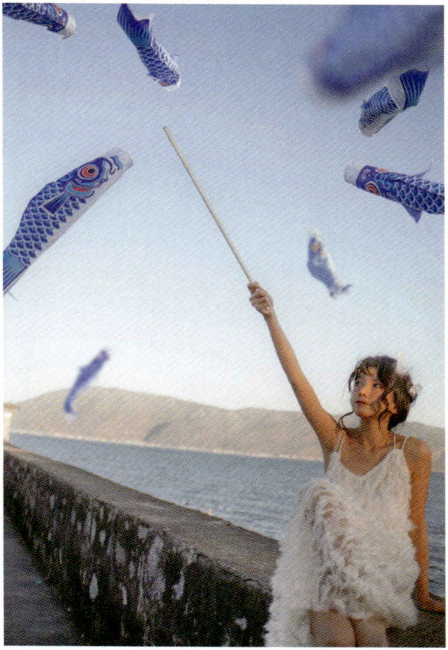

冬天因为见不到太阳而低落,我去了海边和云南,想要生活在温暖、阳光灿烂的地方,但是现在的我还没有勇气离开我的城市。

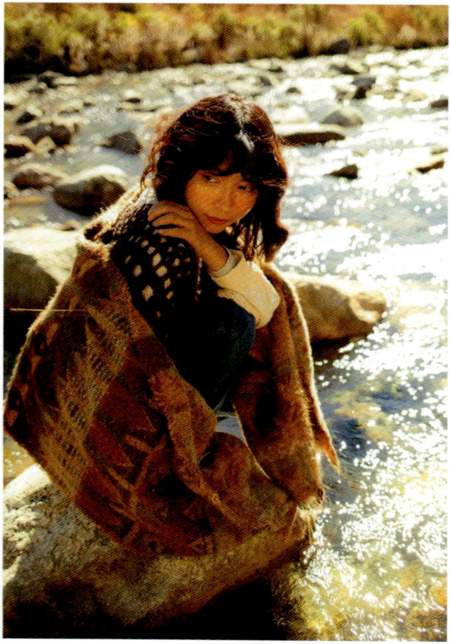
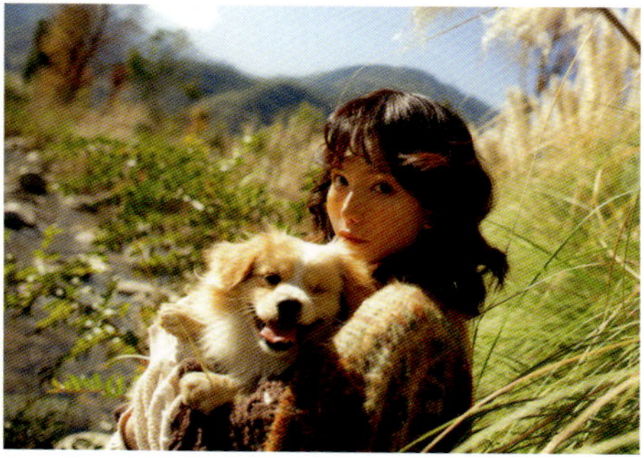

因为有了猫咪，坚持在写公众号的随笔，分享欲变强，生活开始变好。

2023 年,卖掉了之前住的房子,搬到了一个安静的街区。

▲ 卖掉的房子,我喜欢在这张沙发上看书、睡觉、看电影,和朋友聊天。

◀新的住处,有很大的书房,开始学画画,画桌正对着天空,我也在这个房间练习架子鼓、写书、看书、和猫咪一起午休。

交到了新朋友，照片变得很多，话也变多了，尝试了许多过去不敢想象的事，和父母的关系也变好了。

认识了新的朋友，写完了《神偷》，开始写《流光似你》，同时也开始写一些其他的长篇小说。

开始重建自己的生活，去逛菜市场，散步，写作，和朋友一起做饭、看电影，依然对没有阳光的冬天感到痛苦，但是减轻了许多。身体变健康了不少，眼睛疼、头痛、失眠都有好转。

偶尔还是会焦虑和害怕，但不会再轻易被情绪支配，平静、快乐了许多。

我想要写故事，写自己的故事，写自己脑海里的故事。相遇的瞬间，快门的咔嚓声，一个月一篇的随笔，相册里开始露出笑容的我，故事里决定要相爱的男女，旧日里久久不肯退去的 BGM，这些吉光片羽，或许就是生命的意义。

我现在开始相信,

对自己忠诚,绝不把属于自己的权利让给他人。

直面痛苦,敢于放弃,去尝试、改变,人就可以过上自己最想要的生活。

用我渺小一生
去对抗永恒

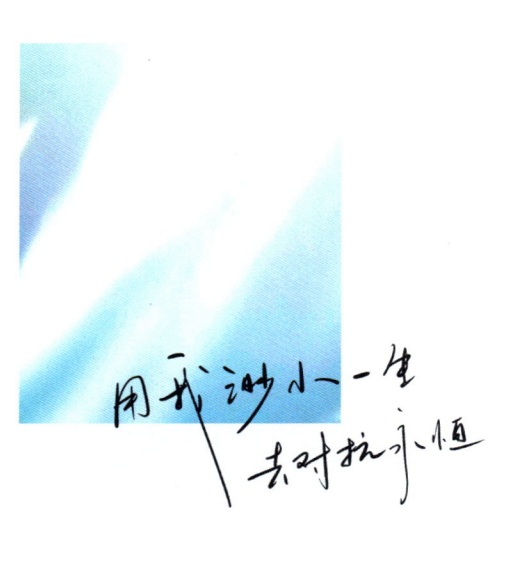

宋好佳鼓起勇气，问贺千山能不能看他写的字。

贺千山"嗯"了一声，伸手拿起毛笔，略一沉吟，提笔，点墨，认真地写下三个字。

他低头的时候，碎刘海掉下来，微微遮住眉毛。

宋好佳怔怔地看着白纸上他写下自己的名字——宋好佳。

她沉默半晌，才开口："你知道吗？从小到大，我都不喜欢自己的名字。宋好佳，又土又俗……我从来没有想过，我的名字可以这么好看。"

古人用《洛神赋》赞王羲之，翩若惊鸿，宛若游龙。

贺千山淡淡开口："你父母希望你一生平安，万事顺意。"

"那你呢，为什么叫千山？我很喜欢你在《岁月忽已暮》里演的江海。"

他轻声回答："海纳百川，而群山从未被征服，比起海的壮阔寂静，我或许还有更长的路要走。"

宋好佳笑起来，眼前的男孩子才是真的含着金钥匙出生，万事顺意，可是他却如此谦虚勤奋，真好，她想，他的一生必定能走得很好。

贺千山为宋好佳找来牙刷和干净的毛巾，又从书柜里翻出没有拆过吊牌的衣服——一件白色连帽衫，上面坐着一只皮卡丘，和他那件黑色的皮卡丘应该是一套，宋好佳为自己这个想法脸蓦地红了，用余光偷偷打量贺千山，他却浑然未觉。

宋好佳走进浴室，洗漱台上放着一个玻璃杯，一把黑色牙刷。很普通的浴室，学校每一间寝室的浴室都长这个样，但是宋好佳蹲在窄窄一方光下，她憋着一口气，不敢上厕所。

开什么玩笑，男神就在一墙之外，谁做得出来这样的事！

宋好佳下午晕倒过，不敢在热气氤氲的室内待太久。她洗完澡，颤巍巍穿上贺千山的衣裤,衣袖太长,要挽上好几圈。系松紧绳的裤子,宋好佳钻进去,胡乱想象了一下贺千山穿上它的样子。

他跳舞的时候时常露出腰线,窄窄地凹进去,让人忍不住看一眼,再看一眼。

想起刚才贺千山站在她身边,擦肩而过的瞬间,闻到他身上有种淡淡的香气,像十二月的雪松,干净、凛冽。

宋好佳推开门,贺千山背对着她在看剧本。他关了天花板上的灯,只留下面前一盏微弱的台灯,他顾及她至此,宋好佳想,从小到大,除了舒也,他是第二个人,这样将她视作女孩子。

"你先睡吧,"贺千山还是背对着她,轻声说,"希望不会打扰到你。"

一米五的单人床,床垫太软,躺在上面感觉自己整个人都陷下去。贺千山在床边放了一个MP3,插好了耳机,还有一支白色的香薰蜡烛,微小的烛光在昏暗不定地跳动。宋好佳鼻头微动,是英国梨和小苍兰的香气。

宋好佳掀开被子,整个人钻进去,一片黑暗里,她几乎落下泪来。

没有人说晚安,夜晚如此寂静,谁会忍心打扰。

不是没有抱怨过命运对她不公,可是生命的馈赠在于,只要一直向前走,总有美梦成真的那一天。

就算好事不长久,也笃定好事常有。

老校医一张神嘴,宋好佳几天后生理期姗姗来迟,比往常痛上许多倍。

她咬牙滚下床,在抽屉里翻出最后两粒止痛药,一边吞一边想,为什么人类都可以发射人造卫星探索宇宙了,却连区区一个生理痛都治不了。

等她面色苍白地爬到教学楼下，上课铃声正好响起。

宋好佳绝望地看到，一道灰色的人影严肃笔直地站在公告栏下。学生处的主任是位四十岁的中年女人，叫孟楠，学校里每个人提到她都忍不住一阵寒战。

孟楠长得虎背熊腰，却留着樱桃小丸子一样的刘海和齐耳短发，踩十厘米细高跟鞋，至今单身，学生们背地里都叫她"老巫婆"。

看到宋好佳，孟楠皮笑肉不笑："这位同学，哪个班的？"

宋好佳哀悼班主任这个月泡汤的奖金，嗫嚅道："……高一（7）班。"

"连续三天迟到了啊，"孟楠抬了抬眼镜，冷冰冰地说，"严重违反校规校纪。"

宋好佳被拎到办公室站军姿。过了许久，孟楠终于清理好她的文件，扬扬下巴，让宋好佳到她跟前。

"一千五百字检讨，我等会儿通知家长。"

宋好佳不想被宋建军知道，小声恳求："孟老师，能不要告诉我爸吗？我这几天生理期，真的不舒服，不是故意迟到的。"

"你们这些年轻人，找起借口来一套一套的，天大的事，早起五分钟不行吗？不是故意迟到，那你说说，你迟到没有？连续三天，这是态度问题。人人都像你这样，还有没有校规校纪了？"

宋好佳小腹又开始隐隐作痛。她不想在孟楠面前示弱，咬住下嘴唇，背在身后的手偷偷掐虎口。孟楠忽然拉开抽屉，从里面拿出一串钥匙，甩在桌子上。

宋好佳不明所以："老师，这是什么？"

孟楠依然冷冰冰的："我一直想做校园广播，那群男生太痞了，全校就你这么一个女生。"

"广播室在行政楼二楼，这是钥匙。每天下午六点到六点半，节目你可以自己定。你自己考虑吧。"

"啊？"宋好佳下意识摇摇头，脱口而出，"我不行。"

孟楠瞪了宋好佳一眼："你可以再想想。"

宋好佳还是摇头："我没有学过播音主持，声音不好听，普通话不标准，'l'和'n'从来都分不清，'牛奶'两个字是我一生的痛，到时候肯定会被嘲笑的。"

"被人嘲笑很丢脸吗？小姑娘，你就没有什么想做的事？试都不试就否认自己，你爸是这样教你的吗？一定要活在别人的眼光里？接受自己很难吗？"

孟楠顿了顿，忽然语气柔和下来："你的事，我听你父亲说过了，青春啊，学生时代啊，都是一期一会的东西，既然还有时间，不如留下点回忆。"

宋好佳低下头，广播站钥匙静静躺在桌上，反射着冷冷的银光。

孟楠的桌面和她为人一样一丝不苟，整齐得不近人情，只有这串钥匙，上面还挂着一个憨态可掬的龙猫，应该是特意为她准备的。

宋好佳在心底诘问自己，接受自己很难吗？

宋好佳一把抓起桌上的钥匙，对着孟楠深深鞠了一躬："我想。谢谢孟老师。"

宋好佳回到教室，第一节英语课已经下课。

下一节是体育课，像舒也一类的运动积极分子已经早一步去了篮球场，剩下大部分男生正裸着上身换衣服，其中有人看到孟楠离开的背影，朝地上吐了一口口水："呸。"

然后男生抬起头，冲宋好佳吹了声口哨："宋好佳，你没事吧，老巫婆是不是为难你了？别理她个疯子。"

宋好佳捂着肚子，刚准备坐下，皱起眉头不快地说："不要这样说她。"

男生喷了一声："宋好佳，你不是也跟着疯了吧？你帮着老巫婆说什么好话？她还扣我们班出勤分呢。"

"那是我迟到在先，被扣了分，我向大家道歉。"

宋好佳说得这样郑重其事，大家都停下手中的事，看热闹不嫌事大。

男生觉得面子上挂不住，讪讪道："哟呵，还跟老巫婆一个德行了，小心以后你也嫁不出去。"

宋好佳生理期脾气暴躁，一时没有控制住自己，将手中的书往地上一摔："都说了！不要这样说她！"

"我说又怎么了！"

"起码的尊重懂不懂，"宋好佳说，"你爸妈送你来学校，是让你来学做人的。"

"老巫婆给你什么把你收买了？哦，忘了，你爸爸是教导主任啊，"男生不怀好意地笑笑，"老巫婆和老男人，倒是天生一对。"

宋好佳气得一口气没提上来，随手抄起身边的椅子就要朝男生砸去，可是她肚子绞痛难忍，一下子脱力，椅子从她手中滑落，哐当一声砸在地上。

"来啊，"男生肆无忌惮地挑衅她，"不是要打我吗？"

宋好佳咬牙，腹部痛得她说不出话来，但更不愿被这帮男生发现，她面色苍白，浑身冒着冷汗，却坚持挺直了背脊，狠狠地瞪着对方。

这时，坐在窗边的贺千山忽然站起身，他摘下耳机，双手放在衣兜里。神色冷淡地走到男生面前，扬了扬下巴："大维，跟她道歉。"

"千哥，"男生的气焰一下子灭下去，"你怎么也管这事。"

贺千山摇摇头，轻声说："看不下去了，背后说人是非，欺负女孩子，大维，我都替你觉得丢人。"

大维咬着牙齿，不说话了。大维不说话，贺千山也不动，他耷拉着眼皮，懒懒散散的，像是没有睡醒。

贺千山这年身高一米七八，观众们对他十分自信，笃定他随便长个一米八零不成问题。他居高临下看着大维，连宋好佳都觉得十分有压迫感。

整个教室的空气凝固，宋好佳的红眼圈也慢慢褪下去，她用衣袖擦眼睛，也不知道自己在流泪个什么劲儿，说："我没什么。"

话音刚落，大维走到宋好佳面前，低下头对她说："对不起。"

宋好佳手握成拳头又松开，她强忍着腹部绞痛，摇摇头："没什么，只是以后你别那样说孟老师，也别那样……说我爸。"

宋好佳抬起眼，正好看到贺千山在微笑。

他笑起来的时候一双眼睛细细地弯起，嘴角两颗虎牙，像个小孩子，十分可爱。阳光从他身后的玻璃窗洒进来，落在他的肩膀上，他微微低下头，一片尘埃飞舞。

宋好佳转过身，一脚踢到桌子腿，她大惊小怪地号叫起来，试图掩盖自己几乎就要溢出的心跳。

第二周傍晚，下午六点，校内大喇叭忽然响起"滋"的一声，下一秒，音乐前奏响起，金玟岐淡淡的声音唱："能够握紧的就别放了，能够拥抱的就别拉扯。"

所有人在这一刻停下脚步，抬起头向声音传来的方向眺望。

"老师同学们，大家下午好，欢迎收听今天的校园广播，"宋好佳对着话筒，尽量放慢语速，浑身已经汗水涔涔，但她努力挤出微笑,手指使劲掐着自己的大腿,装出从容不迫的样子,"我是主持人,宋好佳。"

篮球场上,站在三分线外的舒也正准备投球,忽然一个趔趄,倒在地上,抱着小腿脚踝嗷嗷大叫。

教室里,正在写数学题的贺千山停下来,一支细长的派克钢笔在指间灵巧地旋转,他侧过头若有所思地看向窗外,夕阳西下,火烧云染红一片天,倦鸟余归。

"今天的第一首歌,也是广播站的第一首歌,《路过人间》,送给你们。"

宋好佳说:"这是我很喜欢的一首歌,希望大家喜欢。从今天开始,以后每天傍晚的半个小时,我都在这里陪你们度过。欢迎大家点播你们喜欢的音乐,也欢迎各种闲聊和趣事分享,我想要和大家一起建设这个广播站。"

宋好佳的声音既不甜美,也不轻灵,她还刻意压低嗓子,让它听起来低沉。

她舍弃了刚刚踏入校门那天的嗲声嗲气,舍弃了故意装出来的柔弱可怜,她不再站在全校男生的对立面,这一刻,她无比真实地感受到,她就是这里的一员。

这个陌生而美丽的校园,就是她的青春。

一曲结束,歌声慢慢退去,少年们回过神来,吹口哨的、鼓掌的、吆喝的、大声叫着要点歌的、冲去广播站的……整个校园渐渐沸腾起来,太阳似乎再一次从山顶升起,且永不西沉。

点播环节结束以后,宋好佳安排的第二个栏目是读诗。宋好佳选的是辛波斯卡的《种种可能》,背景音乐选择了李斯特的《爱之梦》,她声音低柔,如诉如颂。

我偏爱电影

我偏爱猫

我偏爱华尔塔河沿岸的橡树

我偏爱狄更斯,胜过陀思妥耶夫斯基

我偏爱我对人群的喜欢,胜过我对人类的爱

我偏爱在手边摆放针线,以备不时之需

我偏爱绿色

我偏爱不把一切

都归咎于理性的想法

我偏爱例外

我偏爱及早离去

我偏爱和医生聊些别的话题

我偏爱线条细致的老式插画

我偏爱写诗的荒谬,胜过不写诗的荒谬

我偏爱,就爱情而言,可以天天庆祝的,不特定纪念日

我偏爱不向我做任何承诺的道德家

我偏爱狡猾的仁慈胜,过过度可信的那种

我偏爱穿便服的地球

我偏爱被征服的国家胜过征服者

我偏爱有些保留

我偏爱混乱的地狱胜,过秩序井然的地狱

我偏爱格林童话胜过报纸头版

我偏爱不开花的叶子胜过不长叶子的花

我偏爱尾巴没被截短的狗

我偏爱淡色的眼睛,因为我是黑眼珠

我偏爱书桌的抽屉

我偏爱许多此处未提及的事物,胜过许多我也没有说到的事物

我偏爱自由无拘的零,胜过排列在阿拉伯数字后面的零

我偏爱昆虫的时间胜过星星的时间

我偏爱敲击木头

我偏爱不去问还要多久或什么时候

我偏爱牢记此一可能——存在的理由不假外求

晚自习上课铃声急促地响起,宋好佳踩着最后一秒冲进教室。她把广播站的钥匙用绳子串好,挂在脖子上,急刹车的一瞬间,钥匙高高飞起,正好打中宋好佳的脑门。

宋好佳还没反应过来,教室响起一片整齐的掌声,男生们笑嘻嘻地看着她,为她喝彩。

宋好佳站在门口,用手捂住通红的一张脸,透过手指间的缝隙,眼睛不断闪动:"谢谢,谢谢,谢谢。"

秦帅举起手,带头大声说:"我要点歌!快快快!明天第一首!"

"可以啊,"宋好佳在心底谢谢他替自己解围,也大声回道,"一块钱一首,三十包月。"

"宋好佳,你能不能行行好,一个月才二十天呢。"

"VIP嘛,"宋好佳笑得东倒西歪,"秦帅你别那么抠,我知道你是尊贵的QQ会员。"

有人接话:"不止呢,红钻绿钻黄钻,秦帅可是点燃了QQ每一个图标的男人,简称王的男人。"

秦帅顿时炸毛:"闭嘴!"

回到座位上坐下,宋好佳还面红耳赤地抬不起头,只好装模作样地翻书包。

忽然,宋好佳觉得有什么在戳她。她抬起头,身旁是认认真真在抄单词的舒也,桌上放了一条巧克力,他的手肘似乎是无意地碰到巧克力,把它一下一下推过来。

终于,那条巧克力越过男女之间的三八线,来到宋好佳面前。

宋好佳拼命忍住笑意,捏着笔杆,眼疾手快地将巧克力藏起来。她偷偷打量周围,确定没有人在看自己,将手藏在抽屉里,小心翼翼地撕开铝箔包装,掰下一小块含在嘴里,让它慢慢化开。

她小声说:"谢谢。"

舒也傲慢地哼了一声:"做得不错。"

舒也大概不知道,这是她人生第一次收到巧克力。

她最喜欢吃甜,腻到发齁才好,大约是因为她这一生,所能拥有的快乐,注定比别人少一些。

坚持夜跑一个月以后,宋好佳的纪录终于突破3000米大关。

她曾在心底许诺,如果能跑下3000米,就奖励自己一次性吃两包方便面,放火腿和鸡蛋,再配上一听冰镇可乐。

泡面出锅,香气溢满整间屋子,宋好佳特意洗了澡,正襟危坐,举起筷子对着体重计虔诚地拜了三拜。

吃下第一口面,宋好佳竟然停下了筷子。她心中涌起巨大的失望,记忆里美味无比的泡面,此刻竟然味同嚼蜡。

为什么自己过去会迷恋这种毫无营养的食物?它们根本不值得她长肉!

宋好佳盯着眼前油腻腻的面汤,认真地想,这样的变化是运动带给她的,她的身体开始排斥垃圾食品,向更健康的生活方式靠近。

跑步带给宋好佳的第二个好处,是她居然能够早起了。

时值深秋,早晚温差极大,常常下雨。过去每年这个时候,宋好佳都是把内衣套在秋衣外面,以换取多睡一分钟,而今天闹钟还没响,她竟然自然醒了。

窗外夜色还未散去,破晓将至,深蓝色的雾气在玻璃和树林间穿梭。

宋好佳趴在寝室外走廊的栏杆上,耳机里传来温柔的歌声:"无人可恋,来这人间,有多浪费……"她对着远方的月亮轻轻哈一口气,拿着本子写下为广播站准备的诗歌。

"活在这珍贵的人间,太阳强烈,水波温柔。"

在所有人都在沉睡的时候,只有她一个人孤独地快乐着。

时间之神像是偷偷为她开了一扇门,从中漏出些许星光,她站在门外,捡起那些曾经被遗落的时间。

再多一点就好了,宋好佳在心中祈求:拜托了,请再多给我一点点时间。

到了早上七点,宿舍楼就活过来了。生活老师一间一间寝室横扫过去,把门敲得震天响,扯着嗓门大喊"起床了,起床了"。从美梦中陡然醒来的男生们个个哭天抢地,抱着被子不要脸地开始撒娇。

"再让我多睡三十秒——"

"你给我起来!"

整个学校陷入鸡飞狗跳。

宋好佳躲在房间里,贴在门背后听隔壁的动静。等到贺千山关门,她就背着书包,假装打着哈欠推开门,露出一个非常惊喜且夸张的笑容:"哎呀,好巧,你也去上学?"

宋好佳自我感觉良好,觉得自己演得惟妙惟肖,全然忘记贺千山本职年级第一,兼职国民新生代小影帝。

人生如戏,全靠演技。

这天,宋好佳低着头,和贺千山一起走到食堂门口,看到男生们分成两排，站在路边，毕恭毕敬地开路让道。

贺千山一看，笑了起来，也跟着站在路边让道。他笑的时候很腼腆，像个小孩，两颊两个酒窝。

宋好佳不明所以，问："这是怎么回事？"

话音刚落，只见一只中华田园猫，站在食堂大门口，昂起头，发出一声无比高贵的"喵——"

贺千山低笑着给她解释："嗯，这位就是本校校霸。"

他说话的时候微微俯身，离宋好佳的耳畔很近，如一道春风拂过，痒痒的，让人想要伸手去挠一挠。

黄猫抖抖尾巴，大摇大摆地顺着众人给它开的路走进来，跳上饭桌，一口咬下一名男生的热狗面包，似乎味道不甚合意，它低头把嚼碎的面包吐到男生餐盘里，眯着眼睛，舔了舔嘴。

真乃校霸。

然后它的目光看过来，十分惊奇地发现了宋好佳这名异端。校霸走到宋好佳身边，嗅了嗅，咦，竟然是香的，于是它长喵一声，伸出爪子扯了扯宋好佳的裤脚，在她脚边缩成一团。

贺千山抿着嘴忍笑，他拉了拉棒球帽的帽檐，不让宋好佳发现他在笑。

于是这天，宋好佳一脸蒙地抱着肥硕的中华田园猫，来到教室门口。校霸一进门，前一秒还闹哄哄的教室顿时噤声。它跳到宋好佳的课桌上，推了推正在蒙头大睡的舒也，舒也起床气犯了，戾气很重地抬起头："找死——"

然后他对上一双玻璃珠一样的圆眼睛，校霸舔着爪子，不耐烦地看着他。

说起来他舒也也是怀川私立中学一代扛把子，"吗"字也只能生生自个儿吞下去。

上课铃响起，班主任抱着一个大纸箱子走进教室，看到在讲台上缩成一团的中华田园猫和鸦雀无声的班级，他抬了抬眼镜，冷笑："看看你们欺软怕硬的熊样。"

第二天是圣诞节，怀川私立中学自诩国际化男校，按照惯例会举办一个叫"守护天使"的活动，在纸条上写好每个人的名字，抽签决定自己要守护的对象。

班主任说："作为一名合格的守护天使，要好好守护那个人，陪伴他、相信他、鼓励他，但是不能让他猜出你是他的守护天使。本校传统，请大家务必遵守。学会爱与被爱，才是人生的必修课。"

每个人依次上台抽签，宋好佳手短，伸进箱子摸不到底，只好在众人的耻笑声中端起箱子使劲摇。

一个纸团落出来，宋好佳紧张地捡起来，回到座位上小心翼翼地打开——

宋好佳在心底默默期待能够抽到贺千山，和明星做同班同学，她可以给自己脑补十万字的小说情节了。

然而，当她展开纸条，上面没有字，只有一个黑乎乎的爪印。

宋好佳愣住："这是什么？"

只见舒也冲她灿烂一笑，慢条斯理地说："恭喜你，抽中了校霸。"

趴在讲台上的黄猫似是能听懂人话，眯起眼睛，惬意地看了宋好佳一眼。

"喵——"

舒也翻译猫言猫语："你要保护好我哟！"

她从今天起，就是这个恶霸的守护者了。

"那你抽到谁？"宋好佳凑过头去看，"不会是秦帅吧？"

舒也一瞬间折好纸条，把它夹在手指间，不让宋好佳看到。没想到，下一秒，校霸飞身而起，从他手里抢下纸条，大摇大摆地叼着走了。

舒也一脸诧异。

宋好佳笑得差点从椅子上摔下去。

入冬以后，隔三岔五就要落雨。

宋好佳不喜欢冬天，冬天太萧条了。宋好佳以前住院，医院里有一只小流浪猫，宋好佳每次去医院都会去找它，看它从小猫一点点圆润起来，在阳光明媚的日子里，追逐着落叶。

到了冬天，它突然消失了。

宋好佳在医院里问了很多人，最后负责打扫的阿姨告诉她，小猫走了。

"大部分流浪的猫狗都活不过冬天的。"

从那之后，每到了冬天，宋好佳的情绪都很低落，冬天成了一种象征，生命消逝，回忆被冰封。

她在学校里找过校霸几次，既然成了它的守护天使，宋好佳觉得就要对它负责。她用不要的箱子，给它在树林间做了一个猫窝。又从网上批发了暖宝宝，裹在旧衣服里，铺在猫窝上。校霸刚开始的时候不领情，时间久了，自己就钻进去了。

这天雨下了一整天，舒也没有来上学。

班上也没有人说什么，大家好像很习惯偶尔有人不来上学。宋好佳发现这个学校里的人都很奇怪，大家都有点特立独行，沉浸在自己的世界里，不是特别爱去打听其他人的隐私和八卦。

虽然说舒也这个人，看起来就是祸害遗千年的那一类，但是她又忍不住有点担心。

到了傍晚，舒也还是没有出现。

宋好佳同往常一样，几口在食堂扒拉完饭菜，就冒着倾盆大雨冲到广播站。

广播站的门口，一道颀长的身影靠在墙边。

暗沉沉的光下，舒也穿着白色的羽绒服，他很少穿这样的颜色，整个人身上有一种脆弱的美。

这天他没有扎头发，黑色的头发垂下来，他身边有一把黑色的雨伞，然而他依然被淋湿，水珠顺着头发流下，使他看起来像一只受伤的小兽。

他听到宋好佳的脚步声，抬起头，静静地看着宋好佳。他的眼睛是琥珀棕色，像是玻璃珠一样透澈。

在这一刻，外面的世界风雨交加，但是在这个极其狭窄的走道上，光线微弱，只剩下她和他。他不再是平时那个不可一世、悠然自得的舒也。

此时的他看起来只是一个温顺、沉默的十六岁的少年。

宋好佳张张嘴，欲言又止，只是拿出钥匙打开了广播站的门。

进了广播站，宋好佳甩了甩头发上的水，问他："点歌吗？"

舒也迟疑，他也不知道自己为什么会走到这里。

宋好佳笑了笑："也爷。"

"嗯？"

"送你一首歌。"

舒也挑挑眉，似乎被她的笑容传染，他终于有了一点生气。

宋好佳打开了校园广播。

"大家傍晚好，欢迎收听今天的校园广播，今天的第一首歌，送给我的一个朋友，来自中岛美嘉的《曾经我也想过一了百了》。"

"我曾经也想过一了百了，因为海鸥在码头悲鸣，随着波浪一浮一沉，叼啄着过去飞向远方……"

旋律响起，宋好佳关掉了话筒，转过头，对舒也眨了眨眼睛："也爷，生日快乐。"

舒也怔怔地看着她："你怎么知道？"

她调皮地笑了笑，没有回答他。

"曾经我也想过一了百了，因为你笑得是那么灿烂……"

雨水落在玻璃窗上，潺潺流下，像是一道雨帘。

宋好佳第一次见到这样的舒也，他侧过头，久久地凝视身后，透明的落地窗外，大雨滂沱，雨声急促得让人莫名惶恐，十二月的雨就像是一场告别。

这样的舒也，看起来这么近，又那么远。

半个小时的广播节目，舒也一直沉默地坐在广播站，看着窗外。除了这首为了舒也临时播放的歌，她还放了The Beatles的 *In My Life*。

广播结束以后，宋好佳推开门，窗外黄昏已经沉底沦陷，一片沉甸甸的黑。

舒也站起身，撑开黑色的雨伞："走吧。"

从广播站距离教学楼有七八分钟的路程，这时的雨势已经小了不少，走出广播站的时候，六点五十，整个校园的路灯在一瞬间依次亮起。

走在路上，宋好佳瞟了一眼舒也，他似乎还是情绪低落。

宋好佳想安慰他，但是又不知道该如何说起，只好自己一个人絮絮叨叨："我好喜欢The Beatles，我觉得做音乐的人都好帅，音乐总是能传给人一种特别的力量。我跟你说，我以前有个梦想，就是想去当乐队主唱。也爷，我还没听过你唱歌呢，你唱得好不好啊？"

"挺好的。"他说。

"那你唱一句来听听。"

宋好佳见舒也回话了,觉得有希望,赶紧拉着他继续说话。

舒也漫不经心地笑了笑,但是还没来得及开口,就被打断了。

"也爷——"

秦帅他们刚刚从室内篮球场跑回教学楼,手里抱着篮球,看到路上的宋好佳和舒也,一窝蜂都冲了过来。

一把双人伞底下,一瞬间多了好几个人头。

大家你挤我、我挤你,一个伞柄换了好几个人拿。

"也爷,今天我们和三班的打球,被削了。"

舒也说:"你们还是太依赖我了。"

"对对对,"秦帅说,"没有你,我可怎么办。"

他们自顾自地开始聊天,勾肩搭背,宋好佳好像插不进他们的对话里,她低下头,走路的速度也跟着放缓。

其实从小到大,宋好佳没有什么朋友。

她身体不好,经常住院,偶尔能在医院里遇到一两个同龄人,但是大家都住不久。在学校里,又因为身体不好,总是请假,好不容易交到朋友,可渐渐地,她们就会有别的更好的朋友。

大部分的人在青春岁月里,多少都有一两个能说出"我们是最好的朋友"的人,但是宋好佳没有,她从来不是那个"最"。

这时,走在前面的舒也停下来。

宋好佳没注意,撞到了他的身上。

秦帅等人也停下来,他的手还搭在舒也的肩膀上,喊她:"宋好佳,今天我们在体育馆都听到广播了。"

"就是,之前的喇叭坏了,我们好不容易才修好的。"

"没想到你也喜欢甲壳虫,原来女生也听摇滚。"

"别小瞧了女生,"宋好佳说,"女生不仅能听摇滚乐,还能唱摇滚乐！"

"好好好，我们不是歧视女生，我们只是从小到大接触女生的机会不多，多少会有点刻板印象——"

"那就让我来——打破你们的刻板印象！"

说话间，几人来到了教学楼前。

宋好佳朝后看了看，广场上空空荡荡，自己那一瞬间觉得落寞的心情，已经飘散在风中。

现在，她是他们之间的一员了。

她不用再渴望成为谁的"最"。

教室里开了暖气。大家对南方一直有误解，以为南方的冬天温暖，其实南方的冬天阴冷潮湿，室外说不定比室内还暖和。

舒也脱掉白色的羽绒外套，露出了里面的黑色T恤，从包里摸出小皮筋，又把头发扎了起来。

然后拿出他的保温杯，慢悠悠地泡了一杯红茶。

让人熟悉的也爷又回来了。

舒也这个人很讲究，夏天喝凉茶，冬天喝热茶。他喜欢喝红茶，说红茶养胃，喝的是上等的金骏眉，汤色金黄，宋好佳一个不懂茶的人都能闻到香。

但是你说他讲究吧，夏天用搪瓷杯，凉茶里加一大把冰糖，冬天用保温杯，一万块一斤的茶叶，随随便便丢在保温杯里闷，暴殄天物。

"也爷，"宋好佳看着他一套利索的扎头发动作，十分羡慕，"你好会扎揪揪哦。"

舒也看了宋好佳一眼，冲她勾勾手。

宋好佳就傻乎乎地贴过去。

舒也轻轻抓起她的发尾，轻而易举就把宋好佳怎么也扎不起来的短发捆住了。

他的手指冰凉，极其不经意地扫过她的脖颈。这么热的教室里，他却还是这么冷，一身寒意。

宋好佳不可思议地摸了摸自己的发尾，毛刺刺的。

宋好佳一直留短发，宋建军又是一个没心没肺的爹，她从小就不会扎头发。

没想到，自己留个小辫子，还蛮可爱的。一直到晚上睡觉，宋好佳都舍不得拆掉。

"也爷，谢谢你。"

舒也吊儿郎当地趴在桌子上，拿着宋好佳笔筒里的荧光笔在草稿纸上涂涂画画。

听到她的话，他抬了一下眼，似笑非笑："彼此彼此。"

好像不用问，你今天怎么了，你为什么难过。

这一年的最后一天，宋好佳和宋建军按照"习俗"，大吵了一架。

天色微明，宋建军大摇大摆走进宋好佳的房间，打开灯和窗帘，发出噼里啪啦一阵响，催着她去医院拿体检报告。

宋好佳出离愤怒，没有想到自己已经十六七岁，宋建军还视她的隐私为无物，她本来起床气就重，压着一肚子的火，声嘶力竭地冲宋建军吼："你给我出去——"

"你去不去！"宋建军一巴掌拍在桌子上。

宋好佳脖子一横："我不去！死也不去！"

她和宋建军冷战了一上午。

中午的时候宋建军没去吃饭，从冰箱里拿了盒牛奶，宋好佳终于忍不住开口，冷冷地说："空腹喝牛奶不好，这还是凉的。"

宋建军置若罔闻，故意将牛奶喝得哗啦哗啦响，还洒了大半在键盘上。

宋好佳勾起嘴角自嘲地笑，她多这个嘴干吗？

到了晚上，宋好佳去宋建军的房间里拿东西，一打开门，差点被屋里的烟味呛死。

她一闻到烟味就头痛，强忍住眩晕，冲宋建军大吼："和你说过多少次了，不要在室内抽烟！你出去抽不行吗！"

宋建军根本不理她，跷着二郎腿，一边抽烟一边斗地主。

宋好佳气得血气上涌："我真的不知道世界上为什么会有你这么自私的人！就是因为你总是这副德性，妈妈才会离开！"

宋建军像尊石像一动不动。宋好佳的愤怒坠入无底深渊，只能一直一直向下沉，她歇斯底里地反抗、挣扎，却得不到任何回音。

她甚至想要跪下来，祈求宋建军说点什么，宁可他发火，用难听的语言骂她，动手打她，可他偏偏不。

他漫不经心、毫不在意，拒绝任何沟通。

他彻底伤到了她，宋好佳十分难过："我怎么会有你这样的父亲！"

宋建军一怔，也终于火冒三丈，他怒吼："老子养了你十六年！养出你这副德行！老子白养你了！你给我滚出去！"

"我也不稀罕你养！"宋好佳一瞬间泪水决堤，心中剧痛压得她喘不过气，她愤怒地撕破父女之间最后的情面，"当初我要是判给妈妈，就不用遭这个罪了！你到死都没人陪着你！没有人爱你！你就这么过一辈子吧！"

宋好佳将门摔得惊天动地，冷风灌进来，她趴在书桌上，拼了命地咬住牙关，眼泪止不住地往外流。

不知过了多久，眼泪终于干涸，宋好佳翻到记事本最后一页，上面是她瞒着宋建军，记录下的各个公立学校的转校考试时间，打了钩的是和她成绩匹配、成功概率较大的学校。

截止时间迫在眉睫。

她有选择自己人生的权利吗？她有离开宋建军的自由吗？她有在这个世界上，独自活下去的可能吗？

到死都没有人陪她，没有人爱她，她离开了宋建军，就真的一无所有。

宋好佳做了一整夜的噩梦，醒来时坐在床上发了会儿呆，看到阳光透过门缝穿进来，落在地板上，光影斑驳。

她伸手抹了一把脸，脸颊犹有泪水，同一个梦翻来覆去十几年，也应该习惯了。

去一次省医院要转两次公交，新年伊始，街上零星有一些行人，不知道是旅人还是归客。宋好佳坐在公车最后靠窗的位置，戴着耳机听歌，Arco的 *Happy New Year*，她用手指在玻璃上写"新年快乐"。

她穿着红色的棉外套，一年只穿这么一次，新年总是无罪的。

宋好佳站在医院门口吃了一个煎饼果子，又要了一串冰糖葫芦，当作送给自己的新年礼物。

胃里装着沉甸甸的食物，嘴里含着腻人的甜，用来交换些许勇气。

医院永远人山人海。

宋好佳和省医院十几年的老交情，熟门熟路地在体检科拿到报告，医院工作流动性不大，医生护士还是当年那批拿着拨浪鼓逗她的人，只是再不复青春年少。

他们比同龄人老得要快许多，就连结婚生子这样的大事，于他们而言也成了不值一提的小事。

见过太多生死，人间已无新鲜事。

"新年好啊，宋好佳！"

"好佳来啦？新年好！"

宋好佳向认识的医生护士们一一道了新年好，说着吉利讨喜的话，在众人的欲言又止中，笑嘻嘻地离开了。

医院的电梯很难等到一趟，宋好佳从侧门走楼梯下去。

她手中捏着体检报告，匆匆扫过一眼，没有来得及细看，在病中的日子太长，她早就已经习惯了，说不上难过或者绝望。

窗外的天空一点点亮起来，这些岁月里的冬天一年比一年寒冷。科学家们殚精竭虑地呼吁警惕冰川融化，全球变暖，可没有人真的在意那些遥远的未来，地球爆炸、人类终结，都和现在的我们没有关系。

那有关系的是什么呢？

是晚上吃面条还是冒菜，假期作业有没有写完，冬天好像又重了三斤，手机电量又快要不足，喜欢的歌手要开演唱会了。

是未来到底还有多远。

宋好佳低着头，在楼梯上一级一级地跳，转角处的窗边站了一个人，宋好佳没刹住车，一头撞上去。

余乔白正在抓拍窗外的乌鸦。

世人错怪乌鸦，说它带着厄运和不祥，所以城市几乎见不到乌鸦。此时蔚蓝色的天空下，也只余这孤单的一只，不知道它从哪里来，却看见它正张开双翼，努力向着光亮那方飞去。

按下快门的一瞬间，宋好佳撞上他的腰，报告单飞了出去。

余乔白一把抓住报告单,回过头看清来人,不由得怔住:"宋好佳,你怎么在这里?"

宋好佳心想完蛋,赶紧去抢报告单。余乔白起初没在意,宋好佳欲盖弥彰的伸手,让他下意识扬起手中的报告单。

一瞬间,他的余光扫到几组数据,男生的瞳孔放大,倏地转过头,不可思议般,怔怔地看向宋好佳。

对面的宋好佳还不知道,还在上蹿下跳着,她沮丧地吐了一口气:"余乔白,给我好不好?"

余乔白点头,双手将报告单递给她。宋好佳把单子叠成小方块,放进裤子口袋里:"你怎么在这里,生病了吗?"

余乔白摇摇头,小声说:"我爸爸在这里上班。"

"啊,你爸爸是医生啊?哪一科的?"

"外科。"

"那很辛苦啊。"

"嗯。"

宋好佳突然想到什么,站直了身体,认真道:"啊,对了,乔白,新年快乐!"

余乔白不擅长和异性打交道。

以前放假的时候和舒也他们在校外打篮球,球滚到路边一个女生脚下,舒也让离得最近的余乔白去拿,他愣愣地戳在女孩面前,一张脸通红,半天吐不出一个字来,被嘲笑了整整一学期。

可是此时,他看着眼前的宋好佳,心中百味杂陈。

"宋好佳,"他轻轻地,轻轻地开口,"我从小在医院长大,看得懂报告单。"

总蛋白低于60g/L,白蛋白低于30g/L,血钙偏于2mmol/L,血磷高于1.7mmol/L。

宋好佳一怔:"哦。"

两人陷入沉默,窗外那只乌鸦已经飞远,再看不见。

忽然,宋好佳仰起头,露出一个大大的微笑:"乔白,你可以替我守住这个秘密吗?"

余乔白端着相机,一动不动地看着宋好佳。

阳光透过窗棂,落在她的身上,勾勒出一圈淡淡的光晕。

她穿着大红色的棉衣,入学时候的短发不知不觉已经及肩,一双粉红色的旧毛线手套,显得她的手指粗壮无比,是个十分不精致的女孩子。

她趁着他发愣,笑嘻嘻地伸出手:"拉钩上吊。"

良久,余乔白勾住宋好佳肉肉的尾指,他声音哽咽,说:"好。"

她的手比大部分女生要胖,软软的,就像是一株脆弱的多肉植物。

余乔白想起自己在那场举国哀悼的大地震中,拍下的最后一张照片,满目废墟之下,时间恍若停止,却在不经意间,看到一簇绿意静静地抬起头。

它追寻阳光,却又不能置身于艳阳下,它需要雨水,却又经不起任何风吹雨淋。

它看起来是那样生机勃勃,却又脆弱得像一个梦。

刹那芳华。

就像她。

第四章

放寒假的第二周,宋好佳偷偷去参加了转学考试。

她去的学校是一中,距离怀川很远,她起了个大早,转了两趟公交车才到那里。

教室零零散散坐了二三十个人,大概因为是冬天,大家都面色沉重,提起笔沙沙沙地写字。

宋好佳运气不错,没有遇到超纲的内容。虽然在怀川她一直努力地和也爷"争夺"倒数第一,但是不得不承认,怀川私立中学对她成绩提升帮助很大。

学校只要求学生做到两点,"认真听课"和"打好基础"。

宋好佳却是一个急性子,她心想,这两点也太简单了。她想要一口吃成胖子,赶紧提升成绩,所以一开始选了题海战术,去买了一堆学习资料,摞在书桌前。

却被秦帅直接丢了练习册在她桌上。

"你干吗!"宋好佳瞪他。

秦帅虽然看起来不着调,但是成绩很好,理科能排进年级前十。

宋好佳见他平时学得也很轻松。

"我们不是同一类，你脑子比我聪明，可以不用做题，我得靠勤奋弥补。"宋好佳振振有词。

"我可没比你聪明多少，你可别自己卷自己了，"秦帅说，"找不到正确的学习方法，埋头刷题只会让你陷入'我好努力'的自我感动中，对提高分数没有任何好处。"

"那什么才是正确的学习方法？"

"认真听课、打好基础。"

宋好佳："就这样？"

"第一，你觉得你自己对学习，比从业几十年的老师更了解吗？"秦帅十分嫌弃地撇嘴，"第二，根基功底都不扎实，还想要建高楼大厦，做梦吧。"

"如果这么简单就能提高成绩，大家还用拼命学习吗？"

"这么简单，那你做到了吗？课本上最基础的题都做对了吗？"

宋好佳一愣，她想到自己平时确实不太喜欢做课本上的基础题，因为太简单了。

"可是你也没多认真听课啊，笔记都不做。"

"认真听课不是指笔记写得多工整，我不做笔记就是因为我听得认真。你看看你，笔记写这么认真，换五个颜色的荧光笔，把老师说的一个字一个字抄下来，但其实根本没过脑子，"秦帅一边摇头，一边对她的行为下定义，"看似努力，其实是在偷懒。"

宋好佳醍醐灌顶。

从此以后，她换了一套学习方式，上课的时候，学秦帅的，只在重点处才做笔记标识，这样反而能集中注意力听老师讲课。

下了课，只做最基础的题，把知识点吃透，再去做难度系数高点的题目时，就会游刃有余。

原来以前她都被"努力学习"四个字骗了。

她只做到了表面的堆砌时间,却忽略了正确的学习方法的重要性。

一中的转学题目不难,作为一所百年名校,原来最看重的依然是学生的基本功。

交了试卷,宋好佳背着书包在新学校四处转悠。怀川私立中学红瓦黑墙,修得颇有旧时江南的味道,而这里大相径庭,现代化的教学楼,前庭一个巨大的喷水池,旁边一棵参天梧桐,树叶已纷纷掉落,它独自寂寞地伫立。

宋好佳想,这棵树要是搁怀川,那帮男生肯定早跟孙悟空一样爬上去了。脑海里应景地浮现出一大群男生争先恐后爬上树的熊样,宋好佳忍不住扑哧笑出了声。

忽然听到有道迟疑的声音:"宋好佳?"

宋好佳回过头,看到一个披着头发的女孩,背着双肩包向她挥手。宋好佳揉了揉眼睛,惊喜地说:"晚晚。"

宋好佳没有想到能在这里与初中时的同桌重逢,当初毕业时还说好了要常联系,但太过青涩的情谊,一旦分开,再拾起来,总觉得不知从何说起。

"你瘦了好多,差点没认出来。"

"真的吗?其实体重没怎么变,"宋好佳吐吐舌头,像大力水手一样举起手臂,"我每天都在跑步,你也是,越来越好看啦,又长高了吧。"

她记得晚晚直升了高中部,初三最后都没有来上学,那时候她正好生病住院,两人就此失去联系。

晚晚细声细气地向宋好佳解释,班上有男生给她写信,她父母偷翻了她的日记本，下令让她转学。

晚晚温柔地笑了笑："我们约好了，一起加油，考同一所大学，所以要更加努力一点才行。"

"你一直都这样，知道自己想要什么，并且为之坚持不懈，"宋好佳衷心感叹，"成真的从来都不是美梦，而是不曾放弃的心。"

"你呢？不是去了怀川私立中学吗，只有你一个女孩子会不会很奇怪？"

宋好佳说："会吧，最开始他们看到我跟看到鬼似的，我每次要上厕所都要专门跑去行政楼。还有体育课，只要我请假，那群混蛋就飞给我一个'我们都懂'的眼神。"

宋好佳又好气又好笑地摇摇头："不过现在大家都适应彼此了……想转学主要还是因为我爸。"

"你生病的事，没有告诉他们吗？"

宋好佳摇摇头："不想给周围人带来困扰。初中的时候也是，你们每个人都对我很好，很关心我，我心中感激。但其实我给你们带来了困扰。别看大家都是十几岁的小孩子，但是其实生活中有好多好多迷茫和痛苦的事，不应该把自己的命运强加给你们，让你们帮我分担。"

"所以现在挺好的，那群男生根本就不适合温柔啊，最好每天都凶巴巴地和我吵架，大家都活得没心没肺的……"

"怎么不说了？"

宋好佳苦笑："说不下去了，忽然觉得好舍不得他们。"

晚晚拍了拍宋好佳的肩膀："天下无不散的筵席对吧，我们总有一天会长大，会告别过去的朋友，嗯，就像我们一样。"

"就是，难过的应该是他们才对，"宋好佳故作得意地比了一个"v"，"我要是转学了，他们可就没校花了。"

说话的时候，晚晚要等的那班公交车摇摇晃晃地在她们面前停下，刚刚还阴沉沉的天，竟然从远方出现绚烂的夕阳，一点点弥漫过来。

"喂，宋好佳。"

宋好佳回过头，看到站在公车门口的晚晚，风将她的长发吹动，她说："无论如何，要加油啊，下一次见到你的时候，也要这样元气满满的哦！听到没有！"

"知道啦。"

宋好佳微笑着抬起头，看到一群南归的候鸟，向着温柔的晚霞飞去。

宋好佳又辗转了一个多小时才回到家，有点晕车。

宋建军一如既往地在电脑前玩斗地主，他瞥了宋好佳一眼，对她白天的去处并不关心，只催促她快点收拾东西，过两天回乡下老家过年。

"你晚上去超市买礼盒，多买点，家里亲戚小孩一人一份。"

"你不和我一起去？"

宋建军蹙眉："多大的人了，这点事都办不好？"

宋好佳强忍住一口气，余光看到茶几上摊开的十几个红包，她冷冷地问："你给他们包多少钱？"

宋建军没说话，宋好佳径直拿起红包拆开，一张一张地数。

宋好佳抓起红包，全部摔在宋建军面前："这里多少钱你数过吗？够你两三个月工资了，接下来我们喝西北风去？每年过年给，清明回去扫墓给，一个村的办红白喜事你都给。"

"亲戚？"宋好佳笑，"我住院的时候他们来看过我一眼吗？从小到大这么多年我收到过他们一个红包吗？他们生日办酒席，饭钱都还要让你来掏，你天天给他们塞钱，他们觉得理所当然，说过一句谢谢吗？"

宋好佳越说越难过，泪水在眼眶摇摇欲坠："我一双鞋从初一穿到高一，三年了，刷一整天都刷不干净。我知道你挣钱不容易，我自己的病也花钱，我从来都不找你要钱，但是你能不能也不要到处装大款，死要面子活受罪，何必呢？"

"每个人都说你在城里工作，发了大财，天天都来薅羊毛，有人体谅过你吗？你当老师能有几个钱？给学生通宵改作业、吃粉笔灰吃到支气管炎……每天早出晚归的……"

宋好佳说不下去了，想到去年她和宋建军坐几个小时的长途大巴回老家，亲戚开摩托车去车站接他们，还管他们要车费。她给小辈发红包，个个都不拿正眼看她，直接从她衣服口袋里抢。

宋建军一言不发，宋好佳不知道他听进去了多少。

人和人之间的沟通实在太难，至亲更难，要改变一个人更是难上加难。

当天晚上，宋好佳一个人去超市，前前后后跑了五趟，才买够宋建军回去要送人撑面子的礼。

第二天一大早，宋建军敲她的房门催她起来。

回老家一趟要转几次车，要搭上最早的那趟车才能在晚饭之前赶到。

宋好佳被宋建军吵醒，她神色疲惫，有些累，试着鼓起勇气对宋建军说："我不回去了。"

她不想回老家，不想面对亲戚们的盘问，她就想安安静静一个人过年。

宋建军在门口站了半晌，最后没说话，转身走了。

晚上的时候宋好佳起床翻东西吃，看到书桌上放了一袋旺旺大礼包，是她昨晚买来让宋建军带回去的。超市春节做活动，55块钱一包，她很喜欢吃雪饼和仙贝，但还是没舍得给自己买。

宋好佳把它拆开来，也顾不上长胖了，一个人坐在床上，一边哭一边吃。

忽然听到敲门声，宋好佳挂着眼泪鼻涕去开门，贺千山站在门外。

他回寝室来拿东西，看到整栋楼只有宋好佳的房间亮着灯。

南方冬天湿冷，他穿着宽松的大号黑色羽绒服，又高又瘦，空落落的都是风。

贺千山蹙眉："你一个人？"

宋好佳的头发乱七八糟的，嘴里咬着一个旺旺雪饼，还把上面一层白霜糖都舔掉了。贺千山看她一副才睡醒的样子，问："大家都回去了，你吃什么？"

"泡面，螺蛳粉，"宋好佳吐吐舌头，"别让也爷知道了，回头他又要揍我。"

"别说他，"贺千山还是拧着眉头，"是个人都会揍你。"

第二天就是除夕，贺千山来敲宋好佳的门，说想去一趟超市，问她要不要一起去。

宋好佳很诧异，问他几时回家，贺千山含糊不清地"嗯"了一句。

到了超市，宋好佳还站在零食区挪不动脚，贺千山已经对照着手里的单子，将手推车装了一大半。挑酸奶的时候他问宋好佳："芒果还是草莓？"

"芒果，"宋好佳顺口回答了，才反应过来，"你买你的，我自己来。"

贺千山点点头，可等买下个东西的时候，还是要询问她的意见。

宋好佳在心中感叹他家教太好，刚刚认识他的时候觉得他冷冰冰的，遥不可及，相处一学期下来，发现他尊重每个人，从不让别人难堪。

贺千山一个人把大包小包的口袋提到宋好佳房间，拉开冰箱，帮她一样一样放好。

宋好佳这才知道都是给自己买的，她的脸"唰"一下通红，心中感激之情太盛，反而说不出"谢谢"这样轻飘飘的词，她语无伦次、手忙脚乱地去翻钱包。

贺千山从口袋里拿出两支娃娃头冰激凌，递给她。

"我以为你们演员要控制身材，都不能吃冰激凌的。"

贺千山笑起来，两眼弯弯，像个没长大的小孩子，温柔地说："反正我又不会长胖。"

宋好佳叹气："你们怎么说话都跟也爷一样，气死人哦。"

贺千山吃着冰激凌笑。

话虽这样说，宋好佳利索地撕开包装袋，把黏在上面那层冰激凌小心翼翼舔干净。

贺千山脱掉羽绒服，里面穿了一件白色连帽衫，打开面粉，侧过头问宋好佳："你会包饺子吗？"

宋好佳点点头，又迟疑地摇摇头，又咬牙点点头。

贺千山当下了然，把面粉倒入盆里，又打开水龙头洗手。

宋好佳愧疚不已，恨之前十几年没稍微努点力学做饭，在男神面前丢了大脸，自告奋勇地抢过面粉盆："我我我我来和面！"

贺千山略微迟疑，没有告诉她包饺子最难的就是和面这一事实。

宋好佳一边龇牙咧嘴地揉面，一边问："你还会做饭？"

"从小学的，爸妈常年不在家，家中阿姨做菜油盐太重，吃不惯。"

宋好佳感叹："我爸妈也常年不在家，我就学会了煮各种口味的泡面。"

贺千山迟疑地问："你妈妈……"

"我妈妈在我很小的时候就和爸爸离婚了，那几年好像特别流行离婚，大家都迫不及待地想要结束，又不知道该如何重新开始。"宋好佳一边低头用力地和面，一边微笑。

"你会想她吗？"

"想，"宋好佳点点头，"但是更想她能过得很好，所以要忍耐，不去破坏她现在的生活。"

这样想着，宋好佳有一瞬间的停顿。

说不定妈妈，现在也在世界的某个角落思念着她。想起自己，她会不会难过呢？会不会心疼她这个可怜的女儿呢？

伤感只持续了三秒钟，宋好佳就大惊小怪地叫起来。

"千哥，千哥，"宋好佳一动不敢动，眼珠子都要瞪出来了，"求救，我衣袖掉了。"

贺千山忍住笑，凑过去，帮她把衣袖一层一层挽上去。

宋好佳的头发贴在了脸颊上，她拼命地吹啊吹，头发纹丝不动，她只好伸手去拨，脸上一下五道手指印。

贺千山教她包饺子，宋好佳总是贪心，放太多馅，最后饺子皮合不拢，贺千山接过来，一个一个为她修正。

两个人一直忙活到黄昏日落，宋好佳全身上下都是面粉，贺千山却还是干干净净。

贺千山又做了红糖糍粑，封好放冰箱里："你要吃的时候下锅炸一下，再撒点红糖。"

"我第一次进剧组,大年三十吃速冻水饺,"贺千山顿了顿,轻声说,"那时候身边还有很多人一起,但也觉得很难过,所以自作多情地觉得你大概也很难过。"

他的手机不停响,是家里人催他回去守岁。他的脚边放着银色行李箱,他面带愧色地对宋好佳说:"抱歉。"

宋好佳都快要感动得哭了:"你这么照顾我,干吗还跟我道歉,是我耽误你的时间了,你快回家吧。"

他推开门,夕阳金光落进来。宋好佳盯着地板上的光发愣,忽然如梦初醒,顾不得穿好拖鞋,穿着白袜子踩在地上追出去。

贺千山已经走出宿舍楼,她趴在栏杆上大声叫他的名字:"贺千山!"

贺千山回过头,她笑起来,眼睛弯成一条线:"新春快乐!"

"新春快乐。"

"万事如意!"

"身体健康。"

"天天开心!"

"美梦成真。"

话音刚落,一阵风吹过,将她过肩的中长发高高吹起,夕阳渐渐沉落,贺千山忽然想起来,去年九月的一个夜晚,狂风暴雨,女孩子的内衣摇摇晃晃飘落下来。

"宋好佳,"贺千山笑起来,露出一排整齐洁白的牙齿,"原来是你啊。"

宋好佳"啊"一声捂着脸害羞地蹲下身,手指偷偷张开一个缝,哇哇大叫:"这种事就不要想起来了啊!"

贺千山走后,宋好佳回到房间做大扫除。连床底下的灰尘都扫得干干净净，又把旧衣服和旧书重新整理。辞旧迎新，她已经很长时间没有好好过年了。

夜幕全部暗下，天边能看见微微发光的星。她累得躺在床上半梦半醒，隐约听见脚步声，她推开门，看到宋建军站在走廊上。

宋建军一脸风尘仆仆，忘了带钥匙，面露窘色。

宋好佳没说话，低头去帮他打开门，他也不说话，打开电脑又开始玩斗地主。

过了一会儿，宋好佳端了一盘热气腾腾的饺子过来，收拾好凌乱的桌面，又把衣服丢进洗衣机，回过头的时候，看到宋建军难得主动，已经坐在桌子前，打了两份蘸碟，摆好两双碗筷。

宋好佳在他旁边坐下，抓起遥控器打开电视，正好赶上这年的春节联欢晚会。

十二点钟声响起，宋好佳看着已经睡着的宋建军，叹了口气，起身为他盖上被子。

新春快乐。

这对别扭的、孤独的父女，又一起度过了这一年。

宋好佳其实是故意的，故意不和宋建军一起过年。

她想要让宋建军习惯，就算是没有她在，他生命里的下一个春天，也会如期到来。

学校开学时间定得很微妙，情人节前一天。

男生们一片鬼哭狼嚎，在校门口抱着围栏不肯进，哭诉指责校长自己单身一辈子，还要拉着后辈晚生跟他一起打光棍。

宋好佳刚刚走进教室，就发觉气氛不对。一群男生涌上来，拉凳子的，倒水的，翻课本的，就差没给她捶背揉肩了。

"你们这是——"宋好佳迟疑着问,"脑子被驴踢了?"

全班男生:"……"

趴在桌子上补觉的舒也终于被吵醒,面露鄙夷地扫视一圈人:"看你们那点出息,找你们的守护天使去啊。"

然后他跷着凳子腿,一边打着哈欠一边伸手揽住宋好佳的肩膀,故作轻描淡写地说:"上好佳,这人活一世啊,最重要的就是要知恩图报,知不知道的啦?"

宋好佳疑惑地看他一眼,舒也脸上笑眯眯的,无形间收紧了手臂,暗自威胁她:"去年我是不是给你送了一条巧克力,宋好佳,轮到你表现的时候了。"

宋好佳脸"唰"地红了,一群人在旁边敢怒不敢言,只有秦帅道出心声:"也爷,你这是犯规!"

一上午过去,教室里氛围非常诡异,宋好佳课间问了老师题目后,自觉地准备去擦黑板,转过头一看,黑板干净得就差没反光了。

宋好佳不解:"你们男生怎么对巧克力这么执着?"

秦帅冷笑一声:"跟你们女生喜欢八块腹肌是一个道理。"

"这能比吗?"宋好佳一边和他说话,目光一边往窗边飘,十分轻微地问,"贺千山呢?"

"千哥去上海拍广告了,这个月都不来学校。"

哗啦啦,宋好佳听到自己心碎成一片一片的声音。

秦帅抬眼看她,咧嘴一笑,又补了句:"别想了,那可是千哥,这辈子收的巧克力比你吃的饭都多……算了,可能真没你多。"

宋好佳脖子一挺:"你哪只眼睛看我带了巧克力要送他?"

话音刚落,她手中书包往下沉,一盒包装精美的巧克力突然掉出来。

全班鸦雀无声,一根针掉地上都能听到。

啪嗒。

这天黄昏，天空难得放晴，火烧云挂在心尖上不肯走。

这天来广播站点歌的人排了长龙，歌单递进来，清一色的《单身情歌》，宋好佳哭笑不得，把他们全部轰走了。

她想了很久，选了一首老歌，*Yesterday Once More*，"今天是个特别的节日，送给你们一首我很喜欢的诗，终我们一生都在寻找，爱究竟为何物。"

我喜爱一切不彻底的事物。
细雨中的日光，春天的冷，秋千摇碎大风
……
我喜爱一切不彻底的事物。
琥珀里的时间，微暗的火，
一生都在半途而废，
一生都怀抱热望。
夹竹桃掉落在青草上，
是刚刚醒来的风车；
静止多年的水，
轻轻晃动成冰。
我喜爱你忽然捂住我喋喋不休的口，
教我沉默。

广播结束以后，宋好佳同往常一样，狂奔着回教室赶上课铃。

可是等她跑到教学楼，忽然整个学校的灯在一瞬间全部灭掉，世界陷入一片漆黑。宋好佳被吓得大叫一声，站在原地不知道该往哪走。

然后下一秒。

她永远记得那一秒。

重重的暗夜里,一盏灯亮了起来。

一盏,又一盏,再一盏……一盏一盏,整栋教学楼的灯,连成了一颗心。

一、二、三,爱心闪烁了三秒,扑通扑通地跳动着。

宋好佳怔怔地看着眼前闪着光的心,那是他们。

我们终其一生,都在寻找,爱是何物。

当她对着山谷大喊,他们给了她回应。

宋好佳觉得眼眶湿润,泪水几欲夺眶而出。

再下一秒,却听见孟楠一声河东狮吼,通过扩音喇叭在学校上空徘徊:"高一(7)班全体给我滚出来!"

十分钟后,宋好佳和全班男生站在操场起跑线前,孟楠拿着教鞭:"还有没有点规矩了,谁关的闸?"

男生们不约而同向前踏了一步。孟楠气得笑出声:"讲江湖义气?可以,我尊重你们,一个人二十圈,跑不完不准回寝室。"

舒也超了宋好佳一圈,一边倒着跑,一边给她做鬼脸。宋好佳哭笑不得地问他们,干吗送她这么大一份礼。

舒也轻描淡写:"你送我们一首诗,我们回赠你一颗心,公平得很。"

"哪里公平了,"她说,"我读诗是本职工作,你们还要挨骂受处分。"

舒也大笑，勾起手臂夹住宋好佳的脖子，用拳头去顶她的头："放肆是年轻人的特权啊。"

"就像是做梦一样，"宋好佳仰起头，看着满天繁星，眨了眨眼睛，"谢谢你们。"

宋好佳觉得这一幕似曾相识，终于想起来，她很喜欢的一本小说里，男主角在帝国大厦给喜欢的女孩点亮了一颗心，就是贺千山演了电影的那本，当时她在教室哭得稀里哗啦，还强行推荐给班上的男生。

"哈，你当时还振振有词说你从来不看言情小说！现在明明就是在模仿人家！"

舒也鼓起嘴，吹了吹他的小辫子，高贵地回了一句"哼"。

宋好佳赶紧抱住大腿："那我还喜欢一本书，男主角在海边给女主放烟花，请也爷好好记得。"

"呸，"舒也嫌弃地扒开宋好佳的手，"等以后让你男朋友给你放。"

宋好佳臭不要脸，笑嘻嘻地接下去："找不到怎么办？"

"上好佳，有点志向成不，你可是我校建校以来唯一一名校花，要载入史册的那种光芒万丈，"舒也信誓旦旦地说，"谁要敢不要你，我们全校男生一起上，把他揍到喊你姑奶奶。"

"舒也！"孟楠的河东狮吼远远传过来，"认真跑！再说话小心我加你二十圈！"

舒也一边吐舌头一边故作惨痛地大叫："饶——命——啊——"

宋好佳忍不住微笑起来，她调整着呼吸，三两步跑上前，追赶着舒也的步伐，侧过头问他："舒也，你喜欢什么样的女孩子？"

舒也白她一眼："不告诉你。"

"说嘛。"

舒也放慢了速度,抬起头,看见天上挂着的月亮。

耳边宋好佳还在吵吵闹闹:"哇,也爷害羞了。"

他一副很恨的小表情,看了宋好佳一眼。

"我喜欢啊,就是那种很坚强,摔倒了会自己爬起来,生机勃勃的女孩子。"

"哇,"宋好佳迎着风,心情很好,开始和舒也贫嘴,"那不就是我吗?"

"是啊,那不就是你吗?"

宋好佳吐舌头:"也爷,你可不要喜欢我。"

"为什么?因为你喜欢贺千山?"

宋好佳差点一头撞上舒也的背。

"你怎么知道?"

"长眼睛的人都会看。"

宋好佳伸手,拽住舒也的衣摆:"那你要替我保密。"

"才不要。"舒也捂住胸口,"我的心要痛死了。"

"才怪,"宋好佳做了个鬼脸,"你不要再捉弄我了。"

舒也没说话,他伸出手,轻轻拍了拍她的头。

再跑了几步,宋好佳忽然停下来。

原来是操场边的樱花开了。她走上台阶,花瓣在路灯下一大片一大片绽放,一阵风过,白色的花瓣簌簌落地。

"你知道吗?樱花是我最喜欢的花。"宋好佳说,"我很喜欢新海诚的动画,他的电影里,男女主角总是在樱花树下相遇。"

宋好佳张开手臂,像是让那风从她身体穿过。

她回过头,笑着对他说:"也爷,我觉得活在这个世界上,真是太好了。"

她笑容盈盈,眼底似有泪光闪动。

那一年,她十七岁。

像每一个普通的女孩一样,渴望遇见爱,遇见soulmate(灵魂伴侣),遇见永远。

那时年少,短的是生命本身,不是爱情。

穿着白色校服的少年少女们,站在浩瀚星空下,温柔的晚风打了一个长长的摆。

那一年,他们对爱情,尚且一无所知。

所以无惧且无畏。

夏天来了。

一月不减肥,二月三月四月五月六月都只能徒伤悲。

蝉鸣声此起彼伏,宋好佳在房间里贴满了奥黛丽·赫本的照片。

赫本和费勒结婚那一天,她穿着束腰的婚纱,纤腰一握,万物为之失色。宋好佳每次拆零食前,就抬头看一眼,别说吃,恨不得蚊子都是吸脂肪的。

她周末去调整了牙套,牙齿酸得快要歪倒,医生嘱咐头几天吃流食。

舒也知道了这件事,和秦帅串通一气,在桌子上摆一排上好佳薯片,全部撕开,故意在她面前吃得嘎嘣脆。

宋好佳气得差点没把笔给折断。

舒也还乐此不疲地在旁边惹她:"深呼吸,来,跟着我一起,一、二、三,忍字头上一把刀,奥黛丽·赫本在向你招手。"

班主任这时候走过来,看到舒也桌上一片狼藉,气不打一处来,伸手去拧他的耳朵。

"脸和耳朵碰不得,"舒也赶紧躲在宋好佳身后,弹出半边脸,期期艾艾地说,"耳朵只能给我未来老婆拧,脸是用来找老婆的。"

下学期要文理分科,班主任给每个人发了意向调查表,最后一栏硕大四个字:你的梦想。

舒也提笔,龙飞凤舞地写上"世界和平",和上文对仗工整,读起来朗朗上口。

秦帅把舒也的志愿表叠成了纸飞机,哈一口气,纸飞机朝着教室后面摇摇晃晃飞去。

大家都在认真思考未来的话题,只有宋好佳和舒也一对吊车尾,还在本子上画五子棋玩。

秦帅探过头:"就你们两个这样子,还想选理科?也爷,元素周期表你听说过吗?宋好佳,牛顿三定律你看到过吗?"

宋好佳抢过秦帅的志愿表,看到他在"我的梦想"上面写着"飞行员"。

宋好佳有些惊讶,秦帅平时看起来吊儿郎当大大咧咧的,没想到原来他早已想过未来的路。

她说:"喂,秦帅,你这个梦想很帅哎。"

"哪里哪里,比不上也爷心系天下,你呢?别跟我说开咖啡店,你们女生个个都梦想开个书店咖啡店什么的。"

宋好佳趴在桌子上,指着杂志上模特的照片,有气无力地说:"变得又瘦又美,穿上公主裙,漂漂亮亮地去死。"

秦帅翻了个白眼:"我问你梦想,又没问你遗愿。"

宋好佳笑了笑:"不是一样的吗?"

秦帅张嘴,还准备说什么,舒也忽然蹙眉,右脚一勾,踹开秦帅的凳子腿,秦帅摔了个四脚朝天。

正好余乔白从旁边经过,他的视线和宋好佳在空中交会,他神色复杂地弯身,帮秦帅把凳子立起来。

宋好佳把手指放在嘴唇上,提醒他保密。

纸飞机不按秦帅的剧本走,摇摇晃晃落在了教室门口。

一双皮鞋出现在众人视线里,班主任再次出现,蹲下身捡起纸飞机,展开来,对着舒也的"世界和平"气得鼻子都歪了。

最后宋好佳和舒也一起被拎去了办公室。

"不是,"宋好佳无辜地眨眨眼,"老师,怎么连我也一起?"

班主任将他们两人的调查表和上次月考试卷往桌子上一甩,万里江山一片红。

"舒也,我知道你以后要出国,不用高考,但是——"老师顿半天,说不出个所以然,只好转移目标,"还有宋好佳,你——"

班主任口沫飞溅、滔滔不绝地说了大半个小时,最后发现这两人情况都太特殊,气得他脑壳疼。

班主任深吸一口气,正准备下一轮的进攻。

清场的保安拿着手电筒,站在办公室门口干吼了一声:"还有没有人啊?"

老师这才惊觉晚自习放学已经很久了,整栋教学楼空荡荡的,隔着一个操场的学生宿舍已经灯火通明。

他只好摆摆手,把试卷塞进两个人怀里,让他们回去慢慢反思。

舒也单肩背着书包,靠在墙边等宋好佳。

她走出来,舒也抬抬下巴:"下雨了。"

舒也之前的黑伞被秦帅给顺走了。

宋好佳说:"怎么办?又要淋雨了。"

舒也眨了眨眼睛:"给你变个魔术。"

然后从他的柜子里拿出一把透明雨伞,下面还挂了一个樱木花道的卡通吊坠。

宋好佳扑哧笑出声，揶揄他："舒也，这不会是别的女孩子的伞吧。"

舒也一脸正经地点点头："是不是很吃醋？"

宋好佳面无表情接过话："心痛得无法呼吸。"

舒也对她的回答很满意，点点头，打开伞，笑嘻嘻地说："走吧。"

教学楼前的台阶边，长了几丛青苔，梧桐树的叶子被风吹落，雨水如帘哗啦哗啦。

此刻的世界无比安静，几盏路灯照出旧旧的光。

才没走两步，宋好佳忽然浑身僵硬。

宋好佳心中"咯噔"一声，她抬起脚，运动鞋脱胶了，像丑陋的怪兽张大了嘴，雨水一股脑灌进去。

她脚底一片冰凉。

舒也走了两步，见宋好佳没有跟上，侧过头："嗯？"

宋好佳今天穿的是新鞋，还是宋建军送给她的。

买回来当天，宋建军把天蓝色的鞋盒丢在她床上，宋好佳还记得当时自己有多开心，欢天喜地地尖叫，迫不及待地穿上她人生第一双耐克鞋，码数还奇迹般地合适。

她在床头走来走去地转圈圈，比灰姑娘穿了水晶鞋还幸福。

想起自己过年和宋建军吵架，说一双运动鞋翻来覆去洗三年，没想到宋建军竟然记得。

因为太喜欢，宋好佳一直舍不得穿。她算好了时间，专门挑了有体育课的今天，没想到头一回穿就遇上下雨，更没想到，一踩进水坑，运动鞋的前面就裂开了。

这个时候才发现，鞋子上耐克的标志是歪的。

想来这样才合理，宋建军一辈子没有去过购物商场，觉得小孩子的鞋能穿就是了，又怎么知道还有真假名牌之分。

宋好佳觉得脚下湿漉漉的，又脏又冷。她蹲下身，想要伸手去捂住那双鞋，太丢脸了，有点想哭，但是又觉得为了这点小事掉眼泪更丢脸。

舒也静静看着蹲在雨中的女孩子，雨伞落在一边，一圈一圈水滴荡开来。

舒也长手长脚，两三步走到宋好佳面前，他蹲下身，和她目光平视。

"宋好佳，你知不知道，"舒也挑眉，轻描淡写地说，"公主是不需要自己走路的。"

身形高大的男生把书包丢给宋好佳，然后蹲下身，对她勾勾手。

宋好佳懵懵懂懂，轻轻趴上舒也的背。

他的背比她想象中要结实有力，被雨浸湿的白色校服紧紧贴在皮肤上，一片滚烫。

宋好佳的手虚虚搭在舒也的肩膀上，不敢用力。舒也走过一个下坡的楼梯，宋好佳身子一晃，差点摔下去，她只好再用力抓紧他的衣领子。

"宋好佳，你要勒死我啊。"

宋好佳瞬间涨红了脸，幸好舒也背对着她，看不见。

她松开他的衣服，别别扭扭地搂着他的脖子。

"宋好佳，你属狗的啊？"舒也没好气地说，"再乱动我把你扔下去。"

宋好佳正欲反驳，忽然闭上嘴，因为她惊讶地发现，舒也的脸也一点一点红起来，从耳朵根一直延伸到脖子下。

宋好佳一心一意举着伞，盖过舒也的头顶，自己后背湿了一大片。

"舒也，"她趴在他的背上，"刚才老师说你之后要出国呀？"

"嗯。"他漫不经心地回答，"宋好佳，你好好打伞，不要被淋湿了。"

"哦。"

她又把伞稍微往自己身上打一点。

"你什么时候走啊？你要去哪里啊？"她又喋喋不休地问。

"不知道。"

"舒也，你的梦想是什么啊？"

"不知道，"他说，"我没有什么梦想。"

"那你以后找到你的梦想了，你给我讲吧。"

"好。"

"你离开的时候要给我讲哦。"

"好。"

"舒也。"

"嗯？"

"谢谢你。"

盛夏的暴雨，来得这样突然，这样轰轰烈烈，叫人一记好多年。

不知道为什么，和舒也有关的好多记忆，都发生在下雨天。

回到寝室，宋好佳拎着一双开了口的鞋丢在阳台上，在心底发誓再也不要穿它了。

可是等她洗完澡，在阳台取睡衣的时候，看到被扔角落里的新鞋，想起宋建军把它送给她那天，她高兴得从床上跳起来，宋建军瞪了她一眼，训斥她女孩子家家的，一点都不优雅。

她知道宋建军也不是故意给她买盗版鞋，他哪里懂得这些。他只是一个不知道怎么温柔起来的父亲。

宋好佳叹了口气,弯腰将鞋子捡起来,用吹风机吹了好久才把它吹干。

然后她跑到隔壁房间翻箱倒柜,宋建军不满地问:"找什么?翻得跟狗刨一样。"

"502,我记得以前在这里的。"

"找那个干什么?"

宋好佳没回答,宋建军不耐烦地站起身,在积满灰尘的电视柜下面找到502胶水。宋好佳欢天喜地地接过来,正准备拧开,宋建军蹙眉,从她手里夺过来,抓住尾部轻轻扭开盖子。

"不小心一点,粘你手上,皮都给你撕下来。"他恶言恶语道。

宋好佳回到寝室,坐在地板上,一点一点将裂开口的盗版运动鞋粘回去。

第二天上学,舒也一如既往打着哈欠从她面前走过,宋好佳偷偷收回双脚,把鞋子往里藏。

舒也目不斜视,似乎完全没有看见。

第五章

　　将近两年的时间过去，宋好佳的眼镜度数与日俱增，但好消息是终于可以摘掉牙套了！宋好佳一边担心一边期待，担心自己会变成网上大家说的牙套脸，又期待会不会有奇迹般的效果。

　　她曾经在日本杂志上看过一个模特，夏天，戴着草帽，笑容灿烂，露出一排整齐洁白的牙齿，她一直幻想自己也有这样一天。

　　然而，医生为她取掉牙套，她看着镜子里的自己，发现这其实只是稀松平常的一天。她没有变成大美女，也没有那种终于可以随心所欲吃东西的快乐，或许是因为现在她的生活里，有了很多其他让她关注的事，她不再像过去一样，不断凝视自己，审视自己。

　　那些给她带来快乐的事，比如跑步，比如广播站，比如去树下找校霸玩狗尾巴草。

　　又过了一个月，正是夏天最热的时候，宋好佳忍住不喝水，每天出汗都能轻三斤。

　　"舒也，舒也，"宋好佳趴在桌子上，用课本挡在面前，小声说话，"我最近轻了！"

"哦,"舒也故意模仿她的样子,把声音压得几不可闻,鬼鬼祟祟地打量四周,跟特务一样说话,"咱先不急着庆祝,回去量量三围好吗?"

第二天,宋好佳在楼梯口撞见舒也,抓起他的手臂就开咬。

"痛痛痛——"

"怎么回事这是?"秦帅在一旁胆战心惊。

"还能怎么,"舒也用手抵住宋好佳的头,幸灾乐祸,"我们的小公主,辛辛苦苦减了一年的肥,只有胸围——"

"小"字还没说出口,戴着黑色棒球帽的贺千山忽然出现在转角处,手中抱了一沓又大又厚的硬皮书。

贺千山忽然抬起头,向宋好佳看来。

宋好佳赶紧跳起来,捂住舒也的嘴,不准让他再暴露自己的笑话。但没想到,她手忙脚乱之间没有站稳,差点摔下去。

舒也眼疾手快,一把拉住了她。

"出息。"他用鼻子哼气。

宋好佳在舒也的监督下,坚持运动快一年了,基本上一周会进行两到三次长跑,其余时间每天在教室做无氧运动,举哑铃。

宋好佳还记得第一天做无氧运动的时候,她诚惶诚恐:"万一练出肌肉了可怎么办?"

舒也白眼差点没翻上天:"你脸怎么这么大?地球还装得下它吗?怎么不担心万一哪天你比奥黛丽·赫本还美可怎么办?"

舒也好不容易逮到机会,装作无意地撩起自己的衣摆,宋好佳跟他混了一年,深知此人脾性,此时不拍马屁,更待何时?

于是她立刻切换到迷妹模式,一脸崇拜地伸出手,戳了戳舒也的腹肌:"也爷,你这身材,跟谁练的?"

"我爸给我请的私教，"舒也轻描淡写，"是个健美世界冠军。"

宋好佳："……"

"可以的，也爷，"宋好佳说，"这波富炫得很低调，我给满分。"

宋好佳在家里自己练了几天，发现没有人监督很难坚持下去，于是她难得动用了脖子以上快要生锈的器官，想出了一个解决方法——

她把瑜伽垫扛到了教室里。

晚自习的下课时间里，宋好佳拉起她的私人教练，神色淡定地走到最后一排，铺开垫子，开始做热身运动。

刚开始们男生们个个大惊失色，让他们闭嘴的方法也很简单，也爷跷个二郎腿坐在最后一排，谁敢嘲笑一句他就赏对方一记飞镖。

搞得全班男生鸡飞狗跳。

于是后来，每天晚上，宋好佳铺好瑜伽垫，在教室最后一排做平板支撑，旁边一排男生，坐姿乖巧地围观她，就像电影里生物实验室大家观察外来物种时的场面，排列整齐，鸦雀无声。

宋好佳："你们够了！"

秦帅贼眉鼠眼地凑上来，问宋好佳："上好佳，我家也爷眼睛瞎了吗？不会真看上你了？"

宋好佳也转过头，十分乐于助人地问舒也："也爷，秦好帅让我来问你，你是不是眼瞎看上我了？"

回答秦帅同学的，是舒也一记飞镖，不偏不倚，正好插进他头顶一厘米的墙中。

不知道从什么时候开始，宋好佳已经完全不在意体重，不再刻意节食，但是身体已经会自动帮她屏蔽高热量、油腻的垃圾食品。

手臂的拜拜肉变得紧实，无聊的时候躺在床上摸肚子能碰到硬硬的肌肉。

她越来越喜欢这样的自己。

另一边,业内影响力巨大的《L》杂志邀请贺千山做专访人物。他是《L》创刊以来,最年轻的受访者。

宋好佳得知这个消息,心情愉悦,大力出奇迹,一口气跑了二十圈,一旁的舒也目瞪口呆:"什么玩意儿?"

自我感觉身轻如燕的宋好佳,恨不得跳上舒也的背后,尖叫着说:"贺千山就要走上人生巅峰了!"

"哦,"舒也面无表情,"这和你有半分钱关系吗?"

宋好佳愤怒:"你吃醋!你嫉妒我爱豆比你帅比你聪明比你受欢迎!"

"是啊,"舒也无所谓地吹了吹他的辫子,十分不要脸地反问,"不服你打我啊。"

宋好佳二话不说,一口冲着他手臂咬下去。

"宋好佳!我看错你了!你居然为了一个男人咬我!"

贺千山这次回来,手挂着石膏,在剧组受伤了。

这件事瞒着影迷,不想让他们担心。

他总是这样,又温柔又体贴,不想出现在公众前,自己的事总是大事化小、小事化了。

高一(7)班全体把他围了个密不透风。

贺千山哭笑不得,出声安慰大家:"没关系的,我正好想要休息一段时间,想要好好补习一下文化课。"

贺千山手不能动,宋好佳把自己的笔记借给他看。她的笔记确实是全班最容易看懂的。

上课的时候,宋好佳坐得比谁都直。两眼炯炯有神,提笔写字的时候唰唰唰，舒也坐在她旁边，被吓出一身的鸡皮疙瘩。

下课的时候，她破天荒没有拿出田字本找舒也下五子棋。

舒也用笔帽戳了戳宋好佳："喂，宋好佳，劳逸结合懂不懂，我们来下五子棋吧？"

宋好佳白了舒也一眼，让他别闹。

舒也的小辫子耷拉下来。

晚上回到寝室，宋好佳再把白天自己书上的笔记工工整整誊写在笔记本上，期末考试都没这么认真过。

别人不知道，舒也是她同桌，把她每天的小动作看得一清二楚，没过几天，宋好佳体力就撑不住了，每天一边抄书一边打哈欠，眼泪不停落。

这天下午放学铃一响，宋好佳一头栽在课桌上，困得连吃饭都没力气。头顶开着风扇，没过多久，宋好佳就被冷醒了，连续打了三个喷嚏。

她打了个哆嗦，迷迷糊糊从桌子上抬起头，发现身上披了一件外套，舒也蹙眉："快擦擦你的鼻涕，都要流嘴巴里了。"

桌子上摆了一瓶番茄汁和一盒沙拉，宋好佳打了一个大喷嚏，眼泪汪汪地说："也爷，我爱你。"

舒也翻了个白眼，他的腿长，搭在讲台上，此时稍微一蹬，整个人站了起来。

他一手插在裤兜里，一手从抽屉里拿出一个硬皮本，走到贺千山面前，将本子甩在桌上。

全班都安静下来，宋好佳也不明所以地看过去。贺千山一愣，用左手翻开本子，上面是这一周所有科目的笔记，舒也的字非常有特色，像是改良版的甲骨文。

舒也轻描淡写："她字那么丑，你看不懂的。"

言下之意是看他的字倒是没什么阅读障碍咯。

贺千山立刻明白他的意思,他摇摇头,不去接舒也的笔记本。这两个人一僵持,谁都不敢插嘴,宋好佳正欲张嘴,又是一个大大的喷嚏,眼泪鼻涕一起流。

贺千山临时增加行程,奔赴纽约参加杂志封面的拍摄,成功错过了月底的月考。

可是怀川私立中学剩下的莘莘学子可就没这个运气了。

虽然说,多亏了也爷,宋好佳在减肥健身的路上跟开了金手指一样一路畅通,但偏偏在学习成绩上,跟舒也一脉相承,也是个扶不起的阿斗。

作为这件事的唯一受益者,全班倒数第二名的舒也拍着宋好佳的肩膀,感叹道:"我大舒家也算是后继有人了。"

宋好佳眼皮一翻:"这还没开始考试呢,你就输、输、输的,乌鸦嘴。"

第一堂数学考试考到一半,忽然听到门口一声猫叫,然后黑影一闪,黄毛校霸大摇大摆地走进教室。

在全班同学的注视下,校霸跳上讲台,把身体盘成一团,耀武扬威地回视众人。

作为一校校霸,它也算是为全校师生操碎了心,上到监视考场,下到检查食堂,每天起早贪黑,忙得焦头烂额。

大家有苦说不出,只好埋头继续写试卷,过了一会儿,宋好佳只觉眼前一黑,犹如泰山压顶,她抬起头,对上一双圆溜溜的琉璃眼,静静地注视着她。

不是每个人都能有这样的人生体验,试题本来就解不出了,旁边还有一只猫,用嘲讽十足的眼神看你,还颇为无聊地舔了舔爪子。

宋好佳手欠，用钢笔试图去戳校霸爪下的肉垫，只见校霸飞身就是一巴掌扇过来。

宋好佳"扑通"一声，给吓得摔趴在了地上。教室里其他人习以为常，屈服在校霸爪下的人实在太多，连眼神都懒得给她一个。

倒是校霸本猫，很不耐烦，对着宋好佳的试卷一阵狂踩，丢给她一个嫌弃的眼神，又从桌子上跳下去，对旁边的舒也发起了新一轮进攻。

等试卷发下来，宋好佳如遭雷劈，她惊恐地发现，校霸在自己试卷上盖的每一个脚印，都伴随了一个大大的叉叉。

多么可怕，一只猫都比她学得好。

而同样被校霸监考了一上午的舒也，挽起袖子，对宋好佳扬了扬下巴："走，抓猫去。"

作为一校校霸，听说有人要抓它，刚刚下课，就瞬间闪现到了教室门口。

当时宋好佳正在和舒也吵架。

舒也伸手，一把抓住宋好佳爹毛的头发，十分嫌弃地白了她一眼："宋好佳，你一个女孩子，头发怎么跟鸡窝一样，是等着春天来了找对黄鹂鸟在上面鸣翠柳吗？"

宋好佳抱住他的手臂一口咬下去。

校霸看着好玩，也跟着抓起舒也另外一只手臂，一口咬下去。

堂堂也爷，左拥右抱，痛得差点上青天。

别看校霸平时虎虎生威，但是也有落难的时候。过了两天，下了一场雨，校霸被卡进了消防管道里，"喵喵"叫个不停，最后还是打了消防队的电话才把它给救出来。

校霸出来以后，一身泥浆，舒也说要带它去宠物医院洗澡，还是预约制。

宋好佳不解地问:"洗个澡还要预约?"

秦帅摇头:"洗澡剃毛剪指甲,一条龙服务。"

宋好佳惊呆了:"这个世界怎么了,一只猫还上美容医院?还有人给它洗澡剃毛剪指甲?"

秦帅唯恐天下不乱,继续给她解释:"你真的太年轻了小姑娘,你知道这猫洗一次澡多少钱吗?二百五十大洋,擦的身体乳都是名牌的。"

宋好佳的世界观在刹那间碎成渣渣,她转过头,和舒也四目相对。

舒也眉头一挑,还没来得及说话,只看见宋好佳嘴皮一掀:"喵。"

宋好佳猫言猫语:"也带我去搓一搓吧。"

舒也面无表情地抽了抽嘴角。

就这样,在宋好佳的死缠烂打下,等到了周末,舒也和司机一起来接她和他的猫。

看着停在学校门口的金光闪闪的车,宋好佳面无表情:"可以,这很偶像剧。"

宠物医院开在市中心的商圈,到了周末人满为患,排号缴费的舒也问:"你要不要也感受一下二百五十块钱剪个毛?"

宋好佳一愣,马上把手放在胸前,宁死不屈的表情:"我不!打死都不剪!头发是我的命!"

宋好佳一直想要留长发,但是她头发长得慢,现在才堪堪过锁骨。

"剪头发而已,又不是让你跳楼。"

"小的时候看过一部动画片，叫《我为歌狂》，里面的女主本来是个丑丑的、很不起眼的眼镜娘，结果换了发型，摘了眼镜，瞬间成为全校女神。那时候我就对人生有个误解，丑的不是我，是我的发型，"宋好佳深吸一口气，用往事不堪回首的语气说，"直到有一天，鼓起勇气去剪了一个短发……"

"我终于意识到，漂亮的人，无论再丑的发型，都不会难看……"

舒也点头："那你还负隅顽抗什么？"

"……但是丑的人，却总能突破丑的极限。"

舒也笑得弯下腰："宋好佳，你知道我最喜欢你哪一点吗？"

宋好佳给了他一个白眼："你不是最喜欢我全身上下没有点吗？"

舒也："宋好佳，我就喜欢你这么有自知之明。"

排了号以后，宋好佳东张西望，偷偷扯着舒也的衣袖："你看那只猫，一脸睥睨天下的表情。"

"哦哦哦，你看那只哈士奇，快把它主人的皮鞋咬破了。"

"天啊，那是什么？貂？是我看错了吗？世界上居然有人养貂？"

"宋好佳，"舒也忍无可忍，捂住她的双眼，阻止她继续大惊小怪，"你给我坐好。"

宋好佳十分配合，立刻乖巧地挺直背坐好，把手叠在大腿上，可是没过三秒就破功，她又探头开始喋喋不休："你说这些猫看我们，会不会觉得我们人类都是傻子？"

"猫怎么想的我不知道，"舒也露出绅士般的微笑，"但我确实是这么看你的。"

宋好佳正准备反击，忽然校霸不耐烦地站起来，踩在她大腿上走来走去。

然后，找了一个最舒服的位置，盘成一团继续睡觉。

敢情刚才是嫌弃她太吵。

宋好佳好奇地问："校霸到底是怎么来我们学校的？"

舒也略微惊讶地转过头，挑眉看她："你不知道？"

"我为什么会知道？我是最晚入学的啊。"

"它是你爸捡回来的。"

"我爸？"宋好佳一愣，"宋建军？"

"初中的时候你没在我们学校，不知道也正常，那天下大雨，你爸不知道从学校门口哪个垃圾桶把它捡回来的，你看他是做了绝育的。"

"刚开始的时候，宋老怕我们欺负它，天天走哪都带着它，后来发现大家都宠它，就放它自由活动了。说起来，我听说宋老以前是教地理的？"

宋好佳点点头。

舒也一边笑一边摇头："地理老师不都是仗剑走天涯的气质吗？感觉和你爸画风不符。"

"是吧，"她说，"其实我爸挺喜欢教课的，但是地理老师工资太低了，教导主任收入高一些，就去当主任，没有再教课了。不过也累很多……我爸他也是为了养我。"

"嗯，"舒也伸出手，轻轻拍了拍宋好佳的头，"小姑娘，总有一天，你会长大的。"

宋好佳笑了笑，欲言又止。

她不知道，她还要多久才能如他所言，成为能够独当一面的大人。等她长大了，宋建军是不是也就解脱了，可以回到他最喜欢的讲台，去当一名普普通通的地理老师。

他可以站在阳光明媚的教室里，跟青涩的学生们讲，这个世界很大，等待着你们去探索。

可是到底要经历多少狂风暴雨，多少高峰低谷，多少春夏秋冬才能换得那一天。

她甚至不知道，那一天究竟会不会来到。

不知道是不是感觉到了宋好佳情绪忽然间低落，舒也似是无意地转移了话题，他挑挑眉头，"旁边有个商场，去逛逛吧，请你吃冰激凌。"

宋好佳从小跟着宋建军在中学校园里长大，很少有出门逛街的机会。

这天好不容易跟舒也进一次城，跟刘姥姥进大观园一样，东张西望，瞅哪儿都觉得无比新奇。

她看到人家商场发气球的布偶，都要上去拍两下，没想到装在布偶里的工作人员也是个暴脾气，追着宋好佳满商场跑。

她又活了过来，神采奕奕，哪里都可以去的样子。

商业街附近有文化馆，正好在办画展。宋好佳虽然不认识画家，还是想进去看看。

展厅里的人不多，两个人心有默契，各自游览，没有时刻在一起。一个画家的画展，也是他的一生。看得出来，画家年轻的时候喜欢用热烈灿烂的颜色画复杂的风景画，让人看了好不惊叹大自然的鬼斧神工。

然而到了他人生的暮年，画风却忽然一变，大道至简。画面变得简洁朴素，大片大片的留白，宋好佳虽然没有学过画画，但也能看出来，这是画家的人生感悟，年轻时追求的种种，到了死亡的面前，都要一一还回去。

宋好佳很喜欢这个画展,来来回回看了两次,舒也坐在椅子上,拿出手机,偷偷拍了一张她的背影。

两人从后门离开,那里在发画家的宣传册,宋好佳刚去拿了一张海报,就听到有人在说:"是舒也吗?"

宋好佳和舒也一起回过头,一名打扮优雅,拎着香奈儿包包的中年女人站在树下。

舒也见到她,毕恭毕敬向她问好:"林老师好。"

林老师看到舒也很开心,从树下走来:"好些年没见到你了,长这么高了。"

然后又看到站在他身边的宋好佳,有一些疑惑:"这是妹妹吗?一下子长这么大,都认不出来了。"

舒也神色有些淡漠,说:"这不是妹妹,是我同学。"

林老师点点头:"我就说不像。画展看了吗?你汪老师不想办,请了好几次才答应。"

舒也冲宋好佳扬扬下巴:"她特别喜欢。"

对上女人温和的目光,宋好佳不好意思地笑了笑。

等女人离开后,舒也给宋好佳说,这是小时候教他画画的老师。

宋好佳还记得两人的对话,好奇问:"你还有个妹妹?怎么从来没听你说过。"

"嗯。"

舒也似乎不愿意多提这个话题,大步走在前面。

宋好佳没有察觉到,她亦步亦趋跟在他身后,还在好奇地问个不停:"你老师看起来气质真好,你后来怎么没学了?"

舒也停下脚步,望着眼前的参天大树,他的声音平静:"我有很长一段时间,觉得这个世界很丑陋,我不知道有什么可以画的。"

"现在呢?"

他突然停下来，宋好佳撞到他的背，正捂着额头要叫疼，就看到他转过身，拍了拍她的头。

"现在不一样了。"

路边新开了奶茶店，排了好长的队，舒也问她："喝吗？"

宋好佳摇摇头，自从开始运动以后，身体对糖分的需求都减少了。

奶茶店旁边，放了一排新进的抓娃娃机，金光闪闪发着光。

小孩子们兴奋得哇哇大叫，指着橱窗里漂亮的娃娃们，扯着父母不让走。

宋好佳被哭声吸引，跟在舒也身后，一顾三回头。

舒也停下来，鄙夷地看了宋好佳一眼："瞧你的尿样。"

奶茶对她来说可能诱惑有限，但是抓娃娃机却刚刚好。

舒也径直走到贩币的机器前，买了满满一篮子的游戏币。

"你可以吗？"宋好佳狐疑地看了他一眼，"听说娃娃机都调低了成功率，很难抓到的。"

舒也冷笑："我这么多年娃娃头白吃了吗？"

舒也潇洒地抛着手里的硬币。

三枚硬币在灯光下闪闪发光。

第一轮，舒也吹了吹他的小辫子，径直走到最大的兔子娃娃机面前，投币，挪动摇杆，对准目标，按下确认，机械抓手成功地插入两个娃娃间的缝隙。

第二轮，也爷抡了抡他的手臂，勉强后退到第二台毛毛虫娃娃机面前，投币，认真地挪动摇杆，对准目标，犹犹豫豫地按下确认，机械抓手抓起了毛毛虫！

舒也紧张地在心中握紧小拳头，一、二、三，抓手松开了毛毛虫!

……

最后一轮，也爷垂着头，走到最小的钥匙挂链娃娃机前，虔诚地将游戏币放入凹槽，对着娃娃机拜了三拜，小心翼翼地操作摇杆，久久不敢按下确认，一直到计时结束，抓手自己落下。

他还装作无辜地转过头，惶恐地说："怎么它自己落下去了？这局不怪我！"

宋好佳理都懒得理他："还是让我来吧。"

宋好佳不久前看过一个"成功率100%"的抓娃娃机视频。

从他手中拿起最后两枚游戏币，宋好佳径直走到最大的兔子机前面，投币，挪动摇杆，干净利落地确认。

宋好佳开始左顾右盼。

舒也满脸疑惑。

只见宋好佳下一秒，抱着娃娃机开始使劲摇晃，娃娃机发出"哐哐"的声音。

舒也眼睁睁看着，兔子就这样掉入了洞里。

抓捕成功。

舒也："……"

宋好佳感叹："还是网友有智慧啊。"

宋好佳尝了甜头，正丢了硬币，准备抓下一个——

一名保安拿着警棍，大喊一声："你们干吗呢！"

宋好佳和舒也对视一眼，头也不回地开始跑。

全市最繁华的露天商业街区，有热恋的情侣、相互拍照的好朋友、牵着手的一家人……原本岁月静好的街头，被突然闯入两道人影，打破了宁静。

这两人灵活地穿梭在人群里，大气不带喘的，反而是身后的保安累得根本追不上。

所谓养兵千日，用兵一时，宋好佳总算知道每天锻炼身体的好处了。

拐过了最热闹的一条街，两人在旁边的小巷子里停了下来。

这是一条上了年代的小巷，零星地开着茶室、居酒屋和书店，但几乎无人问津。

但是居民们却十分喜欢他们的老街，在每一棵树上都绑上了小灯泡，在黑暗里一闪一闪发着微弱但美丽的光。

两个人同时停下来，看向对方。

宋好佳有一瞬间的仓皇失措，她挪开视线，下一秒，舒也胸口一痛，宋好佳把手中的兔子举平塞给他："送你。"

舒也低下头，看着自己怀中的粉红色兔子，正用一双极其无辜的大眼睛，泪眼汪汪地看着自己。

他伸手，扯了扯兔子耳朵上的蕾丝蝴蝶结，兔子耳朵跟着晃啊晃。

怎么说呢，还怪可爱的。

"我真羡慕你。"宋好佳说，"别的小说里，都是男主给女主抓娃娃，到了我这里，"她指了指自己，"靠着自己每天做无氧运动练出来的肌肉，给你摇来了这只兔子。"

舒也咬牙切齿："没能给你抓到娃娃，对不起你。"

"没事，"宋好佳大手一挥，"以后你看到这个兔子就要记得我。"

舒也捏了捏兔子的肚子，轻笑了一下，把兔子放在了他的肩膀上。

兔子化解了两人那一瞬间若有若无的尴尬。

"这条街我从来没有来过哎。"宋好佳打量四周。

"旁边的商圈太出名了。"

"被光遮住了啊。"宋好佳轻声说。

晚风轻轻吹拂，她只觉得心中清爽、舒畅，侧过头去看身边的舒也。斑斓的灯光落在他的脸上，影影绰绰。

舒也长得很好看，和贺千山干净的少年气不一样，他更像是漫画里的花美男。舒也虽然嘴里说着自己是大帅哥，但是他其实很不在意形象，总是一副很随意的打扮，扎个小辫子，让人在心中扼腕，暴殄天物。

宋好佳心里正这样想着，他忽然回过头。

被抓包了，宋好佳默默挪开了目光。

路边有一个几乎被废弃的迷你卡拉OK吧，舒也冲宋好佳招招手。

"干吗？"

"你不是要听我唱歌吗？"

舒也扬扬下巴，让宋好佳把刚才抓娃娃机没有用完的硬币拿出来。

"这能用吗？"

宋好佳抓出来一把放在点歌台上，狐疑道。

只见也爷纤纤玉手，捻起一个硬币，哐当投入投币框。

面前的屏幕亮起来。

宋好佳："……"

"想听什么？"他问。

"不知道，看看排行榜。"

宋好佳用自认为十分干净的衣摆擦了擦话筒，递给舒也。

舒也十分嫌弃地看了她一眼，但是宋好佳浑然未觉，兴致勃勃地看起了排行榜。

"啊，这首吧，五月天的《最重要的小事》！"

宋好佳不由分说，按下了播放键。

"等一下！我还没做好准备！"

可惜前奏已经响起。

舒也手忙脚乱，瞪了宋好佳一眼，又赶快扭过头，开始唱："我走过动荡日子，追过梦的放肆……"

虽然大家都叫他"也爷"，但是舒也其实是清秀的长相，眉清目秀的那种好看，他唱歌的时候，声音有一点低沉，声线干净。

"穿过半个城市，只想看你样子，这一刻最重要的小事，就是你最小的事……"

宋好佳选了夏日入侵企画的《想去海边》。

她偷偷看了舒也一眼，再次强调："你要做好准备啊。"

音乐旋律响起，她十分小声地开始唱："等一个自然而然的晴天，我想要带你去海边……"

舒也说："你唱歌蛮好听的嘛。"

宋好佳第一次被人夸唱歌不错，脸上很平静，心底却乐开了花。

两个人在卡啦OK吧里，唱光了所有的硬币。正好收到医院的电话，说可以去接校霸了。

舒也双手背在脑后，悠哉悠哉地走着，兔子坐在他的肩膀上，阵阵微风吹在他脸上，他的小辫子轻轻摇曳，好像世界上没有其他事情发生一样。

此时此刻，对他来说最重要的小事，就是和宋好佳在这条无名小径漫步。

春夏秋冬，这样容易，就过去了。

那青春呢，是不是也会这样，转瞬即逝，眼睁睁看着它从指尖流逝？

那我们呢？

第二天周一，早上升旗仪式的时候，宋好佳和舒也再一次火遍怀川私立中学。

早上八九点钟的太阳晒在身上，宋好佳正脑袋一点一点地打着瞌睡。

只见校长拿着话筒，皮笑肉不笑："接下来，我们要为大家播放一段视频。"

升旗仪式虽然是露天的，但是鉴于怀川私立中学家底殷实，在升旗仪式台边有一个大的投影仪。

视频刚开始的时候，宋好佳还在打瞌睡，尽量张大眼睛，抬头看了一眼。

这一眼，她就看到了大荧幕上的自己。

她和舒也两个人鬼鬼祟祟站在抓娃娃机面前。

宋好佳心中有了一丝不祥的预感。

应该是监控器拍下的画面，视频里两个人都是背影。

下一秒，视频里的女孩左顾右盼一番以后，抱起抓娃娃机开始猛烈摇晃。

全校的学生，都在一瞬间清醒了。

宋好佳悲伤地转过头，目光在人群里精准地和舒也交会了。

舒也做着口型："别怕，没拍到脸。"

刚刚说完，视频里就传来一声保安的大喊，"你们干吗呢！"

两个人转过头，正脸对着摄像头屏幕，然后开始狼狈地奔跑。

校长点了暂停。

投影仪上，宋好佳和舒也两张脸，一大一小，塞满了屏幕。

全校所有人的目光齐刷刷落在了高二（7）班。

最恨的是，那张屏幕上，脸大的人是她，衬托得舒也像是翩翩公子。

校长再点了一次快退,监控视频回到三秒前,两个人的背影,校服上赫然写着"怀川私立中学"六个大字。

宋好佳不知道现在转学还来得及不。

校长:"宋好佳、舒也两位同学,请在升旗仪式结束后来校长室一趟。"

宋好佳和舒也被罚扫教学楼一个星期。

扫地一般是放学时间,秦帅本来说要帮她,但是宋好佳没答应。宋建军和她已经冷战三天了,要是被他知道了这事,一定会嘲笑宋好佳的,说她没长手脚,自己受的惩罚让别人来做。

宋建军没把她当女孩养,从小怎么糙怎么来,没有公主裙、没有洋娃娃、没有麻花辫,以前宋好佳对此还会有一些怨恨。

但是现在她偶尔会觉得,这样也很好。

没有人规定了女孩子一定要如何长大,没有公主裙和水晶鞋,她也是一个很好很好的女孩子。

如果天生不是鲜艳美丽的花朵,植物园那么大,除了玫瑰,一定还有其他的植物。

但是显然有些人不是这么认为的。

宋好佳拿着扫帚,皮笑肉不笑地看着坐在树下的舒也。

很难想象他如何在这么短的时间里,在教学楼下,找到了一棵遮天盖日的树,把书桌椅子都搬了过来。

宋好佳在前面卖力地扫地,他在树下优哉游哉地喝功夫茶。

"舒也!"宋好佳拿着扫帚指着他的鼻子,"你给我起来。"

舒也宝贝地护住他的茶杯。

"小心点,灰尘都掉我杯子里了。

"人家纤纤玉指,你忍心让我去做这种粗活累活吗?"

舒也伸出一双手，他的手十分好看，修长白皙，骨节分明，确实是十指不沾阳春水的样子。

听说舒也会弹钢琴，宋好佳有些羡慕，她手大，小时候也有钢琴老师说她适合弹钢琴，但是钢琴太贵了，她家里负担不起。

宋好佳打掉舒也的手，拿起扫帚啊抖，试图把里面的灰尘都抖到他的茶杯里。

然后在舒也的哀号声中，她扛着扫帚得意扬扬地转过身。

教学楼边有一片小树林，种满了桂花树，如今桂花落了一点，宋好佳不忍心把它们都清理掉，反而自作主张将它们扫在一起。

夕阳西下，宋好佳轻轻哼着小曲，她没看路，顺着转到了教学楼背后。

几个男生靠在那里。

每个学校都有那么几个角落，没有摄像头，人迹罕至。

"宋建军真的烦死了，有机会要把他打一顿。"

"不如去整他那个女儿，高二那个。"

听到宋建军的名字，宋好佳愣了一下，脚下发出声响，正在密谋的男生转过头，直直看着宋好佳。

宋好佳认出了他们，就是她刚入学的时候，来教室门口"看校花"，和秦帅起了冲突的那帮人。宋好佳还来不及跑，其中一个男生便一个箭步上前，挡住了她的去路。

"真巧，"他皮笑肉不笑，"刚刚我们还说到你老爸呢，你就来了。"

"让开。"她说。

"找死啊你！"

男生拽住宋好佳的衣领。

要换作以前，宋好佳估计已经吓得两眼一翻。但是很可惜，他们遇到的是"进化"后的宋好佳。

她抓住对方的手腕,想起秦帅教过自己的简单擒拿,手肘一顶,手臂一翻,然后一转身,比她魁梧的男生直接一个趔趄,半跪在地。

宋好佳笑了笑:"那你们说说,你们要找我干吗?"

在场的男生都十分吃惊,你看看我,我看看你。他们记得,宋建军的女儿是个唯唯诺诺的胆小鬼,什么时候变这么强势了?

宋好佳趁热打铁,拿扫帚对着他们:"滚。"

举棋不定间,听到角落另一侧舒也的声音,"宋好佳,你跑哪里去了?"

几人不想把事情闹大,瞪了宋好佳一眼,警告她下次小心点,就先跑了。

等舒也过来,宋好佳把刚才发生的事情给他讲。

"结果他们自己跑了。"宋好佳嗤笑。

"不错嘛,"舒也笑着说,"长成大姑娘了,变得勇敢了。"

就连宋好佳自己都察觉到了自己的变化,她开始抬头挺胸走路,有底气,不自卑。这一切都是从什么时候开始发生的呢?

宋好佳看着身前舒也的背影,他穿着校服衬衫,腰细腿长,地上落满了金黄色的桂花,香气弥漫在空气中。

是从遇见他开始。

宋好佳扫完地,一边觉得腰酸背疼,一边又有种说不出来的神清气爽。她曾经看过一个作家的访谈,说写不出文章的时候,就会给家里做一个大扫除,那时候宋好佳十分不解,现在多少能明白了。

她正好口渴,走到舒也的桌子旁边,看到杯子里的茶水,没想那么多,拿起来一饮而尽。

一旁的舒也用一种异样的眼神看她。

"干吗?"

舒也看了看宋好佳，又看了看她手里的杯子，欲言又止。

宋好佳循着他的目光低头一看，忽然一顿，面色难看。

这是她刚才故意抖了不少灰的茶杯。

"宋好佳，"舒也拍了拍她的背，苦口婆心，"以后做人善良点。"

宋好佳蹲在草坪上，恨不得把刚才的水全部吐出来。

除了打扫卫生以外，两人还被要求当众念检讨书。宋好佳和舒也石头剪子布，三局一胜，第一回合宋好佳赢了以后就结束了这场竞技，由舒也去念稿子。

"对不起，我们以后，再也不穿着校服做违法乱纪的事情，我们会好好学习，天天向上，为校争光。"

班主任老许被他气得半死，不穿着校服做违法的事，意思就是不穿校服的时候继续做？

不过舒也这个人，是不可能让人白白看了笑话的。也爷痛定思痛，觉得从哪里跌倒就要从哪里站起来。

你们嘲笑我也爷抓不到娃娃对吧？

舒也当天就买了一个抓娃娃机，放在男生寝室门口，调了个1∶1000的成功率，邀请各路英雄豪杰上门挑战。

从这天起，每天中午吃过饭以后，男生寝室门口排着长队，全校男生个个摩拳擦掌，想要在抓娃娃机前炫耀一下自己的技术。

宋好佳每次经过时，看着这壮观的排队盛况，都不由得感叹，也爷真是商业奇才。

第六章

转学考试的结果出来了,宋好佳被录取了。

录取电话打到了宋建军那里,他以前的老同事,在名单上看到了宋好佳的名字,专门给宋建军贺喜,还问他是不是要带着女儿一起跳槽。

结果流言一传十、十传百,怀川私立中学大多数人都听说,教导主任宋建军要带着女儿走了。

宋建军十分生气:"这是怎么回事?"

"我想转学。"宋好佳回答。

"不可能。"

"我不想在这里读书了,我们两个每天都在吵架。"

"你以为我想和你吵架?"

"你现在就在和我吵架!"

宋建军忍无可忍:"宋好佳,你能和别人比吗?你不要忘了自己是个病人!"

那一刻,她所有试图掩盖和伪装的事物,都在她眼前一一呈现。

她无言以对，回到自己房间，关上门开始写作业。做了十道选择题，错了五道。宋好佳看着错题，为自己的人生感到彷徨。

这个星期，宋好佳在学校里表现很安静，放学的时候，秦帅戳了她一下："你周末干吗？"

周末？你管星期六下午放学，星期天下午回学校，还有一堆试卷习题的20个小时叫周末？宋好佳在心底暗自吐槽。

不过这周放月假，周五放假，周日才返校。

"睡觉，洗衣服，看剧。"

吐槽归吐槽，宋好佳还是老实回答了秦帅，她在心底挣扎了一下，本来想把"看剧"换成"看书"，显得更优雅一点。但是算了，多半会被秦帅揭穿的。

"那就是没事做喽，"秦帅说，"明天出来玩，十一点，人民公园见。"

秦帅说完，不给宋好佳反驳的余地，背着书包戴上耳机，离开了教室。

刚出走廊，秦帅拿出手机低头发消息，正好撞上"樱桃小丸子"从楼梯走下来，大喊了一句："同学！学校里不准用手机！"

秦帅握住手机拔腿就跑。

留宋好佳一个人在教室里发呆，她吞了吞口水，秦帅这是……要和她约会？

她还从来没和男生单独出去玩过。

她是一个去理发店前，都要先观察一下店里有没有女理发师的人。年轻一点的男医生也会让她压力倍增，她不太能承受男性的注视。

晚上睡觉前，宋好佳点开秦帅的头像，犹豫着要不要拒绝他。但是又担心秦帅笑话她，说不定他真的只是想和她做普通的朋友，带她出去玩，自己要是拒绝了就太自作多情了。

就在这时，聊天界面上弹出舒也的消息。

舒也微信名很简单，叫"也."，头像是一只一脸横肉，眯着眼睛刚睡醒的橘猫——校霸本尊。

也.：明天记得带副手套。

上好佳：？

也.：秦帅没跟你说吗？明天出来玩。

上好佳：哦。

哦，果然是她自作多情了。不过为什么出门玩要带手套？现在可是夏天，宋好佳忍住没问出来，不然显得自己很没有见识。

宋好佳难得没有睡懒觉，一大早就起来洗头换衣服。她犹豫了很久，还是试了试之前在网上买的隐形眼镜，这是她第一次戴隐形，站在镜子前快把眼皮掀到眉毛上了，才勉强戴上去。

宋好佳站在镜子前，看着对面齐刘海、没有戴眼镜的女孩，突然觉得，自己其实不算难看。这几年单眼皮没有那么不受待见了，她的眉毛很浓，如果不一味追求甜美，其实也蛮英气。

出门前碰到了宋建军，他们还在冷战期，都装作没看到对方。

怀川中学远离市区，宋好佳花了一个小时，转了两趟车才到人民公园。她踉跄着从公交车上下来，扶着电线杆晕得想呕吐。

下一秒，一个冰冷的东西贴上她的侧脸，宋好佳回过头，看到了站在她身后的舒也。

他站在阳光下，穿着白色的短T恤，上面有一只用蓝色的线描的猫咪。他手里拿着两瓶还冒着冷气的冰镇饮料，似笑非笑地看着她。

他身后正好有片巨大的白色的云，深棕色的头发像是在发光。

扑通，不知道为什么，宋好佳觉得自己心脏突然被撞了一下。

这是她第一次在校外见到舒也，比平时看起来要陌生一点。她愣愣地接过冰镇的汽水，铝罐放在额头上，刚才在公交车上的疲惫和困意一扫而光。

她沉默地跟在舒也身后，来到人民公园门口，其他人已经坐在石凳子上，一边打游戏一边等他们。除了秦帅以外，余乔白也在，还有物理课代表许桥、学校棒球队的成员张楚。

几人和宋好佳打了招呼，立刻热火朝天地聊起新发售的一款开放式游戏机，宋好佳听他们聊得挺有趣，插嘴问了一句，他们便十分有耐心地开始给她讲游戏的机制、世界观，和制造公司的故事。

宋好佳意识到，这是大家假期的小群体聚会，她也算是其中一员了。

宋好佳问："去哪？"

"滑冰。"

冰场在新建的商场里。宋好佳在朋友圈里看到过，当时只觉得照片很漂亮，不过很可惜，她不会滑冰。除了她以外，其他人应该是冰场的常客，他们熟门熟路地拿着卡刷了进去。

宋好佳第一次滑冰，跟着指示去拿了装备，提着沉重的冰鞋不知所措，秦帅正好从她身边走过，宋好佳赶紧拽住他的衣摆。

"让也爷教你。"秦帅说。

宋好佳用怀疑的目光看向正在换鞋的舒也，想起这人带着游泳圈在浅水区嗷嗷大叫的样子，实在是不相信他还能滑冰。

舒也察觉到她的目光，抬起头，对她眨了眨眼。舒也本来就是修长清瘦的身材，穿上冰鞋以后显得腿更长。

他走到宋好佳面前，蹲下身，帮她系鞋带。

"我可以自己来。"宋好佳不好意思地小声道。

舒也没吭声，他娴熟地缠绕上鞋带，最后双手用力向外扯，系了一个漂亮的结，然后拿出一双黑色的手套递给宋好佳。

舒也像是早猜到她会忘记带手套，不在意地笑了笑。然后他站起身，轻轻弯腰鞠躬，把手伸到宋好佳面前："来吧，小公主。"

宋好佳有点紧张，把手放进他的手心，他轻轻一用力，宋好佳就站了起来。换鞋区铺了新的毛毯，走起来还算安全，可到了冰区就不一样了，宋好佳吓得使劲握住舒也的手。

宋好佳跟着舒也，贴着冰场的玻璃墙行走。隔着厚厚的手套，牵手这个行为也变得不那么暧昧。

宋好佳以前从未觉得自己有运动细胞，来了怀川以后，被迫跟着大家一起尝试了各种运动。

这帮男生，连踢足球都叫上她。但是这样很好，宋好佳在一次次硬着头皮上以后才发现，以前觉得男生更擅长运动，是自己的偏见。就像也有擅长琴棋书画的男生，女生也可以擅长体育，在足球场上驰骋。

绕着冰场走了一圈以后，宋好佳觉得滑冰也没那么难。

宋好佳不好意思让舒也一直陪着自己："你和他们一起玩吧，我没问题。"

"那我放手了。"他说。

你好歹也和我客套一下啊！宋好佳在心底默默吐槽。她虽然很想说不要放手，但是刚才都已经耍过帅了，只好眼睁睁看舒也松开手。

放开她以后，舒也开始自由滑行。他穿了一件黑色的卫衣、黑色的运动裤，踩在冰鞋上，身体微微前倾，在转角处滑过一道剪影。他又高又瘦，滑行的时候，头略微向下，像是漫画里陷入沉思的少年。落地窗外的阳光打在他身上，熠熠生辉。

宋好佳收回目光，深呼吸一口气，记着刚才舒也说的话，身体重心向下，慢慢在扶手边行走。

过了一会儿，秦帅从她身后减速，打了一个漂亮的圈，笑着说："宋好佳，不错嘛。"

宋好佳受了鼓励，决定左右各滑行五次以后再抓扶手。她松开了手。

才刚滑到第三步，她前面突然冲出来一个同龄的女孩，女孩没踩稳，一边尖叫，一边摔倒在地。宋好佳几乎就要和她相撞，她吓得要死，闭上眼睛，下一秒，有人从身后拉住了她的衣服，宋好佳整个人往后一靠，落入一个稳稳当当的怀抱。

"公主殿下，"她转过头，看到他低头在笑，"臣救驾来迟。"

滑冰结束的时候，宋好佳勉强达到能绕冰场走一圈的水平。她还觉得意犹未尽，怪不得别人都说新手瘾大。

商业街的冰激凌店在做买一赠一的活动，大家自行两两配对。不知道是有意还是无意，又成了她和舒也一组。宋好佳在店外等候，正好看到一群穿实验中学校服的人出来。宋好佳多看了两眼，实验中学正是她想转学去的地方。

其中有个女孩，正是刚才在冰场差点害她摔倒的人。

她走到宋好佳面前向她道歉："刚刚对不起，我请你吃冰激凌吧。"

宋好佳连连摆手："没关系，我同学他们已经在排队了。"

女生瞟了一眼冰激凌店，舒也正侧过头和秦帅说话，他站在人群里很显眼。

"那个……"实验中学的女生有些害羞，"刚才那个男生是你同学吗？他有女朋友吗？"

宋好佳反应过来对方说的是舒也，愣了一下，摇摇头："他没有。"

"那，你可以把他的微信号推给我吗？"女生一脸期待地看着宋好佳。

啊？宋好佳第一次遇到这样的情况，她如果擅自把舒也的微信号给陌生人，是对舒也的不尊重，但是如果拒绝，又显得太多管闲事了。

"这样吧，"宋好佳想了想，"你把你微信给我，我等会儿问问他。"

"好，谢谢你。"

几个男生走出冰激凌店的时候，正好看到宋好佳和穿着实验中学校服的女生在互相加微信，秦帅一边舀着冰激凌尖尖上的巧克力酱，一边嘀咕："不是吧，宋好佳真的要转学啊？"

舒也冷冷看了他一眼。

秦帅赶紧在嘴边做了一个关拉链的动作。

周六的餐厅爆满，他们去了好几家火锅店都要排队，两个小时起。

宋好佳住得远，等排队吃完火锅再回学校，根本就没有车了。

"要不你们吃吧，我先回去。"宋好佳说。

嘴里这样说，但她心底还是有点不舍，她好久没有吃过火锅了，而且她还没有和同学们一起吃过火锅呢。

以香辣出名的火锅店，外面摆出了七八张桌子，香味四溢。宋好佳看到有人在烫毛肚，放入锅里涮了10秒，提起来一口咬下去，宋好佳吞了吞口水。

舒也余光看到了她那渴望的小眼神。

"我送你回去。"他说。

"啊？"宋好佳摆摆手，"你们今天运动量那么大，肯定饿了，别管我了。"

秦帅忽然灵光乍现："既然这样……干脆我们跟你回学校吧。"

"啊？"

"回学校啊，买点火锅食材，去你家吃。反正明天也要回去，正好今天没写作业，明天去教室里写。"

"真的？"

宋好佳还没想出反驳意见，另外几个男生倒是都同意了。

学校门外就有超市，宋好佳买了满满一推车的肉，保安还过来帮她一起提到寝室楼下，问她："今天和爸爸一起吃火锅啊？"宋好佳不擅长撒谎，只能硬着头皮含糊说是啊是啊吃火锅。

宋好佳以光速收拾好自己的房间，把内衣袜子内裤一股脑塞抽屉里藏好，剩下的乱就乱了，反正就那帮男生的德行，她并不相信他们会好到哪里去。

一行人浩浩荡荡走进来，很快就把宋好佳的小房间挤得满满当当，他们把她的桌子搬到阳台，用鞋盒和旧书临时搭了一个灶台，把电磁炉和锅放上去，咕噜噜煮好水。

火锅底料在沸水中化开来，又辣又香的气味溢开，有人已经迫不及待地准备下肉，宋好佳来不及阻止，哗啦两盒牛肉就被倒进了锅。

几分钟后，汤底再次沸腾，忽然一道黑影一闪而过，秦帅一脸英勇就义的表情："大家等等，我帮你们尝尝肉好没有。"

然后他一口吞下整片牛肉，只见他皱了皱眉，咂巴着嘴巴，摇头说："不行，再等等。"

"滚你的，谁信！"

"手快有，手慢无！"

然后七八双筷子争先恐后地下锅，宋好佳眼睛都还没眨完，面前的锅已经空了，只剩下孤零零几根干辣椒飘啊飘。

宋好佳："……"

说好的绅士呢！说好的贵族气质呢！平时老师都是怎么教育你们的！她暗自在心中诅咒他们以后永远找不到女朋友。

忽然一块肉掉进她碗中，宋好佳抬起头，坐在他旁边的舒也淡淡地说："眼睛都要掉锅里了，快吃吧。"

宋好佳及时反应过来，在秦帅的筷子发动偷袭之前，将整片牛肉丢进口中，被烫得直吐舌头。

接下来的战场一片血雨腥风，宋好佳挽起袖子就上，也不管肉熟没熟，能在这群饿死鬼口中抢下什么是什么。一场火锅，硬生生被他们升级成了火锅高考。

吃到一半，宋好佳起身去上厕所，回来的时候正好见到最后一盘五花肉被一抢而空。她向众人投去哀怨的目光，然而大家都在埋头苦吃，没有人搭理她。坐在她对面的贺千山忽然抬头，和宋好佳四目相对。

宋好佳："……"

贺千山一愣，显然误解了她的眼神，默默地将自己唯一的一块五花肉放进宋好佳碗里。

宋好佳："……"

不，她不是这个意思！宋好佳一边在心中反驳，一边迅速咬住五花肉，肥瘦相间，刚刚好，真好吃。

吃完火锅以后，地板上东倒西歪一片人，谁都不愿意动。

秦帅眼尖，瞟到了宋好佳扣在书架上的相框，拿起来看，那是宋好佳十岁时候拍的照片，她站在游乐园的旋转木马外，目光呆滞地看着镜头，僵硬地比了一个V字手势，仿佛和身后流光溢彩的欢乐世界相隔。

然后众人起哄，要宋好佳把她的相册拿出来看，宋好佳不想扫兴，在衣柜最深处真的翻出一本相册，自暴自弃地丢给他们嘲笑。

大部分都是集体照，幼儿园毕业、小学毕业、初中毕业。小小的宋好佳站在不起眼的角落，被淹没在人群里，手足无措地看着镜头。

也有几张她的单人照，额头点了一个小红点，笑得僵硬；第一次戴红领巾，虎头虎脑地敬礼。还有一些宋建军的照片，三十年前，他还同他们一般青春年少，穿着白色衬衫，站在梧桐树下，扶着黑色自行车，低头微笑。

白衣翩翩的年代，少年的身姿挺拔如白杨，兀自美好着。

"看不出来啊，宋主任年轻的时候这么帅！"

"宋好佳，你爸爸这么帅，你知道吗？"

"有点像那个谁，演御剑飞仙的那个。"

宋好佳恍惚地凝视这张黑白老照片，三十年前的他，原来是这样的。她忽然觉得自己置身于一条岁月的大河边，时光滚滚，隔着那些已经尘归尘、土归土的时间，满腹话语，却不知道该如何开口。

三十年前的他风华正茂，大概从来没有想过，自己后来会为人父，拥有一个十分不省心的女儿，也会变得来越来沉默寡言，将年少的理想和热望一同埋进尘土里，成为红尘中最最庸碌平凡的一个老男人。

舒也侧过头，轻声问："宋好佳，你妈妈呢？"

"我妈妈去世了，"宋好佳装作无所谓地说，"我没见过她，也没有她的照片，我爸也不和我讲她。"

全屋的人一下安静下来，欲言又止地看着宋好佳。

"宋好佳我错了，我以后一定会好好对你的，我再也不说你丑了。"秦帅做了一个对天发誓的手势。

宋好佳勉强笑了笑："没事儿，我和我爸一起……也挺好的。"

只有舒也敢开口，问她："那你想她吗？"

宋好佳抽出一张六一儿童节时拍的照片，宋建军给她买的公主裙，土里土气的劣质蕾丝边，粉红色衬得她越发黑，可是那却是她唯一的一条裙子，六岁的她冲着镜头笑得像个傻子，"想，但是再想也见不到了。"

宋好佳的照片很少，宋建军不是个宠女儿的父亲，她也不喜欢拍照，怎么拍都是丑。相册很快被翻到底，还剩下三分之二的空白，最后一个格子里放了几张大头贴。宋好佳初中时候照的，十块钱一版，花里胡哨的背景，用了磨砂纸膜，印出来她连自己都认不出来。

"不错啊，宋好佳，这几张挺好看的。"

"卖家秀和买家秀的区别啊。"

"哪里哪里，我要看，给我看看。"

于是宋好佳的大头贴在众人手中又传阅了一遍，宋好佳脸上挂着明晃晃的"羞耻"两个字，看到照片纸上自己努力瞪大眼睛嘟着嘴巴的非主流造型，认定了过去的自己脑子里全是水。黑历史都是上辈子造的孽。

宋好佳一边尖叫一边跟着大头贴跑，最后照片传到舒也手中。他盘腿坐在地上，宋好佳没刹住车，一头栽进他怀中。

男生们起哄，吹口哨的，鼓掌的，阴阳怪气地拖着尾音"哦——"的，舒也穿了一件宽松的黑色针织毛衣，宋好佳的脸压上去，像是被羽毛轻轻扫过，又软又温柔。

"不好意思。"

宋好佳手忙脚乱地爬起来。

舒也举着手里的相片纸："那这个就当作赔偿了。"

吃饱了晚饭，大家按照惯例是要去峡谷消消食。心照不宣地拿出手机开排位。

舒也站起来，将碗筷收起来，堆在阳台的洗漱台上。

"你们玩。我去洗碗。"

宋好佳作为主人，被他抢了活儿，自然有点不好意思。

她走到洗漱台边，对舒也说："我来吧。"

舒也笑了笑，打开水龙头冲水。水池盛满了泡沫，他修长的手指放进去，像是在云间跳舞。

"你会弹钢琴吗？"宋好佳没头没脑地问了一句。

"嗯，我知道我手好看。"他说。

宋好佳翻了个白眼。

看舒也收拾灶台是一种享受，他大概是有轻微的洁癖，连燃气台都取下来擦了一遍。还把宋好佳留着茶垢的杯子也洗得干干净净。

等他洗完碗，宋好佳忽然想起下午要他微信号的女生。她拿出自己的手机，点开女生的头像，是本人坐在树下回头笑的照片。

"下午滑冰场有个女生想加你微信，实验中学的。"宋好佳对他说。

"不加。"舒也头也不抬。

"你看一眼吧？她挺好看的。"

"你也挺好看的。"

他抬起头看向她。

宋好佳猛然心跳加快，舒也的眼睛很漂亮，狭长带笑，是传说中的桃花眼。然而他的眼神认真温柔，看着她，像是看着稀世珍宝。

"我知道了。"她低下头。

他笑着拍了拍她肩膀。

你也美丽，我的公主。

两人回来，玩游戏的几人刚被血虐了一把，嚷嚷着叫也爷帮他们报仇。

舒也问宋好佳："一起？"

"我没怎么玩过。"

"没事，"他笑着指了指对面几个人，"反正都是我一带四。"

被他阴阳怪气的几人怒，纷纷掏出本命英雄。

宋好佳初中的时候，下载过这款游戏。但是新手期的她，选了个辅助，险些被队友骂哭，就删了没再玩过。

她的手机内存不够，借用了余乔白的号。

到了选英雄的环节，男生们说："随便选个辅助。"

宋好佳小声嘀咕："可是我不想玩辅助……"

下一秒，舒也锁定了蔡文姬。

众人震惊："也爷！你干吗！射手呢！还指望你马可带飞啊！"

舒也慢条斯理："要不我出AD（射手）装？"

游戏进入倒数计时，宋好佳一头雾水，舒也伸手，帮她选了个黄忠。

众人："……"

舒也："好了，四保一，好好保护我们公主。"

进入游戏画面，蔡文姬开着她的小飞船走在黄忠前面，探探草，挡挡子弹，和坐在她身边一米八几的大男生形成鲜明对比。

过一会儿，舒也："黄忠过来，我帮你打个蓝。"

玩打野的秦帅："……"

黄忠这个英雄比宋好佳想象中简单。见人过来就开大招，打团的时候，另外四个人一个接一个挡在她前面，对面根本近不了她的身。

确实是公主般的待遇。

秦帅还嘲讽对面："不要动我们射手。"

"就是，射手是我们的团宠。"

一轮团战结束，峡谷死了九个，只剩下黄忠一个人。宋好佳收了炮台，茫茫然看着大地，念沧海之一粟。

身边还有一群鼓掌的："黄忠厉害！"

"干得漂亮！"

看着倒在自己周围的敌人们的尸体，宋好佳第一次在游戏里享受到了团战的快乐。

男生们的宿舍严格意义来说和宋好佳在一层楼，中间隔了一个栅栏门，周末没有上锁。宋好佳穿着拖鞋把他们送到栅栏门口。

忽然，秦帅叫了一声她的名字："宋好佳。"

她回过头，他们站在门边，才踏入一只脚，又收回来。

"我们都很舍不得你，你不要转学，"他说，"从今以后，我们就是你的家人。"

头顶路灯落在她的衣服上，明明暗暗的金丝折射出一闪一闪的光影，像是璀璨星空。

不知道为什么，那一刻，宋好佳竟然无端落下眼泪来。

她眼角闪着泪光，嘴角却忍不住上扬："我知道了，我不走了。"

啊！有一处可以避风的港湾，真好！有一座可以脱掉盔甲，在狂风暴雨中落脚的岛屿，真好！

得到了她的保证，大家这才心满意足地转身往宿舍走去。

宋好佳慢慢往回走，耳边回响着刚才的对话，我们舍不得你，你不要转学。原来人可以这么大方、勇敢地摊开自己的内心，不害羞，不担心被拒绝。

如果宋建军在得知她想要转学的时候，不是怒气冲冲地和她争

133

吵，而是告诉她，你是我的女儿，我舍不得你。

如果，她能敞开心扉，坦诚地告诉宋建军，我并不是真的想要离开你，我真正渴望的，是和你一起好好生活，我们不要吵架，做一对能够面对面吃饭，讲笑话逗对方开心，一起分担寒潮和雨露的父女。

如果两人都能如此坦诚直白，不用愤怒、呐喊和攻击来遮掩自己那不堪一击的自尊，那么他们的父女之路，也可以布满阳光的。

这天晚上，一直到深夜十一点，宋建军还没有回家。

宋好佳打电话过去，他语气恶劣地回答在外面喝酒，然后不耐烦地挂了她的电话。

挂了电话，宋好佳转过头，看到书架上放着的立体相框，那是她唯一一次去游乐园。是当时宋建军学校老师们一起组织去的，有七八个小孩，可到了出发的时候，宋建军突然接到电话，说有学生在校外打架斗殴，让他赶紧去一趟。宋建军就把她托付给了同行的其他老师。

那个老师的孩子是个男孩，人高马大的，又调皮，话又多，宋好佳不喜欢他。

宋好佳记得她跟着一群小孩去玩丛林探索，忽然下了雨，她在树洞里躲雨，等雨停了，她探出头才发现，大家都已经走光了。她被吓得不轻，四处狂奔，沿着来时的游乐园设施一个一个寻找，大声呼唤小伙伴们的名字，却谁都找不着。

春秋之交，到了傍晚就开始起风，室外温度降低不少。她蹲在游乐场大门外，身后有一棵大树，她抱着双臂，看着尽兴而归的小孩们。

他们牵着父母的手，兴高采烈地说着这愉快的一天。还有一些小孩，抱着在商店里买的周边、气球、洋娃娃或者是外套。

而她什么都没有。

就在这时，她忽然听到人群里有人在大声喊她的名字，"宋好佳——宋好佳——"

她站起身，看到满头大汗向她飞奔而来的宋建军。

"爸爸，我在这里！"

宋建军冲到她面前，紧紧地抱住了她。透过他被雨打湿的肩膀，宋好佳抬起头，看见满树的樱花，温柔地落在他们身上。

从那天开始，樱花就是宋好佳最喜欢的花。

为什么偏偏选了这张照片将它摆出来呢？

宋好佳趴在书桌上，想起那个傍晚，是宋建军背着她，一步一步回到家中。

舒也问她，会不会想念母亲。

怎么不想念呢，拉不上裙子拉链的时候，不会扎头发的时候，第一次生理期的时候……她生命中那么多重要的时刻，她都不在。

可是她从来没有问过，宋建军是怎样想的。

他是否也会思念，曾经的爱人，是否也会怀念，那些相爱的时光。

宋好佳正失神着，忽然听到天边一道惊雷，大雨滂沱而下，砸得地面噼里啪啦地响。宋好佳收回目光，看着桌边沉默的手机。

宋好佳抓起墙角的雨伞，穿着拖鞋冲了出门。

宋建军喝酒的地方不难找，就在学校附近的夜宵铺子，就摆在街边，搭一个透明的棚子，稀稀拉拉放着塑料板凳，不肯归家的男人们三五成群地聚在那里。

宋建军回家对着宋好佳虽然沉默寡言，两个人最高纪录能一整个星期不说一句话，但是和他那帮狐朋狗友们混在一起，倒是滔滔不绝，只差没把自己吹上天。忽然他身边的同事拍了拍他的肩膀，宋建军回过头。

喧嚣的大排档边,宋好佳撑着雨伞,站在路灯下,轻声开口:"爸爸。"

宋建军的目光和她在半空中交会,又飞快地错开。

他将杯中酒一饮而尽,然后沉默地起身,走到宋好佳身边。

两个人在倾盆的大雨中走路回家,一人撑一把伞,一前一后,互不关心,也没有人开口说话。宋好佳走在他身后,看着前方宋建军不知何时已经佝偻的背影。

他曾经是一名地理老师,谁不曾梦想仗剑走天涯,环游世界,读万卷书,行万里路。

他是为了自己,才变成了这样。

爱是一种艺术,一种能力,她站在河的这一方,看着父亲的背影,却不知道要如何蹚过这一切。为什么呢,爱要这么让人为难,明明想要靠近一点,却又不由自主地想要逃离。

想要挽着爸爸的手,在街上逛街、谈天,却又一次次吵红了脖子,让眼泪流下来。

"爸,"她举着伞,装作不经意地说,"我不转学了。"

宋建军酒劲还没过去,又开始数落她:"我就说嘛,一天到晚,不知道在想些什么,转学是多大的事,你一个小孩子……"

"爸,"宋好佳心平气和地打断了他,"我不是小孩子了,以后你有什么事,可以跟我说,妈妈不在了,就只剩下你和我了。"

宋建军没有再说话。

宋好佳随父姓,然而名字里后面两个字,随的是母亲郝佳莉。

她对这位母亲知之甚少,宋建军也几乎不提她的事。郝佳莉一生漂泊,很小的时候,父母就去世了。

年轻时的宋建军是个不苟言笑的忧郁青年，郝佳莉对他一见钟情。

但是结婚以后，郝佳莉不能接受婚姻生活，她是一个新闻记者，她看中宋建军的，也是他身上浪子的气质。

婚后生活一地鸡毛，年轻的女孩被消耗得歇斯底里，被困在方寸之间。

宋好佳出生以后，奶奶去了姑姑家帮忙带小孩，郝佳莉一个人忙不过来。而宋建军为了补贴家用申请了班主任，每天早出晚归。郝佳莉产后抑郁，独自育儿的日常麻木了她的神经，加深了郝佳莉对家庭生活的厌倦。

为了照顾小孩，郝佳莉不得不暂时告别深爱的工作，郝佳莉和宋建军的生活也因此彻底改变。

婚前他们是一对浪漫的文艺青年，每周都去看电影，还去KTV唱歌跳舞。一有长假，两个人就背包坐绿皮火车去旅行，住十几块钱一晚上的青年旅馆，结交天南海北的朋友。

他们见过雪山、沙漠、森林、戈壁……那时光，虽然穷，但是总觉得人是富足的。

然而，结婚以后一切都变了。他们像所有的年轻夫妻一样背上房贷，新生儿的来到也让他们原本就拮据的生活更加清贫。

他们不再去电影院，不再远行。

年轻时候的爱火，面对沉默无息的生活的暗涌，被一点点淹没。

宋好佳三岁的时候，郝佳莉终于重新找到工作，成为本地报社的一名记者。她比任何人都要拼命工作，不仅是为了弥补这三年的空白，还因为她感觉到了一种恐惧，似乎有一道黑影一直在逼近她。

那个名为妻子、母亲的身份，一步步逼近她，几乎要将她吞噬。

她想要逃跑，她害怕就这样度过此生，她年轻时候见过的高山和河流都会消失，她心中的梦想也开始模糊。

在宋好佳六岁的时候，郝佳莉得到一个去广州总部的升职机会，她迫不及待答应了，然而宋建军却不愿离开。

那时候两人的感情已经油尽灯枯，常常面对彼此说不出话来，在一个停电的夜晚，宋好佳在房间里热得睡不着。宋建军就拿着扇子给她扇风，宋好佳在他的怀里渐渐睡去。

宋建军关了门出去，郝佳莉坐在黑暗的烛光里，捂着脸流泪。

郝佳莉开口说："我们离婚吧。"

郝佳莉离开后的第三年，宋好佳被查出严重的病。宋建军去了一趟广州，在郝佳莉上班的报业大厦等她。下午三四点，南方太阳毒辣，他流了一身的汗，正准备去买杯凉茶，忽然看到了郝佳莉。

她从公务车上下来，胸前挂着公牌，穿着随意的休闲装，扛着沉重的摄像机，一看就是刚出外勤回来，正转过头和身边的同事说话。她比过去瘦了很多，看起来像二十多岁的少女，没有金山银山，但是神采飞扬。

算了，他想，就让她了无牵挂地向前走吧。

宋好佳听着邻居们的流言蜚语长大，有人说是宋建军在外面拈花惹草，有人说宋建军在外面欠了赌债，有人说是宋建军家暴，总之郝佳莉是被逼走的。

宋建军从来没有告诉过宋好佳两人离婚的真正原因，好像没有什么真正的原因，婚姻生活就是复杂而沉重的，两个人手牵手进了迷宫，走到一半，发现身边空无一人，原来是缘分到了尽头。

他只是不愿意让宋好佳觉得，自己是被母亲抛弃的小孩。

宋建军总是这样沉默。

郝佳莉恨他的沉默，宋好佳也恨他的沉默，可又正是这样的沉默，如大海包围着她，将她轻轻托起。

第七章

　　夏天要结束的时候，校霸生病了。

　　它病恹恹地坐在树下，宋好佳经过，和它打招呼，它爱理不理。其实校霸心情不好的时候也是这样，但是那天不知道为什么，宋好佳像是有感应般，走上前把手放在校霸的身体上。

　　柔软的身体，发出非常急促的呼吸。它平时那双威武的眼睛，也变得暗淡无光，只静静地看着宋好佳。

　　樱花开了，花瓣落在校霸的身体上，它不耐烦地动了动耳朵，想要抬脚蹬掉它们，但是力气不够。

　　上课铃响了，宋好佳恍若未闻，四处寻觅，最后找了一个纸箱子，把校霸放进去，带它去医院。

　　宋好佳打车到了宠物医院，挂号要钱，照B超要钱，抽血要钱，猫咪生病，比人类都花钱。宠物医院比她想象里大，充满了消毒水的味道。进门的一侧有一个漂亮的落地窗，里面放着猫爬架和玩具，还有几只医院自己的猫咪。

　　它们懒洋洋地待在里面睡觉，看起来身体健康，无忧无虑。

宋好佳又着急又狼狈地站在前台，她没那么多钱。因为平时吃住都是在学校，她微信钱包里就几十块钱的零钱，其他时候都是刷饭卡。

这时，身后一只手伸过来，手机支付，缴费成功。

宋好佳回过头，贺千山站在她身后，把手机收了回去。

"你怎么来了？"宋好佳又惊又喜。

贺千山微笑，他还戴着口罩，旁边的护士看了他好几眼。

贺千山只得把宋好佳拉到角落里说话："刚才在路上看到你，就跟过来了。"

"谢谢你。"

等结完费用，校霸去照B超，宋好佳坐在椅子上，看到走廊尽头的笼子里一格一格住了不少猫，有一只受了重伤的流浪猫，奄奄一息趴在那里。

宋好佳心里很担心校霸。

"没事的。"贺千山坐在她旁边，两个人一起静静等待结果。

医生做了检查，校霸身体没有大碍，在它这个年纪的猫咪里，还能保持这样的体型和健康状态，已经是非常优秀的了。

"平时一定是一只开心的猫咪。"医生说。

那可不是吗，宋好佳想，偌大学校都是它一只猫的领地，心情好的时候去教学楼找点吃的，心情不好的时候去食堂偷点吃的。

检查不出具体的毛病，鉴于它的饮食习惯，医院推测它或许是有轻微的食物中毒，建议在宠物医院里输液观察一两天。

宋好佳离开的时候看了一眼校霸，它在笼子里睡觉，腿上挂着营养液。

出了宠物医院，下午的课已经开始第二节了，宋好佳慌慌张张地出门，贺千山戴着帽子和口罩跟在她身后，只露出一双漆黑的眼睛。

宠物医院门口正好有一个公交站，她站在站台等出租车，身后是贺千山的饮品广告。

宋好佳看了看广告上的人，又看看贺千山，感叹了一句："你真人比较好看。"

贺千山又弯了眉眼，应该是在笑。

就在这一刹那，他忽然细微地察觉到了什么，他猛然转过头，四处张望。

"怎么了？"宋好佳还没反应过来。

贺千山微微皱眉，但是没有发现什么，他迟疑地摇摇头："没什么。"

第二节课下课，宋好佳和贺千山趁着下课时间人多嘈杂，溜进了教室。

但是大家显然不打算就这么放过她。

"哟，"秦帅眼尖，大声道，"也爷，也爷，宋好佳回来了，还是和千哥一起的！"

完全就是看热闹不嫌事大的语气。

宋好佳："……"

这时，班主任正好走过来检查卫生。

宋好佳想起自己旷课的事，赶紧往教室门后面躲。

结果老许大喊一声："宋好佳！"

宋好佳硬着头皮从门背后挤了出来。

"干吗呢，"老许奇怪地看她一眼，"怎么看到我就往后躲，做什么亏心事了？"

宋好佳感觉老许话里有话，心想还是坦白从宽吧。

结果她还来不及开口，老许又问："身体好点了吗？"

"啊？"

"舒也下午不是说你身体不舒服，要请假吗？我还说呢，这小子，总算是知道同学之间要相互关爱了。"

宋好佳赶紧点头："报告老师，我没事了！不用担心！"

"那就好，"

老许笑眯眯，哼着小曲走了。

星期六是老许心情最好的时候，他比学生们还期待放假。

但是这也是最危险的时刻，如果谁胆敢在周六惹事，让老许的周末报废，老许一定会把他写入黑名单，让他痛不欲生。

宋好佳松了一口气，她差一点就成了老许死亡记事本上第一个女壮士了。

宋好佳顺着看过去，舒也气鼓鼓地趴在桌子上。

宋好佳走过去，戳了戳他。

舒也扭过头，辫子侧到了另一边。

"也爷，"宋好佳这时候还没反应过来他在闹脾气呢，"谢谢你帮我请假。"

舒也故作冷漠："不要和我说话，我要和你冷战。"

宋好佳做了个鬼脸，凑到舒也面前："也爷，笑一个。"

舒也拿起他桌子上的小闹钟，上了发条："倒数计时，二十四小时内不和你说话。"

然后真的开始了倒计时。

"三十七度的体温怎么能说出这么冰冷的话，"宋好佳捂住自己的心脏，"我真的太伤心了。"

舒也头顶小揪揪翘起来："哼。"

下午上体育课，老师宣布了要办运动会的消息。

这是高三最后一届运动会。

怀川是男校，宋好佳来了以后，还没有参加过运动会的比赛。

从小学开始，宋好佳的运动会参加项目就是"写广播稿"，小学时候因为她文笔不错，大家又不愿意做这活儿，就都交给她来。

上了初中，大家开始学会偷懒，开始争先恐后写新闻稿，宋好佳的工作就变成了坐在小板凳上发呆。

宋好佳刚刚上初中的时候，班上女生800米报不满名额，宋好佳也不知道哪里来的胆子，举手报名了。

那个时候她刚看了村上春树的《当我谈跑步时我谈些什么》，一时间有点激情澎湃，觉得800米不是什么难事。

结果她在比赛的时候一个趔趄，摔倒在终点线前，众目睽睽下闹了个大笑话。她在众人的嘲笑声中爬起来，想要再跑去终点，结果拉终点线的工作人员已经撤离了，要给下一个项目腾位置。

事后班主任非常生气，把宋好佳生病的事在班上公布了，还强行让体育委员来给她赔礼道歉，说不应该让她去参加比赛。宋好佳心里很难受，对方没有做错什么，只因为她是病人，所以她可以享受特殊待遇，但对宋好佳来说，这也意味着歧视。

宋好佳对于运动会最深的记忆，是在终点线前的失败，被撤掉的终点，她没有跑完的那段路。

所以在体育老师问了三次"还有谁要报3000米"的时候，宋好佳举起手。

"老师，我、我、我！"

所有人目光落在她身上。

秦帅叹一口气，一边摁下她的手，一边捂住她的嘴巴，然后模仿电视剧里绑匪的语气，阴森森道："不想死的话就给我闭嘴。"

宋好佳："呜呜呜！"

体育老师重新发问:"还有谁要报名男子3000米长跑?"

大家哄然大笑。

宋好佳不服气地挣脱了秦帅:"老师!我要参加!"

"胡闹嘛你,你跑得下3000米吗?再说,全校就你一个女生,你怎么和男生比?"

"怎么不能?"宋好佳低声嘀咕,"女生还能跑马拉松呢,老师你不能搞性别歧视,我也是这个学校的学生,我也想参加比赛。"

这时,一道男声插进来:"老师,她能跑3000。"

众人看向舒也,他个头高,站在最后一排,一边懒洋洋地说,一边打了个超大的哈欠,眼泪汪汪的样子:"老师,您就让她跑吧,她要是跑倒数第一,那是意料之中,她要是拿了名次,您就是慧眼识珠,指不定记入校史,流传千古了。"

"呸!你才流传千古,怎么什么话从你嘴里冒出来,都不像是好话,"体育老师骂骂咧咧,但是转头一想,舒也说得也没错,"你们三十多个男的,就没一个能站出来的?"

全体男生,你看看我,我看看你,十分有默契地往后一退,只剩下宋好佳一个人挡在前面。

体育老师恨铁不成钢地看着众人,摆摆手:"出息!"

就这样,宋好佳获得了参加3000米长跑的最后一张门票。

第二天是周六,宋好佳接到医生的电话,校霸已经开始吃东西了,没什么大问题,应该只是身体里有炎症。

宋好佳很开心,想穿上便装去医院接校霸,但是打开衣柜一看,发现自己的衣服都已经穿了好些年。

宋好佳捏了捏自己腰上的肉,不知不觉来怀川快两年了,这两年时间她虽然没有瘦成闪电,但是她学会了接受自己。

她以前从来不敢穿短裙,觉得会显自己腿胖,现在总算是想明白了,如果一直等瘦到90斤再穿好看的衣服,她可能一辈子都不能穿裙子了。

在怀川的日子教会了她一件事,活在当下。

市区里有一条老街,道路两旁种满了蓝花楹,每到花开的季节,繁盛的蓝色在半空铺成一条细细的河流。

宋好佳很喜欢这条街,有旧书店、小咖啡厅,还有服装店。以前因为自卑,她错过了很多事物,现在她想把它们都一一补回来。

宋好佳出了门,意识到有点不对劲。

有几个不认识的女生对着她指指点点,宋好佳转过身,对着服装店的橱窗照了照自己,自己浑身上下没有什么奇怪的地方。

那为什么大家会有这样的反应?

再往前走了几步,宋好佳发现有人在偷拍自己,手机相机的声音没关,很清晰的一道"咔嚓"声。

宋好佳茫然四顾,发现大家都在看手机。

她又茫然地拿出手机,一打开微博,才发现自己上热搜了。

准确地说,上热搜的人是贺千山,标题叫"贺千山逃课恋爱",点进话题里,配图照片是自己和贺千山站在公交车站附近等车的画面。

照片不算太清晰,贺千山戴着口罩和帽子,但是自己的侧脸暴露无遗。

往下滑评论,基本上分为两种,一种是骂贺千山不好好学习、逃课、谈恋爱,一种是骂宋好佳长得丑、勾引贺千山。

长相和廉耻是宋好佳看到的最常见的攻击女性的内容。

网友们的留言都非常伤人,无论是对贺千山还是自己,不分青红皂白就是一顿乱骂。

宋好佳拿着手机的手都在颤抖，心脏怦怦跳个不停，她从来没有遇到过这样的事。

这时，有个大胆的女生走上来，拿着手机，把屏幕对着宋好佳，问她："这是你吗？"

屏幕上正是那张偷拍的她和贺千山的照片。

女生身后还有三个人，她们看起来年龄比宋好佳要大一些，打扮得很漂亮，马丁靴、短裤和黑色牛仔短上衣，头发漂成了烟灰色，有一种又美又狠的气质。

宋好佳心里一紧，这件事发生得太突然，她根本不知道怎么应对。

对方应该是贺千山的影迷，表情十分愤怒。女生的目光落在了宋好佳的校服上。

本来宋好佳今天出门的目的就是买衣服，所以她就直接穿着怀川私立中学的校服出门了，这校服虽然是男款，但是穿久了十分舒服，不知不觉中就成了她穿着次数最多的衣服。

"怀川不是男校吗？"女生大迈一步，咄咄逼人地看着宋好佳，"为什么会有女生？"

宋好佳十分慌张，她明明什么都没有做错，但是这一刻，她脑海里只有一个想法，那就是完蛋了。

但是，宋好佳心里又有一个声音，模模糊糊地在对她说：宋好佳，别怕。

她手指掐入掌心，刹那的疼痛让她恢复了一点理智，她迎着女生的目光，说："关你什么事？"

女生一怔："你说什么？"

"我说，我是不是怀川的学生，照片里的人是不是我，关你什么事？"宋好佳心一横、眼一闭，一口气说出来。

对面的女生压根没有想到宋好佳竟然是会还击的类型，她以为，像她这样其貌不扬的女孩，一定是典型的自卑、胆小、软弱的人。

以前是，宋好佳在心底想，以前的我，一定会害怕，会逃避，任人欺负。

但是现在不会了，她在心底轻笑，真是的，我连死都不害怕，我干吗还要害怕别人的流言蜚语？

这时，她们身后的另外两个女生也走了上来，将宋好佳团团围住。

个子高一点的女生伸出手，用力推了一下宋好佳的肩膀。

"长这么丑，还这么拽呢？"

宋好佳努力站稳。

她心里做好了今天会被打的准备，说起来，她过去虽然尝过被孤立、嘲笑的滋味，但被打还是第一次。

做了最坏的准备以后，就没有那么担心了。上一次在学校空地里，那几个人高马大的男生她都敢对上，现在因为在外面，没有人保护她，她就怕了吗？

"只有品行低劣、没有教养的人，才会随意攻击他人的样貌，"宋好佳说，"一个人的外表没有美丑之分，但是心灵和精神有。"

女生勃然大怒："你说什么？"

宋好佳平静地说："我说你品德低下、没有教养。"

宋好佳记得，小学五年级上英语课的时候，学到了"ugly"这个词。英语老师抽了一个男生，用"ugly"造句。

男生站起来，环顾四周，目光落在宋好佳的身上，挺直了背脊，大声道："Haojia Song is ugly."

全班哄然大笑，宋好佳在经久不断的笑声中，哭了出来。

那可能是其他同学人生中非常无足轻重的一幕，但是作为受害者的宋好佳记了好多年。

过去的宋好佳，一直只觉得自己是一个普通的女孩，从那天起她才知道，她原来是一个不好看的女孩。

刚刚进入怀川私立的时候，她是自卑的，她不知道要如何在异性的目光下若无其事地生活。

直到秦帅摔了椅子，和嘲笑她的人大打出手，他说："和你没关系，我只是看他们不爽。"

她明白了，面对他人的攻击，她可以选择反击。

后来她做了校园广播，大家越来越喜欢她，走在校园里，有不认识的男生跟她打招呼，说早上好。

情人节的那天，教学楼亮起的璀璨灯光让她明白了，她可以不作为一个漂亮女孩被人爱慕，或者是一个可怜的病人而被人同情。这个时候，美丑、胖瘦已经不重要了，不是吗？

女生被宋好佳的态度惹恼，推搡着她，想要把她逼到角落。宋好佳不让，扯住女生的包，几个人在光天化日下扭作一团。最后估计是路过的人报了警，派出所就在一条街开外，警察很快就赶来。

几个女生见了警察，气势一下子都没了，就说是误会，谁都没动手，又说着马上要上课了，着急回学校。警察见她们都还是学生，也不想为难她们，两边都劝了一下，也登记了信息，让她们不要乱来。

等警察走后，女生们讪讪地看宋好佳一眼，也或许是真的被吓到了，竟然主动跟她道歉。

"刚才对不起了。"

宋好佳说："没事。"

宋好佳劫后余生,在旁边的长椅上坐了一小会儿,心情好了许多。不管怎么说,至少她反击了,没有再任人欺负。

等她到了医院,医生们知道校霸是学校里的流浪猫,不仅给她打了折,还送了两个罐头。校霸吃得很开心,宋好佳摸着它的头,暗暗开心,觉得自己确实做了一回守护天使,既是校霸的,也是自己的。

宋好佳把校霸放回它的树林里,忽然听到脚步声,她回过头,来人竟然是贺千山。

她很高兴,给贺千山展示校霸生龙活虎的样子:"我把它带回来了,医生说没事了,谢谢你。"

贺千山目光沉沉地看着她,宋好佳察觉到他不对劲。

"怎么了?"

他低下头对她道歉:"对不起。"

宋好佳这才反应过来,他是因为连累自己上热搜,在网上被人骂的事。她回学校以后就没再看过手机,估计过不了多久热搜就会掉下去。这个时代就是这样,某些躲在屏幕背后的人,总是可以轻易地伤害他人,却不用付出任何代价。

"又不是你的错。"宋好佳说,"你这么善良,在娱乐圈怎么待下去啊。"

他摇摇头,固执地看着她,一定要等她接受他的道歉。

"我不接受你的道歉,你又没有做错,而且你还和我一起救了校霸。"

贺千山还是看着她。宋好佳叹一口气:"好吧,你要真的过意不去,晚上陪我一起跑步吧。"

"好。"他郑重其事地答应,这才笑了笑。

他这个人,宋好佳在心底叹一口气,就是做事太认真了。认真到总让人忍不住为他担心,他这样真挚的人,未来会不会受到什么伤害。

　　下了晚自习，贺千山真的陪宋好佳去跑步。他特意换了一身运动装，黑衣黑裤，额头上绑了黑色的发带，整个人看起来清爽帅气。他平时也有锻炼的习惯，但多数是在健身房里，很少有机会户外运动。

　　大家见贺千山要去跑步，纷纷要跟着一起，可见贺千山虽然平时在学校时间不多，但是人气很高，没有人把他当作高高在上的明星。

　　于是这天晚上，操场上一下子多了许多人。舒也见这么多人陪跑，趁机偷懒，在树下的凳子上坐着打游戏。

　　跑完步，众人去食堂吃夜宵。本来都快散场的食堂，突然一窝蜂涌进二十来号人，师傅们连忙又烧一锅水。食堂夜宵提供牛奶、烤肠、牛肉面、汤圆和蛋糕。贺千山请客，就一直听着刷卡机嘀嘀嘀地响，卡都快被刷爆了。

　　贺千山因为在青春期，所以经纪公司对他的饮食管控不算严格。他喜欢甜食，宋好佳帮他拿了一块蛋糕。她拿了蛋糕，没有挨着他坐下，反而起身往外走。

　　贺千山隔着人群看到她，她冲食堂的出口门比画了一下，再挥挥手，意思是她要走了。贺千山眨了眨眼睛，表示"知道了"。

　　宋好佳从食堂离开，这天的月亮很圆，空气清新。她放心不下校霸，沿着操场旁的水泥路，去树林里找它。

　　月亮真美，她想，又遥远，又美丽。

　　宋好佳甩着膀子，一边倒退一边走。冷不丁撞到人，宋好佳回过头，看到站在身后的舒也，一副似笑非笑的表情。

　　"你怎么在这里？"她十分吃惊。

　　舒也没有回答她的问题，反而伸手指了指不远处的一棵树："在树上呢，不用担心。"

宋好佳顺着他的视线看过去,只见两天前有气无力的病猫,已经耀武扬威地爬到了树上,站在月亮下,活脱脱一只小号的野兽。

宋好佳放下心来,在旁边的椅子上坐下来,拍了拍旁边的位置,舒也也坐了下来。宋好佳藏不住事,把下午遇到几个女生的事跟他讲了。

舒也皱眉:"你没事吧?"

宋好佳摆摆手:"警察都来了,能有什么事?"

他嗤笑一声:"现在了不起了。"

"那是。"

过了一会儿,宋好佳又说:"也爷,拜托你一件事。"

"好。"

"你也不问是什么事。"宋好佳哭笑不得。

他懒洋洋地开口:"说吧,我答应了就一定做到。"

宋好佳侧过头看他,他的脸在月光下,比平时更加温柔。

"我是说,如果有一天,我出事了,你就帮我照顾校霸,好吗?"

他语气瞬间变得不悦:"你能出什么事?"

"万一呢。"

舒也拍了一下她的头:"没什么万一,死丫头。"

"那你就答应了?"

舒也翻了个白眼。过了一会儿,看到食堂里陆续有人出来了,知道是大家的聚餐结束了,他扬扬下巴,问她:"你怎么不过去找他?"

宋好佳当然知道他指的是贺千山。她摇摇头:"你就不懂了,粉丝和爱豆之间的距离,这样就已经够了。"

遥遥远远地看着他,再近一点就成了打扰,会给彼此带来困扰。

就像今天发生的事一样，明明她和他都没做错什么。

这天晚上，宋好佳睡觉前看到贺千山难得地发了一条微博，照片是学校的操场，一群人在跑道上，看不清脸。头顶一轮圆月，他配字：月是故乡明。

而他就在一墙之外，此时此刻，和她一样躺在黑暗的床上。

宋好佳点了一个赞，那个赞迅速被成千上万个赞淹没了，他不会看到。

他比她想象中还要孤独，她迷迷糊糊地这样想着，进入了梦乡。

这年夏天，贺千山的新电影全国上映。

怀川私立中学，作为本市出了名的"败家子"学校，此时不"壕"，更待何时，众校友一掷千金，包了全市的电影院。

周六一放学，高三（7）班一群人浩浩荡荡地出了门，宋好佳作为唯一一名女生，走在他们之中，有一种走红毯的错觉。

没想到，走到校门口，一只猫从他们身后的花坛跳下来，长叫一声，大家下意识停下脚，给校霸让道。谁知道它走到最前方，停下脚步，回过头，瞪了众人一眼。也不知道谁那么福至心灵，竟然读懂了它眼神里的意思："校霸让我们跟上。"

就这样，原本乌泱泱一群人，在一只猫的带领下，队伍变得井然有序，只有宋好佳一个人郁郁寡欢，因为她瞬间从全场最酷炫的小公主，变成了毫无特色的小跟班。

到了电影院门口，舒也勾勾手，校霸跳到他的怀中，他迅速从书包里翻出校服外套披上，成功地"身怀六甲"，把校霸偷运了进去。

电影讲述一个身患绝症的男人，在死亡来临之际，穿越回十几岁的自己身上，这一次，他努力想要改变自己的命运，故事的最后他才发现，死亡是无法回避、无法改写的，人类能决定的，是自己要如何活着。

出了电影院,华灯初上,夏天的夜晚是生命中最好的时刻。

男生们都处在发育期,动不动就喊饿,最后一群人杀到烧烤摊,坐了七八张圆桌,原本清冷的街边顿时热闹非凡。

停靠在对面的公交车驶过,露出一块LED屏幕,竟然是贺千山的巨屏海报。他穿着白色的连帽套头衫,坐在天台顶上,风将他黑色的头发吹起来,像是黑色的羽毛,他戴着白色的耳机,望着对面,一整座城市的灯火辉煌。

屏幕上的他眼神冷漠,不悲不喜,漂亮得像误坠凡间的天使。

男生们吹起口哨,兴奋地大喊:"千哥!"

"千哥我爱你!"

一身肌肉的体育委员拎起瘦小的余乔白就冲过去,以极度不要脸的姿势趴上广告牌:"来来来,我要和千哥合照!"

"放开千哥让我来!"

秦帅把手机塞给宋好佳,呈"大"字型扑倒在贺千山怀中。

班长大吼:"喂!你们离我老公远一点!"

作为在场唯一一名真迷妹,宋好佳手忙脚乱地帮他们拍照,内心是崩溃的:"你们够了!戏真的太足了。"

宋好佳侧头看向贺千山,想到电影里的故事,她没来由觉得一阵寂寞。这是一种难以形容的感受,此时此刻,她虽然站在这里,却不属于这里,只能静静地看着他们吵吵闹闹、欢声笑语。

突然,她身后一只手伸出来,轻而易举地夺走了她的手机,宋好佳回过头,舒也冲她抬抬下巴:"去吧,我帮你拍。"

宋好佳赶紧往前冲,跑了两步,又停下来,回过头冲他眨眨眼,调侃舒也:"你不吃醋?"

舒也低笑:"小孩子。"

宋好佳不好意思地揉揉鼻子,往前走了两步,忽然听到一阵急促的脚步声。所有人向道路尽头望去,一名穿着白色衬衫的少年,步伐匆匆,他气喘吁吁地停下来,双手搭在膝盖上,缓了口气,抬起头对所有人露出一个微笑:"晚上好。"

一瞬间的沉默以后,大家开始尖叫。

"千哥!!!"

男生们百米冲刺,兴奋地将贺千山团团围住。

秦帅问:"千哥,你不是在北京做活动吗?"

贺千山不好意思地揉揉鼻子:"听说你们包场看首映,就赶回来了。"

下一秒,众人一窝蜂冲上去抬起贺千山,将他抛向空中。贺千山一脸无奈,被他们举在半空,强行和自己的巨幕海报合了一张影。

宋好佳站在队伍的最前面,抱着一只老态龙钟的猫,笑弯了嘴角。

"一二三,茄子。"

青春里那些刻骨铭心的瞬间,一起哭过笑过的瞬间,就此定格。

年少的时候,我们以为这是起点,它会带着我们乘风破浪,风雨兼程,通往幸福的终点。

多年后才恍然大悟,这些阳光灿烂的日子,本身就是幸福了。

能遇见你们,真好。

远远地,传来烧烤铺老板的河东狮吼:"小鬼们,你们的肉好了。"

一听到有肉吃,男生们个个提起裤腰掉头就往街对面跑。

宋好佳走在最后一个,正好错过人行绿灯,只好无奈地站在马路对面,和他们隔着一条街,一边笑一边喊:"土豆片给我留着!"

话音刚落，一道车影飞驰而过，夜里行驶的货车开着大灯，宋好佳忽然觉得眼前一片黑，一种濒死的窒息感涌上来。

　　舒也回过头，瞳孔瞬间张大，落入眼底的一幕，是宋好佳整个人失去知觉地倒在地上。

第八章

宋好佳醒来的时候在医院,吴医生正好在查房,看到她醒了,瞪了她一眼:"等会儿跟我去做个检查。"

宋好佳口干舌燥,一肚子的话说不出来,她努力动了动嘴唇,吴医生就接着道:"你同学送你来的,大晚上的,今天周一要上课,我就把他们赶走了。"

"一个个吵吵闹闹的,非要我保证你没事,"吴医生说,"你放心,我没和他们提你生病的事,就说低血糖,哦,余院长儿子是你同学?他倒是知道,帮你圆过去了。"

宋好佳可以想象大家的反应,一定是着急死了。

不知道也爷会说什么,宋好佳有些惴惴不安。

吴医生走过来,用体温计给她量体温,垂着眼说:"小姑娘人缘不错,大家都挺担心你的。"

宋好佳有些不好意思,弯了弯眼睛,吴医生看她笑,也跟着乐起来:"说起来,你同学里还有个明星?从窗户翻进来的,我差点叫保安,还一群人给他打掩护呢。长得倒真好看,气质好。还有个叫什么帅哥的，说我如果让你完好无损地回去，就偷偷帮我要个签名。"

宋好佳听着吴医生给她说起昨天晚上大家送她来医院的情景，心中愧疚给他们添麻烦，又恨不得吴医生多说一点，再多一点，每一句话、每一个细节、每一个动作都讲出来，她要好好记得。

可能那时候的宋好佳就已经意识到，接下来很长的一段日子，她都要靠着这些没能亲眼得见的温柔活下去。

吴医生四十多岁，从医学院毕业就来了这家医院，待了二十年，也给宋好佳做了好多年的医生。前些年吴医生还没有现在这么分得清病人和医生的关系，对宋好佳比别的人都要好一些。

她一直没有结婚，宋好佳从小就觉得吴医生这样的女人好酷。

专业能力强，聪明，自己赚钱养活自己，放假的时候去徒步、攀岩，整个人看起来又干练又清爽。

宋好佳又在病床上输了一下午的液，才渐渐恢复精气神。吴医生勾勾手，让宋好佳跟她去办公室。进了门，宋好佳看到桌子上摆好的餐盒，荤素搭配颜色也好看，还有她喜欢的番茄鸡蛋汤。

"吃吧，"吴医生抬抬下巴，"不然等会儿又去门口吃面条。"

"那家牛肉面好吃呀，"宋好佳喜滋滋地坐下来，把筷子扳开递给吴医生，"谢谢吴医生。"

"不吃了，"吴医生说，"我累了，休息会儿。"

"哦，"宋好佳乖乖把筷子放回去，"您不吃我也不吃。"

吴医生掀眼皮瞪了她一眼，但是她清楚宋好佳的性子，别看她笑嘻嘻的，怕真天塌下来也不肯再动一口，她只好接过筷子，草草吃了几口。

宋好佳吃东西的时候，吴医生就陷在她的椅子里闭目养神，宋好佳难得吃得很慢很安静，生怕吵到了她。

过了一会儿，吴医生睁开眼睛，欲言又止地看着宋好佳，宋好佳躲闪开她的目光,埋下头装作专心致志地吃饭,只是握着筷子的手越发用力。

房间静得有些可怕,两个人都心知肚明的话迟迟吐不出来。

一直到宋好佳把最后一粒米吃干净,她站起来收拾桌子,吴医生用清水拍了拍脸,准备上班。

"对了,"吴医生走到门口,忽然停下脚,说,"决明回来了。"

宋好佳一愣:"决明?他很久前就出院了啊,怎么又回来了?"

决明姓程,几年前和宋好佳一个病房,都是吴医生的病人。他比宋好佳小几岁,老家在离这里很远的县城,家里经济条件不好,他从小生病,天南地北都去求过医。当初他比宋好佳早出院,那时候宋好佳还小,以为他是痊愈出院。

宋好佳向护士打听到决明的病房号,推开门的时候,看到他爷爷奶奶坐在旁边,大概刚刚守着决明吃过饭,两位老人就着一个盒饭草草吃下。

两年不见,决明比她记忆里更瘦了,真奇怪,她心想,别的小孩都是越长越大,为什么他越来越小。

他得知宋好佳晕倒,在她病房里嚷嚷着不肯走,舒也好不容易才把他哄得安静下来。

"好佳姐姐,"决明看到宋好佳,露出开心的笑容,"你瘦了好多!"

"是吗?"宋好佳故意露出夸张的笑容,"是不是特别美?"

决明:"嗯!"

还是小男孩会说话,宋好佳心想。

"你知道吗?环球影城里就有哈利·波特的城堡哦,"宋好佳笑着说,"决明,等姐姐长大以后,努力工作赚了钱,就带你去玩,好不好？"

决明吐吐舌头："姐姐你还要多久才能长大啊？"

"姐姐很快就能长大了，"宋好佳伸出手，"我们拉勾勾好不好？"

离开的时候，宋好佳有些犹豫，问了句决明的病情。

"后遗症潜伏期太长，"决明的奶奶轻声说，午后灿烂的阳光落在地上，"引起多种并发症，以后可能就……出不了院了。"

医院的走廊永远那样狭窄，灯泡也像是永远都擦不亮。

宋好佳觉得心脏失了力量一样地疼，她难过地弯下腰，捂住眼睛，不知道是为决明还是为自己。

宋好佳担心别人，但自己的情况也并没有好到哪里去，她的身体检查报告出来了，她之前切除肿瘤的部位又有了病变迹象，需要尽快住院进行手术。

"那我还上学吗？"宋好佳茫然地问。

"当然不上了。"宋建军说。

宋好佳沉默很久，等宋建军办完住院手续，她才说："可是我还报名参加了运动会。"

"你还想去参加运动会？"宋建军快气笑了，"命都快没了，你还关心运动会？"

"那我就要躺在床上等死吗？"她问。

宋建军看过去，她站在医院的走廊门口，人来人往，她目光闪闪，带着恳求。

最后宋建军带着她去征求了医生的意见，周医生斟酌再三后同意她晚一个星期再来住院："但是要量力而行。"

宋好佳回到学校，正好赶上秋季运动会。

怀川的学生花样很多，男生们一提到运动会，这三字似乎都变了味。词典对运动会的解释是"包括许多比赛项目的运动比赛"，但是在这群男生眼里，它真正的解释是"侏罗纪冒险+绝地求生+鱿鱼游戏+奥特曼武林大会"。

每个班都为运动会专门做了一套班服，隔壁（2）班写的是"天下第一"，高一有个班是"地表最强"，两个班一遇上，必须打一架才行。

等到高三（7）班方阵上场，整个操场瞬间安静下来，伴随着王心凌《爱你》的高潮部分响起，全校师生眼前飘过一片粉色的海洋。

"如果你突然打了个喷嚏，那一定就是我在想你——"

四十八个男生加一个女生，穿着统一的粉红色班服。他们方阵十分整齐，走到跑道中央，整齐划一地转身，露出背上一排字符——love&peace。

在硝烟四起的开幕式里，高三（7）班靠着他们粉红色的少女心，赢得了开幕式投票第一。

而宋好佳作为举牌的带头人，竟然从最开始的反对派"这样也行？"到最后忍不住在牌子上加了一串LED小亮灯，这样也不错嘛！

她也是和这帮人混久了以后才发现，人活着最重要的就是要脸皮厚，可见环境对一个人的影响真的十分深远。

运动会举行两天，宋好佳的3000米在第二天下午，也是最重要的比赛。

没有比赛的时候，宋好佳主要负责广播站的广播。

运动会这么热闹的事，按照也爷的性格，那当然是——溜得比谁都快。一轮到他报名，他就老胳膊老腿哪里都不舒服，但是班主任根本不理他，亲自给他填了跳高。

宋好佳也是看了他的比赛，才知道跳高并不是一个比谁摔得更快的赛事。

舒也长手长脚，穿着粉红色的运动衫，衬得他皮肤更加白皙，褐色的眼眸透明如琉璃。

宋好佳坐在念广播的看台上，看到他在和身边的人说话，微微弯下腰，风将他的衣服吹得鼓起来，阳光落在他的身上，整个人像是在发光。

他似乎察觉了宋好佳的目光，忽然回过头，和她四目相对，蹦蹦跳跳地向她挥手。他头发扎成小丸子，笑起来眼睛弯成一座桥。

树影婆娑，秋日的白昼比想象里还要长一些，天高气爽，空气里似乎不含一丝杂质，就像他的笑容透彻、明亮。

为什么呢，宋好佳遥遥地看着站在操场上对自己大喊的男生，陷入一瞬间的失神。

为什么要对我露出这样灿烂、温柔的笑容呢？

日光倾泻而下，看台的屋檐将她眼前的画面一分为二，他站在清朗的白昼之中，而她坐在阴影里，时间像是被凝固。

宋好佳扬起头，氤氲的眼泪不断上涌，顺着她的脸颊滚滚落下。

他是属于光的，他会有长长的一生，明亮的前途，美好的未来。

而她行走于暗夜，沿着那黑暗、寂静的隧道。

她即将走向死亡。

裁判吹响比赛开始的口哨，舒也顺序在第一位，他轻松地助跑，然后纵身一跃，太阳似乎都被他遮住了光，少年的身姿像鸟一样轻盈、自由。

周围的男生们发出热烈的喝彩声，宋好佳也回过神，重新念起手里的投稿。

舒也跳高拿了冠军,可是他才不管那么多,比赛一结束,成绩还没出来,他就跑来广播台找宋好佳。

"刚刚你发什么呆呢?"他问。

宋好佳早就收起了她的伤心,她说:"被你帅到了。"

话音刚落,宋好佳有一点懊恼,自己真是跟舒也待久了,说话越来越没谱。

不过舒也显然十分开心,眼睛亮晶晶地看着她:"是吧,你终于发现我比贺千山帅了?"

"哪跟哪啊。"宋好佳失笑。

这时,秦帅气喘吁吁跑过来:"宋好佳,找你好半天了,该你3000米了。"说完他才看到旁边的舒也,乘机揶揄,"哟,也爷,你倒是跑得快,体育老师到处找你,要颁奖了。"

"舒也第几啊?"宋好佳问。

"还能第几,他参加的比赛,都是自己破自己纪录,不然你以为老许干吗非要让他参加。"

舒也的这个第一,突然给了宋好佳压力,一想到自己要接下来要以女生的身份参加3000米长跑,她一下紧张了起来。

舒也余光瞥见她身体的突然僵硬,笑了笑,冲她勾勾手:"来。"

宋好佳不明所以,凑过去。舒也扯掉自己的发绳,小揪揪塌下来,他伸出手,帮她把头发扎起来。

"我的好运气都给你,"他慢悠悠地开口,"慢慢来,别担心,你可以的。"

宋好佳一动不动,任由他给自己扎头发。

突然之间,她发现,日光开始移动,她所在的地方,明明刚才还是一片阴影,现在正一点一点变得明亮。

她低着头,轻轻笑了起来。

"笑什么?"他问。

"没什么,"宋好佳觉得那颗紧张的心也跟着收了回去,"我一定会跑完的。"

3000米会有女生参加这件事,其他人并不知道,等宋好佳站到了跑道上,全校男生都傻眼了。

一起比赛的另外几个男生,你看看我,我看看你,最后推了一个人高马大的,去跟裁判说:"老师,我们要和女生比?这不合适吧?"

"就是,你们高三(7)班男人都这么弱吗?"

"得了吧,"(7)班的体育委员就在一旁,拿着喇叭大声喊,"宋好佳就是我们班最强的,不服和她比!"

宋好佳本来就已经够吸引注意力了,被他强行加上"最强"两个字,这下全场人的目光都落在她身上。

裁判把几个人分开:"别吵了,比赛马上开始,自己管好自己。"

宋好佳无意识摸了摸自己的头发,毛刺刺的小辫子,有一点扎手,又有一点柔软。

那是他分给她的好运气。

宋好佳忽然开口,对几名不服气的男生做了一个鬼脸:"我肯定比你们快。"

站在不远处的秦帅,听到她的这句话,捅了捅身边舒也的手肘。

"哎,也爷,你觉不觉得,宋好佳变了?"

"哪里变了?"舒也目光落在她的鬼脸上,漫不经心地问。

"变舒展了很多,"秦帅说,"她刚来的时候,浑身都是刺,走路也低着头，虽然也挺活泼的，但是就一副和自己过不去的别扭劲儿。"

"是吗？"舒也笑了笑，"我们的小姑娘长大了。"

操场上，运动员们开始向前奔跑。宋好佳不疾不徐地出发，正如秦帅所说，她的姿态舒展，步伐轻快，有着自己的节奏。

从前的她，不喜欢运动，因为她知道她胖，她跑步的姿势，在别人的眼里一定是滑稽又难看。

她很在意别人的目光，可越是在意，越是弄巧成拙。

就像初中时候，在众目睽睽下跌倒，那时候她以为，她一生都会和运动无关，她只会是一个笨拙的、难堪的病人。

她是什么时候爱上跑步的？

是在某个夏天的夜晚，被舒也强行扛到了操场，遥遥地看到了天边的月亮，那是一切的开始。

是在经过开在秋天的桂花树，金黄色的花朵砸中她，她回过头，看到站在路灯下的舒也，对她露出温柔的笑容。

是在瑟瑟发抖的冬天，舒也在她身后，笑嘻嘻地推着她往前，不知不觉，她的身体就像荡秋千一样，越来越轻盈。

是在第二年的春天，她从座位上拽起没有睡醒的舒也，一边跑一边踩他的影子，耳机里传来喜欢的歌曲，她已经能够一边倒退着跑步，一边悠闲地唱着歌。

一季一季，她从来没有想过，时间已经过了这么久。

她和他并肩，一直向前奔跑，渐渐地，她忘记了那些让她难为情的事情，它们已经被她远远甩到脑后。

一时间，许多许多的念头涌入宋好佳的脑海里。

她曾比任何人都要愤怒，她质问命运，为什么偏偏是她，她什么都不曾拥有过，她没有幸福美满的家庭、没有聪明的头脑、没有漂亮的脸蛋,她既不富有,也没有才华,她所有的抽奖都只会刮出"谢谢惠顾"。

为什么她要被选中,病痛缠身,为什么偏偏是她这么倒霉。当然想要放弃,她不止一次地想过,如果,如果她不是她,如果她没有生病,如果她能活到99岁,她会拥有怎样的人生。

可是在这一刻,她忽然觉得一切她都可以接受了。

因为她已经拥有了,名为"宋好佳"的,独一无二的人生。

活着真好,宋好佳张开双臂,新的记忆,总会覆盖旧的过去。

从此以后,她会忘记她摔倒在终点线的那一幕,孤独的、被嘲笑的、自我否定的日子会离她远去,因为她已经重新起航,朝着新的目标,向前奔跑。

她的耳边响起了排山倒海的声音,她知道,那是高三(7)班全体男生的声音。

"宋好佳,加油——"

她仰起头,跑过了终点线。

一个年级七个班,宋好佳的成绩最后排名第三。

宋好佳站在原地,整个人头蒙蒙的,比起体力上的消耗,让她回不过神的是她的心。它就像是吹胀的气球,是那样轻盈,好像已经脱离了自己的束缚,可以去到世界上任何一个地方。

这时,宋好佳的身前出现一道人影。

穿着白色卫衣的舒也,站在阳光下。

"干得不错,"他的声音温柔得像是羽毛,将她那几乎飘远的心拉住,"辛苦了。"

她终于控制不住,张开手,紧紧抱住了他。

"我做到了,也爷,我做到了。"她把头埋进他的臂弯里,像一只归家的小兽。

他喜欢什么样的女孩子？

明知道前路坎坷多崎，仍怀抱勇气，无惧亦无畏。

两天的运动会结束，初中部在周五就放了假，高中部还要留下来熬完星期六白天。

宋好佳他们班得了年级第二，年级第一是（6）班，有大半的体育特长生，不少已经拿了保送名额，普通班输给他们，也没有怨言。

宋好佳3000米得了第三的事情，不只在本年级传为神话。微信上，她没怎么关注过的初中同学群都活跃起来，有人在里面发了一张照片，专门@宋好佳，问是不是她。

照片点开，那是她结束完3000米，得了铜牌的照片。班上男生们起哄，把她抬起来，高高抛向空中抛起。宋好佳本来被他们吓得不行，但是真的身处空中后，她一边大叫一边大笑，忽然觉得无所畏惧。

照片就是定格的那个瞬间，她头发扎起，两侧的碎发落下来，里面穿着粉红色的短袖，外面披了一件舒也的白色外套。

她对着天空大笑，嘴角弯弯，从头顶到脚趾都写满了快乐。

群里消息一下子就刷开来了，说是在打篮球认识的怀川中学的男生的朋友圈看到，随口问了女生名字，竟然是宋好佳。

宋好佳："是我。"

两个字很快就被消息吞没，除了少量的问她怎么去了怀川的消息，更多的是大家对于女大十八变的震惊。

有那么夸张吗？宋好佳拿出镜子，照了照自己的脸。她曾经下定决心要一口气减个二三十斤，但是被舒也制止以后，好像也忘了这件事。

她看过一些网上的化妆视频，博主妆前妆后判若两人，她也想要有那样的华丽变身。但通常来说,热闹都是别人的,到了自己这里,宋好佳觉得,镜子里自己只是比之前精神了一些。

舒也端着他的大号保温杯走过来,问她:"你看什么呢?"

宋好佳静静地把手机递给他看:"我初中同学说我变成大美女了。"

舒也瞥了一眼屏幕的对话,慢条斯理地吹了一口保温杯里冒出的热气,一脸不屑地开口:"你这哪门子的同学,眼睛都是瞎的吗?"

宋好佳一怔,手足无措地看着他,忽然反应过来,自己这段时间以来确实太嘚瑟,有点不知好歹了。

然后他说完了下一句:"一直都是大美女,什么变不变的。"

"啊?"

宋好佳的表情从"窘迫、尴尬"一秒破功,目瞪口呆,还可以这样的吗?

"噗。"

两人身后的秦帅正好走过来,听了这话,不由得开始鼓掌:"不愧是我也爷,话术满分。"

舒也心情舒畅,得意扬扬地靠在椅子上,喝着他的金骏眉。

"对了,也爷,你SAT成绩出来了吗?"另一个男生从舒也背后探出头问。

舒也点头,报了一个数字,宋好佳不清楚SAT的分数,但是从男生的反应来看,舒也应该是考了一个非常好的成绩。

舒也虽然和她一样,文化课成绩不好,但是他很有语言天赋。他英语的语感很好,但是不耐烦学语法,宋好佳还听说,舒也会好几门外语,里面最难的应该是拉丁语,原因是他觉得很酷。

宋好佳曾经问过舒也为什么不好好学习,他的回答是觉得没劲。说这话的时候,舒也正靠在椅子上,一下一下转着篮球,脸色晦暗不明。

很多时候，宋好佳觉得，舒也其实没有他表面上看起来那么阳光灿烂，没心没肺。他说的没劲，不是指学习，而是指他的人生。

但是谁不是呢，宋好佳想，快乐有时，悲伤有时，很多时候，她自己都弄不清楚，她到底是一个怎样的人。

宋好佳安静地听着男生和舒也说话，十二月以前要把申请材料都寄出去，明年春天就会收到录取通知书，夏天的时候就会启程离开这里。

"冬天、春天、夏天"，她隐隐约约听着这些描述时间的词语，有一瞬间恍惚，无声的悲伤从她心底弥漫上来，无论发生什么事，时间都会向前。

分离的那一幕似乎近在眼前。

几人正说着话，班主任老许走进来，看着教室里乱哄哄。毕竟两天的运动会下来，大家的心思早就飞到了学校围墙外，玩游戏的，吃零食的，看小说的……剩下一半还在操场打篮球。

老许也知道强扭的瓜不甜，再说了，运动会拿了好名次，也该奖励奖励这帮学生。

"收拾东西，去图书馆看电影。"老许一声令下。

"耶！"

刚才还懒散得不成形的众人，一听到"看电影"立刻来了精神，三下五除二背上书包就往图书馆冲。

"我说你们真是——"老许站在讲台上一脸无奈。

宋好佳故意磨蹭到最后，等大家都走完了，才小跑到老许身边。

"许老，我的手续都办完了。"她小声说。

老许愣了一下："哦，都办完了啊。"

老许放慢了脚步，两个人静悄悄地，像是怕打扰了这一地秋色。

经过学校的樱花林，树叶簌簌飘落，宋好佳停下脚步。

"真可惜，"她无不遗憾地说，"看不到明年的樱花了。"

"说什么呢，明年开花的时候，你再回来看就是了。"老许瞪她一眼。

"好。"宋好佳笑嘻嘻，"听说还有开在冬天的樱花，也有开在春天的，最晚夏天还有一些。"

老许转过头看着宋好佳："人和花的时令不一样。"

宋好佳和老许是最后到图书馆放映室的人，一进门，看到大家已经坐好了。秦帅和舒也坐在左边靠窗的位置，秦帅拍了拍舒也旁边的空位："上好佳，快来，也爷专门给你留的。"

众男生一起阴阳怪气地"哦——"了一声，对着宋好佳挤眉弄眼。

宋好佳本来没觉得有什么，但是被众人这样一起哄，心中忽然生出一种说不清道不明的别扭。

唯独这天晚上，她不想离舒也太近。她脚下顿了顿，径直走到空出来的一排座位上，一个人坐下。

她全程低着头，没敢看舒也一眼。

宋好佳刚一屁股坐下，男生们非但不消停，反而更来劲儿，个个幸灾乐祸，立刻向舒也开炮——

"哈哈哈，也爷你不行啊。"

"我们佳佳不理你啊。"

"有生之年，总算是看到也爷被甩了。"

"佳佳你最棒，我要为你点爆全场所有的灯。"

"社会我佳姐，人狠话不多，不说了，路转粉。"

这时宋好佳已经开始在心中后悔，自己刚才一时冲动，这样做太不给舒也面子了。可是现在再去舒也旁边，又显得太奇怪了，她正懊恼着，忽然又听见一阵哗然，宋好佳抬起头，看见舒也大摇大摆地走过来，在自己旁边一屁股坐下。

众人惊叹："也爷，你脸皮真的太厚了。"

舒也摆摆手，谦虚地说："我觉得还有进步的空间。"

然后他转过头，双手捧住脸，做出一副伤心欲绝的表情，可怜兮兮地问宋好佳："人家不可爱吗？你为什么不理人家？"

"可爱。"

宋好佳的愧疚在一瞬间消失得无影无踪，想起不久前他对自己"大美女"的捉弄，宋好佳也模仿他的样子，面无表情地开口："可爱得我屁滚尿流。"

放映室的灯光渐渐暗下来，屏幕亮起，宋好佳心中期待，不知道会是哪一部电影？

等片头出来，《泰坦尼克号》。

有好几个男生一下子忍不住了，出声抗议让换一部："爱情片太没意思了。"

"就是，换《生化危机》吧。"

宋好佳神色复杂地盯着荧幕，她记得入学的时候每个人填过一张资料表，和想象中的信息采集不同，上面全是一些奇奇怪怪的问题，"你最喜欢的漫画家""喜欢什么口味的月饼""喜欢晴天、阴天还是下雨天"之类。

她记得，当时在"你最喜欢的电影"那一栏，自己写了《泰坦尼克号》。

宋好佳在心底祈祷不要换，但是又不好意思说自己想看爱情片，好像看爱情片就是特别没出息的样子。谁知道老许就像是听到了她的心里话，用备课本拍打桌面："不看的就回教室写作业！"

大家瞬间噤声。

电影的开头，夕阳落在波光粼粼的海面上，晕出温柔的光阴，人间美得让人沉默。

巨轮起航，向着所有人都已经知晓的结局驶去。

那个梦一样的年代。

电影的最后，巨轮沉没，所有人都仓皇失措地乱跑，那三名音乐家，却选择回到他们原来的位置，闭上眼睛，在无人在意的角落里，开始了他们人生的最后一场表演。

人生有太多不能掌握、无法操控之事，能用自己最喜欢的方式长眠，不也是一件幸事？

宋好佳记得自己第一次看这部电影时，才十来岁，是和宋建军一起看的。那时候的宋建军还是个夏天会穿一件白色大背心，蹲在门槛边吃西瓜的青年。电视里放《泰坦尼克号》，她坐在沙发上看得目不转睛，宋建军不耐烦地在旁边催她喝药，她不理他，他也难得好脾气，端着药站着等她。

那时母亲有没有在他们身边，她竟然已经记不得了。

电影的最后，冰冷彻骨的海水里，杰克握住露丝的手，看着她的眼睛，说："答应我，活下去。"

多年后，白发苍苍的老人，回忆起自己少女时代的那一场梦，耳边依然是他的声音，他说，答应我，活下去。

宋好佳的眼泪在黑暗中止不住地往下落，她不想被人看到，只好伸出手臂咬自己。舒也用余光瞥到她，电影的光影明明灭灭落在她脸上，他取下搭在座椅靠背上的校服，丢在宋好佳头上，正好将她整个人罩住。

宋好佳好不容易从校服中探出头，瞪了舒也一眼，发泄似的拽过他的衣服，把眼泪鼻涕狠狠往上面擦。

舒也转过头装作看屏幕。

她忽然觉得，喜欢看爱情片，也没什么好害羞的，下次一定要大大方方地说出来。

一直到片尾曲结束，班主任才从最后一排站起来，嘱咐大家回寝室早点睡觉，不准和生活老师作对，他这个星期已经收到三个投诉了。

"最后，"班主任顿了顿，"这部电影第一次上映的时候我十八岁，全班同学一起逃课去电影院看，十年后重映，曾经一起看电影的老朋友都已经不再联系。"

"青春啊，总会过去的，但是无论如何，"班主任的眼神似是不经意地落在宋好佳身上，他轻声说，"活下去，总会有好事发生。"

月光无情地落在无边无际的海洋上，杰克抬起头，看了心爱的女孩最后一眼。

那一瞬间，宋好佳的脑海里浮现出很多人的身影，来来往往，走马灯一样。隐隐约约想起来，很久以前，也有人这样对她说过，活下去，总会有好事发生。

从图书馆走出来，夜风带着阵阵凉意，只穿了短袖校服的男生被冷得缩起脖子，宋好佳低头看手中的外套，想要还给舒也。舒也正好从她身后走过来，用手指戳了戳她后脑勺。

"喂。"宋好佳把衣服递给他。

舒也撇撇嘴："穿好。"

大概是因为刚才的电影，一路上大家都异常沉默。浩浩荡荡一群人走着，不远处教学楼的灯光，看起来竟让人安心。

第二天就是中秋节，这夜的月亮将满未满，挂在操场上空。

但愿人长久，千里共婵娟。儿时学会背的诗句那样多，要等到很多年后，才读得懂零星半点。

宋好佳忽然停下来，深吸一口气，鼓起勇气说："有一件事，隐瞒大家很久了。"

舒也站在离她最近的位置，在宋好佳准备开口的那一刻，他像是有感应似的，猛然回过头。

昏黄的路灯下，他的眉眼异常清晰。他那双黑色的眼睛，无悲无喜地看着她。

宋好佳一怔，一时竟忘了要说的话。

她下意识拽紧外套的衣摆，似有一股淡淡的香气，像某种长在冬天的植物，带着雪的味道。

所有人都停下来，不明所以地看着他们俩。

宋好佳终于艰难地继续："我要休学了。"

第一句话说出来以后，反而如释重负。

她没有添油加醋，也没有避重就轻，而是一五一十地将自己这些年来的病情说了出来。

曾经以为说着会哭出来的事，竟然能这样平静地说出来。

宋好佳觉得鼻头微酸，眼眶终于无法遏制地通红："和你们一起创造了许多快乐的回忆，你们都是无比善良的人，谢谢你们。"

然后她像是电影里的小提琴手，站在温柔的月色之下，冲着对面的所有人，弯腰鞠躬。

她的长发散开，和宽松的校服一起被风吹起。

舒也握紧的拳头轻轻松开，他看了她一眼，最后别过了头。

所有的相遇都是有期限的。

第九章

宋好佳的床位靠着窗户，冬天房间开了暖气，很温暖。窗外有一棵樱花树，树叶早就凋谢，宋好佳想起小学时读过的课本，一位病人的窗外有一棵树，他说等树叶掉完，他的生命也将结束。

一位画家听说以后，画了一片绿色的叶子贴在树上，让病人熬过了冬天。

宋好佳把这个故事说给舒也听的时候，舒也拿着枕头把她揍了一顿。

"我没有别的意思！"宋好佳捂着头，"我就是想起来这篇课文，和你分享！"

舒也说："语文考试的时候也没见你记性这么好，一直嚷着《春江花月夜》背不下来。"

"现在不用背了！"宋好佳故作轻松地说。

舒也也不用背，他提交完了大学申请的资料，所以比别人有更多的时间跑来医院看宋好佳。宋好佳刚刚住院的日子，身体承受不住化疗，整个人一下子憔悴了许多。

有个周末，舒也来看宋好佳，她刚刚做完化疗，精神好了一点，躺在病床上用iPad看学习资料。

这个iPad还是宋建军去电器市场给她买的翻新机。宋建军发了年终奖，想给她买个最新款，宋好佳不同意，两个人吵了半天，最后又是周医生出面调解，给宋建军介绍了一个在电器市场做生意的朋友，买了一个翻新机，一千多块钱，宋好佳一面很开心，一面又心疼。

学校里的每一节课老师都给她录了像，iPad的屏幕看起来舒服很多，宋好佳不是那种自学型的学生，她一定要听课才能接受新知识。

视频里，有些时候老师会停下来抽问同学知识，镜头还是停在黑板上，这一两分钟的画面看起来就像是时间被静止，宋好佳不会快进，而是等它一点点播放过去。

这样会让她有一种自己也置身其中的感觉。

冬天的时候，宋好佳的奶奶去世了。宋好佳在医院，没有能去见奶奶最后一眼。宋建军独自回去，参加完了母亲的葬礼，又独自回来。

宋建军是个孝子，母亲独自一人将他从农村里供出来，他大哥早年意外去世，后来家里大大小小的事务都是由宋建军负责。

宋好佳和奶奶关系算不上好，奶奶不喜欢她，当初宋好佳的母亲郝佳莉产后抑郁，宋建军想让母亲来帮忙照顾孙女，但是恰好赶上孙子出生，奶奶选择了照顾后者。再后来宋建军离婚，宋好佳跟着他，奶奶很不开心，觉得她是个拖油瓶。

那年回老家，宋好佳在老屋里，明明白白听到奶奶问："为什么不跟女方？她生的女儿，就应该跟着她。"

宋建军没回答。

再后来宋好佳生病，更是印证了奶奶的那句拖油瓶，她不去看宋好佳。或许对她来说，宋好佳消失了，她的儿子就能重新变成她的儿子，而不是某人的父亲，或者一个被妻子抛弃的男人。

宋好佳记得小时候，每年寒假结束回到学校，班里的同学都会比压岁钱，大部分人都是爷爷奶奶外公外婆给的，宋好佳从来没有收到过红包。她一个人坐在角落里看漫画，前排女生有一个在香港工作的姑姑，每年回来都会给她包大红包，买很多礼物，宋好佳听说一个玩偶就要上千，让人咋舌。

前排的女生问她收到了多少红包，她涨红了一张脸，编了一个数字，不多不少的数字，对方毫无反应地转过了头。

后来每次提到奶奶，宋好佳想起的，都是她从来没有收到过的红包，和本应在里面夹杂的长辈对晚辈的爱与祝福。

奶奶出殡前一天晚上，宋好佳在医院给宋建军打了个电话，宋建军接起来，从嘈杂处走到安静的地方，没说话。

父女俩拿着电话沉默许久，过了一会儿，他说："挂了。"

挂了电话，宋建军靠在老屋外的墙边抽了一支烟，烟抽了两口，他突然想到宋好佳最讨厌他抽烟，两个人吵了很多年，他一直没当回事。

宋建军灭了烟，又在寒风里站了一会儿，抬起头看见夜空里零散的星。

第二天，宋建军回到城里，晚上去医院看宋好佳。

宋好佳原以为自己会见到一个落魄的男人，人到中年，宋建军实在算不上得志，他从小失去父亲，然后是妻子、母亲。

他一定非常寂寞。

然而宋建军走进病房，哼着小曲，把饭盒放在柜子上。宋好佳打开来，是她喜欢的咖喱饭，宋建军吃不来这味道，但是宋好佳喜欢。

宋好佳一边吃一边偷偷抬眼打量宋建军，却见他一副悠然自得的样子，打开手机开始玩斗地主。

宋好佳："……"

这人可完全没有刚刚送走母亲的孝子样啊！

宋好佳心里犯嘀咕，不知不觉就把心里话说了出来："爸，奶奶去世，你都不难过吗？"

宋好佳记得她看《请回答1988》，女主奶奶去世的时候，她的父亲可是和兄弟们抱作一团哇哇大哭，那一集很感人，她哭得稀里哗啦。

"你懂什么，老子哪有空难过，"宋建军漫不经心地说，手机里传来"斗地主"的机械女声，"老子还要把你养大。"

宋好佳愣住，她看向宋建军，他年纪还算轻，但是几日不见，头发已经白了不少。

从他的这句话里，宋好佳忽然窥得一丝爱意。

宋建军已经结束了一局战斗，获得了冠军的好成绩。宋建军扬扬得意，催促宋好佳赶紧吃饭，多吃点肉，一口不许剩下。

那天中午，宋好佳吃了满嘴的咖喱。

一直到周末，宋好佳的状态才稍微好了一点。宋建军依然是学校医院两头跑，宋好佳心中十分愧疚。

"爸，你不用每天都来，奶奶去世几天你也没休息。"

宋建军听见了当没听见，他的脾气大，倔得跟驴一样，刀枪不入，宋好佳最讨厌的就是他这一点。

中午的时候，宋建军去办公室找吴医生，手机放在病房充电忘了带走。宋好佳被电话铃声吵醒，她不胜其烦，接了电话。

电话里是个市侩的男声，噼里啪啦说起来："哥，房子价格那边买家可以接受，您什么时候过来签约？"

宋好佳愣了一下："房子？什么房子？"

对方跟宋好佳讲，宋建军前段时间把房子挂了出去，说是急售，前两天谈妥了买家，就等着双方去签字了。

"等你爸回来了，你记得给他说一声啊，那边挺诚心的，你也知道，老房子现在不好卖。"

宋好佳脑袋还是嗡嗡的，只说："这房子我们不卖，不好意思。"

然后没等对方反应过来，她就挂了电话。

她家在老城区，六层楼的公寓，爬山虎长满了整栋楼，宋好佳有记忆开始，她和宋建军就住在这里。

宋好佳读初中的时候，宋建军去了怀川中学。怀川要求学生老师都住校，宋建军周六晚上回家，周天下午又要返校，宋好佳一个人住在这里。

至于她和宋建军的关系，好像在那之前就已经很不好了，

她一个人上学，一个人放学，一个人回到家里，随便煮点什么东西吃，一个人睡觉。

屋子只有六十几平方米，父女两人一人一间，宋好佳喜欢它的小，平时宋建军的房间门都是关上的，她经常睡在客厅，这样比较有安全感。

这里离医院近，宋好佳早就学会了一个人去看病。

而宋建军，什么都没有对她说过，就决定卖掉这个房子。

不和任何人商量就卖掉房子的父亲，和独自去考试决定要转学的女儿，这就是他们的相依为命，不断把对方推远，擅自认为这是自己的人生。

宋建军回来的时候，宋好佳已经把手机放回去充电。她不动声色地看着宋建军："爸，医生说什么了吗？"

宋建军没理她，拿起手机继续斗地主。

宋好佳没能沉得住气："你刚刚有个电话，我接了，是中介打来的。"

宋建军顿了一下，继续出牌。

"你要卖房子吗？"宋好佳忍不住提高音量，"你怎么什么都不跟我说？"

"你少管。"宋建军终于开口。

又是这样的态度，宋好佳心底扬起无名之火，总是这样，拒绝沟通，拒绝把她当成一个有尊严和思考能力的人，她越想越气，忍不住对宋建军大喊："我不同意！房子你不准卖！听到没有！不准卖！这是我的家！"

"老子想卖就卖！"

"不——准——卖——"宋好佳拿起枕头向宋建军砸过去，"我就算是死，也不会用卖房子的钱！"

"死死死！你再提一个字试试！老子把你养这么大，就是让你去死的吗？"

两个人惊天动地地吵了起来，走廊外的护士们听到了，急急忙忙走进来，让他们小声点。房间里陷入了让人窒息的沉默，宋建军拔掉了充电线，揣着手机走了。

宋好佳看着他的背影消失，躺在床上，闭上眼睛，失去了所有的力气。她其实知道，宋建军卖掉房子，是为了给自己治病。为什么他们不能成为一对温和的父女，正常地好好说话呢？

为什么自己要出生在这个世界上呢？就像奶奶说的，她只能成为宋建军的累赘，他是唯一给过她爱的人，她却什么都不能回报。

这时，床边的手机震动了一下，宋好佳打开来，舒也发来一张照片，校霸怕冷，趴在宋好佳的空椅子上，身上搭着舒也的校服。

宋好佳扯动嘴角笑了笑,敷衍地回答:"真羡慕它,没有烦恼。"

对方显示正在输入。

过了一会儿,舒也发来一句:你有什么烦恼?

上好佳:"没有。"

宋建军离开以后,没有再回来。下午的时候,窗外落雪了。

宋好佳听到病房里大家热烈欢呼喊着"下雪啦",走道上的病人家属们也在说起下雪。照顾病人的人不喜欢雨雪天,这意味着出行不便和寒意降临。

宋好佳虽然怕冷,但是越怕冷,越是喜欢雪。她喜欢极致的天气,海边的夏天,落雪的冬天。她来到窗边,稍微开了一条缝隙,寒风猛一下钻了进来。她凑过去,看到窗外纷纷扬扬的雪花,那棵光秃的树上,积了些许白雪,成了另一副模样。

凛冽的寒风吹在脸上,宋好佳打了一个哆嗦,心底却没来由扬起一种想要落泪的冲动。

这种冷冽的孤独感提醒着她,她还活在这个世界上。

上午她挂掉了中介的电话后,愤怒地去医生办公室找宋建军,却没想到在门口听到了周医生和宋建军的对话。

周医生告诉宋建军,宋好佳的病情恶化,她的身体里检查出癌细胞,虽然是初期,但是与之对抗的过程会十分艰难,要做好准备。

这或许就是她生命里最后一个冬天了。宋好佳知道,如果自己是宋建军,也一定会砸锅卖铁为女儿看病,可是,有没有人想过,宋建军要怎么办?

这一刻,一个念头在宋好佳心底萌芽,她想,要不算了吧。

宋好佳偷偷从医院里跑了出去。

她已经有两年半的时间没有回来过这里，她去了怀川以后，房子就租给了别人。

　　宋好佳用钥匙打开门，屋里比屋外还冷，她好不容易才从茶几里找到了空调遥控器。

　　屋子没什么变化，家具电器的位置都和记忆里一样。但是宋好佳却觉得这里变得好陌生。她的手摸上电视柜，上面落了薄薄一层灰。

　　沙发已经凹陷下去，宋好佳很喜欢在沙发上一边看电视一边睡觉，或许她的高度近视就是这么来的。她躺上沙发，回忆起过去的生活，空调的暖风一下下吹过来，她迷迷糊糊间睡了过去。

　　过了一会儿，门外响起敲门声，宋好佳打开门，穿着羽绒服的舒也站在门外。

　　宋好佳揉了揉眼睛："你怎么来了……"

　　"了"字还含在嘴里，没能说出来，下一秒，舒也伸出手，紧紧抱住了她。

　　他叹了一口气："找到你了。"

　　他的声音落在宋好佳耳朵里，痒痒的，她的耳根慢慢红了起来。她这才意识到自己任性的行为又给周围的人带去了麻烦。

　　"对不起。"她说。

　　舒也却不肯松开手。两人之间隔着蓬松的羽绒服，让这个拥抱显得十分不真实，像是抱着一团云。

　　进了屋子，宋好佳带着舒也在房间里转了转。

　　"房子很小，"她坦然地说，"比不上你家的大别墅，你别笑话我们。"

　　"没有，"舒也摇头，"这里很好。"

　　宋好佳坐在沙发上，给舒也讲起自己的过去。从她有记忆以来，她和宋建军搬了无数次家。每一个租来的房子都差不多，老旧的小区，没有电梯，已经过时的装修和家具，两室一厅的房子，她和宋建军一人一间。

以前他们会一起看电视，后来电视节目越来越无聊，电视机操作却越来越复杂，宋建军开始用电脑斗地主，她则是躲在房间里看小说。

书都是去图书馆借的，不能买书，因为搬家太不方便。

他们几乎每年都要搬家。房东总有各种各样的理由让他们离开，涨房租、拆迁、卖房给孩子去北京凑首付、做生意失败……

候鸟有归处，他们没有。

直到宋好佳初二那年，房贷利息很低，首付款比例也降低了，宋建军才买下了这套房子。而他的同事们，早就开始换大平层。

宋建军的钱都给她治病了。房子楼龄比宋好佳还大，在顶楼，但是有电梯，宋好佳做的第一件事，就是去书店买了喜欢的作者的新书。

他们终于拥有了属于自己的家。搬来的第一天，宋建军亲自下厨，做了一条红烧鱼，吃了这么多年食堂，宋好佳第一次知道宋建军也会做饭，想来是真的开心。他人闷，话少，成年人的烦恼也不必对女儿倾诉，那天晚上，他破天荒给宋好佳也倒了一小杯啤酒，让她尝尝。

宋好佳喝了一口，眉头皱在了一起："这么难喝，你们到底为什么喜欢喝酒？"

宋建军笑而不语，给她夹了一块肉。

那是她和宋建军相依为命的日子里，难得的美好回忆。

"我爸要把这里卖掉了，"她说，"为了给我治病。"

舒也微微蹙眉。

"我小学时候就生病,虽然治疗很难受,也花了很多钱,但是我总觉得我还是一个正常人,等我的病好了,我就努力学习,考大学,找到工作以后,挣钱把家里花掉的钱都补上。"

直到那天周医生告诉她,她的身体里已经有癌变。

原来是这样,人的身体就像是一台机器,机器会自然老化,不断地缝缝补补,也会加速它的老化。它开始发出倒计时的警告,它不想要再运转下去了。

"我不要治了,"宋好佳双眼通红,"我迟早都要死的,我死了以后,我爸怎么办?"

"他这个人……"宋好佳捂住嘴巴,眼泪大滴落下,她难过得都没有办法好好说话,"根本就不会照顾自己,总是管不住自己要喝酒,每天抽那么多烟,身边净是酒肉朋友,落难了谁帮他,寂寞的时候,谁能陪他说话。"

不是没有恨过,过去那些眼泪和争吵都是真的,可那是她的父亲啊。

他生她养她,两个人相依为命了一辈子。

"我昨天去做化疗,忽然想起以前的事,有天外面下暴雨,他骑自行车去学生家里补课,回来以后发了三天高烧,还不肯去医院看病,我气得和他大吵,他睡着了呓语,说拿到补课费就给我买白网鞋,他不去医院,他要把我供大……"

那样破的一辆自行车,究竟是如何挡住肆虐的大雨。他日益佝偻的背脊,又是如何似群山将她高高托起。

"你说,他都要五十岁的人了,把房子卖了,砸锅卖铁给我治病,那然后呢?我两腿一蹬走了,他以后住哪里?吃什么?生病了怎么办?

"他还有几十年的日子要过……"

二十年后,没有存款、没有房子、一无所有的宋建军老了以后要怎么办?离开了学校,他能去哪里?听说大家都不愿意把房子租给老人住,那宋建军要怎么办?他生病的时候,谁来照顾他?

　　一想到这都是为了她,宋好佳就痛得恨不得把心挖出来。

　　"可是,我内心最深处,又……又希望爸爸不要放弃我,我想要继续治疗,虽然要花很多很多钱,但是……我想要活下去,我这样是不是很不孝?"

　　宋好佳坐在沙发上,眼泪大滴大滴落下,她用手捂住脸。

　　"想要活下去,不是什么可耻的事。"

　　舒也半蹲在她面前,眼里充满了怜爱与悲伤。

　　他伸手摸了摸她的头,努力让自己的声音听起来平静:"你之前问我,为什么没有听我提过我的妹妹,因为她在四年前去世了。"

　　宋好佳抬起头看他。少年的侧脸如雕塑一样英俊,他看着窗外飘飞的雪花,陈年往事也跟着纷至沓来。

　　他从小比同龄人聪慧,加上家境显赫,走到哪里都受人瞩目,没有遇到过任何挫折。而妹妹不一样,妹妹性格内向害羞,喜欢躲在他的身后,是他的跟屁虫,旁人拿他和妹妹做比较,妹妹也不在意。

　　在他十四岁那年,全家去海岛上给他庆祝生日,碧海蓝天,他下海游泳,妹妹跟在他身边。过了一会儿,他嫌海岸附近无聊,往海水深处游去,似乎只是一眨眼的时间,乌云密布,风浪卷起,他再回头时,身边已没有了妹妹的影子。

　　从此以后,舒也不再过生日。

　　因为每天的梦里都是那一日,艳阳高照,海水蔚蓝,他往大海的深处游去,忘记了身后的妹妹。

　　那是在烘焙坊里待了一整天,亲手为他做了生日蛋糕的,最喜欢他的妹妹。

他也开始放逐自己，玩世不恭，得过且过地活着。有些时候听到秦帅他们信誓旦旦地说着梦想，他觉得那是一件非常遥远的事，像他这样的人，光是活着就是罪过，还有什么资格谈及梦想？

　　宋好佳到怀川中学的那一天，他正好在办公室，听到老师们谈起她，自然也说到了她的病，说到最后，都纷纷叹息可怜，也不知道说的她还是宋建军。

　　风从窗户吹来，写着她个人信息的那页纸从老许的办公桌飘落在他脚边，他弯身捡起来，看到证件照上看着镜头，一脸僵硬的女生，生日那一栏上的数字，和妹妹是同一天。

　　他轻轻笑起来。

　　"怪不得你对我这么好。"宋好佳说，"谢谢你。"

　　"该说谢谢的人是我。"舒也的声音又轻又哑。

　　"你答应我，不要放弃，虽然可能会吃很多苦，但还是选择活下去，可以吗？"

　　黄昏结束的时候，宋好佳和舒也一起出了小区。楼下是闹市，有人在路边卖莲子羹。黄铜做的龙头，倒出热水，藕粉在水里化开，加入红糖水、芝麻、葡萄干、花生碎，是宋好佳最喜欢的小吃之一。

　　落雪的日子真好。

　　雪是这样短暂，转瞬即逝，等到明天的太阳升起，这一切都会化为泡影。

　　她才可以若无其事地装作什么都没有发生过。

　　过了两天，宋好佳进手术室前，对宋建军说："我想了想，房子你要卖就卖吧，等我病好了，以后挣了钱，我们再把它买回来。"

　　"你？你养得活自己就够了。"

宋好佳做了个鬼脸："不是我一个人，还有你，我们两个人一起把房子买回来。"

宋建军看了她一眼，忽然笑起来，他人瘦，笑起来脸上会叠出皱纹，依稀可见年轻时候的俊朗。

"行，"他说，"我挣得肯定比你多。"

进了手术室，麻醉药效渐渐上来，闭上眼睛前最后一个念头，宋好佳想，她想好好活下去。

活着不是虚妄，她也不是累赘，她是宋建军情愿放弃那个可以挡风遮雨的房子、放弃下半生的安稳也要留下的女儿。

过了两天，宋好佳恢复了一点精神，坐起身在写东西。正好遇到舒也来看她，问她在写什么，宋好佳笑嘻嘻把本子翻给他看。

空白纸张的第一行，写着"宋好佳的心愿清单"。

1. 给宋建军做一次红烧鱼
2. 看一次烟花
3. 去海边
4. 考上心仪的大学
5. 每天都要开心
……

舒也看完，没有说话，他知道，是心愿，也或许是遗愿。

"怎么样？"她神采飞扬地看着他，"我要一件一件做完。"

"我陪你一起。"舒也点头，"等到全部完成的那一天……就开始过新的生活。"

舒也在病房里放了一台游戏机，让宋好佳无聊的时候可以玩玩游戏。宋好佳在列表里选了一款叫《风之旅人》的游戏。

动画的图标是一个孤独的旅人站在沙漠中，斗篷被吹得高高扬起。远处是一座高山，烈日耀眼。

舒也教她："很简单，你就是这个旅人，操纵方向键，一直向前走，穿越沙漠、山谷、灯塔、雪原和群山，就可以抵达终点。"

游戏开场，是一望无际的孤独沙漠，只能听到风声，长长的风，卷起细沙飞舞。落日的光笼罩在整片沙漠上，像是落日下的汪洋大海。

宋好佳很快就沉浸在了这个世界里，她很想看一看，这个旅人的终点会是哪里。

那或许也是她的人生终点。

时间过得飞快，等宋好佳反应过来的时候，冬天已经过去。切除手术之后，每个月要做一次化疗，她的时间就是在这样反反复复的痛苦里流逝的。

高考迫在眉睫，但是大家依然一有时间就来医院看她。宋好佳习惯了他们的到来，但每次分别的时候，又会为此而失落。医院的空气让人窒息，她觉得她似乎一下子变得好老好老。

贺千山凭借上一部电影，获得了最佳男主角，获奖的那天，宋好佳在医院里看直播。当天晚上，他在记者采访会上宣布，说自己要暂停演艺生涯。

这是一个重磅消息，现场内外的人都惊呆了。

丢下这个消息后，贺千山离开了现场，没有做过多的解释。他一直都是那样的人，安安静静，无论别人怎么评论他，他从不解释。

下了飞机以后，贺千山来医院看宋好佳。宋好佳上一秒还在网上寻找他的消息，下一秒就在病房门口看到了他。

"我来看看你。"他说。

宋好佳点点头，她有很多想问他的问题，却又不知从何开口。

"你的病好点了吗？"他问她。

宋好佳点点头，又摇摇头。

她见他沉默，干脆自顾自开口："你知道吧，有很多人喜欢你，我也是其中一个，在你不知道的时候，从你那里获得过力量，所以如果可以的话，我也想为你分担烦恼。"

贺千山看看她："你……"然后顿了顿，"谢谢你。"

贺千山告诉宋好佳，他在很小的时候，并没有想过自己会成为一名演员。他父母在他小时候离婚，他跟着母亲，有一次无意间参加比赛得了奖，爸爸妈妈都很开心，甚至能坐下来好好讲话了。

他开始觉得自己如果很努力的话，他们就可以重新在一起。好像事情也是这样，他变得很有名，很多人喜欢他，因为他的事，父母见面的次数越来越多，也不再像过去一样吵架。

可是他越来越不开心，每次他读剧本，看着别人的人生，心底觉得一片彷徨，那他呢，他想要过怎样的人生？明明受到那么多人的喜欢，为什么他还是觉得孤独？

他有很长一段时间感受不到角色的痛苦，因为被他自己的痛苦填满了。

他变得离生活很远。在运动会的时候，他看着宋好佳，看着所有人在运动场上努力奔跑的样子。他不明白，她明明得了重病，明明随时都可能死掉，为什么还可以这么开心？

而为什么，自己什么都拥有了，却还是那么不开心？

前段时间，贺千山的母亲告诉他，她要再婚了。就是那时候，贺千山才终于反应过来。原来他从来没有为自己而活过。

他去年拍戏的时候，遇到了一名法国导演，他很喜欢贺千山，问他要不要去法国生活。他可以去巴黎读书，可以不做演员，学音乐、学作曲、学制作，学什么都可以。

他可以学着做回自己。

海明威曾说："如果你年轻时去过巴黎，它会一生都跟随你，因为巴黎是一场流动的盛宴。"

他的青春期，看起来十分光鲜，但其实也很苍白。直到遇到了宋好佳他们，才变得特别了一些。他每次在剧组里，总是很想念他们，很想念回到那间教室，当一个普通人的感觉。

现在的他，渐渐明白了，人生是光影随行的，人不可能永远站在光里，而忽略了它的暗处。他想要拥有一段不被打扰的，只属于贺千山的经历。

想要试试为自己而活。名为"演员贺千山"的人生，就暂时告一段落吧。

宋好佳说："能喜欢过你这样的人，真是太好了。"

"能被你们所喜欢，对我来说，也真是太好了。"

病房里十分安静，离别的话说不出口，好像也不必再说。

贺千山从背包里拿出一个漂亮的礼物盒："一直想要送一件礼物给你。"

宋好佳拆开包装精致的礼物盒，里面静静躺着一条绿色的吊带长裙，丝线闪烁着若有若无的光泽。上面还有一串珍珠项链，细细的铂金链条，只有一颗珍珠，举世闻名的淡水珍珠，是人类创造的美丽。

宋好佳静静看着这条美丽的裙子，眼泪渐渐盈上眼眶，她不知道自己还有没有穿上它的那一天。

"我以前看过一部电影，叫《赎罪》，女主角穿过一条绿色的长裙，我一直记得那一幕。穿着绿色长裙在月光下奔跑。"

"我看到它的时候，也是这样想的，"贺千山笑了笑，"宋好佳，和你说话很开心。"

宋好佳双眼微垂，不想让他看到自己的软弱："谢谢你，可是我没有什么可以回赠给你。"

贺千山指着床头放着的电影日历:"那可以把它送给我吗?"

她侧过头,床边的柜子上放着今年的电影日历。

正翻开的那一页上写着一段话:"我们不能停滞不动,必须勇往直前,我们得找出比财富和命运更重要的东西,除此之外,没什么能带来安宁。"

秦帅一模考了全区第一,家里人不同意他去当飞行员,他天天闹着要离家出走,周末也不肯回家。元宵节那天晚上,他父亲出了个不大不小的车祸,当时秦帅正在家里包饺子,秦帅母亲接到电话,回过头六神无主地看着他,问他怎么办。

秦帅受到了很大的触动,他过去十八年过着顺风顺水、天之骄子的人生,其实也不过是仰仗着父母为他铺好了康庄大道。

秦帅改变心意,不再成天嚷嚷要过自己的人生,他和家里人商量,读航空航天大学,研究飞机,做新材料。

余乔白去参加了影视学院的艺考,分数很高,他只需要正常考出文化课成绩就能入读导演系,一步步实现他成为导演的梦想。可"实现梦想"四个字说起来简单,全世界有多少人做着同样的梦,又有多少人能像贺千山一样,被那束光选中?

而又有多少人,能把短暂实现过的梦想一直延续、坚持到生命终止的那一刻?

但是宋好佳相信,余乔白一定可以。

因为他还答应了自己,有一天,会让她当电影的女主角,让大家看到,像她这样的普通女孩,也有属于自己的灿烂青春。

可是普通人的故事,真的会有人愿意看吗?宋好佳又有一些担心,自己会不会害余乔白扑街。

算了，扑街的话，一定是他拍得太烂！世界上哪来那么多校花、白月光，更多的人一定是像她一样，接受了自己的普通，但是依然努力地生活，热爱人间。

舒也收到了美国大学的录取通知书，宋好佳偷偷在网上搜索过那所学校，首页是校园的照片，红砖和青藤映入眼帘，上百年历史的建筑物，学生们露出灿烂的笑容。

这就是舒也即将生活四年的地方。

他会在那里学习新的语言，在图书馆熬夜查资料，放假的时候和朋友们开车去旅行……还会谈恋爱，在三角梅盛开的时候拍下幸福的合照，渐渐地，他会忘记怀川的围墙边，那一整片的樱花树。

宋好佳伸手轻轻触碰屏幕，觉得眼前的一幕太过遥远。

海的那一边，时间的尽头。

她嘴唇微动，却说不出话来。

风将病房的窗帘吹动，掀起一角，露出窗外那棵光秃秃的树木，阳光落下，窗檐在地板上构成一道一道的阴影。

病房的玻璃窗如此美丽，可是只有身处其中的人才知道，它其实，是困住金丝雀的牢笼。

这一切都在提醒着她，要结束了，她的学生时代。坐在教室里，没日没夜的习题，空调吹出的凉风，男生们扭打成一团的走廊，老师站在讲台上气急败坏冲舒也丢出的粉笔头。

都要结束了。

想到这里，眼眶竟然开始湿润，真没出息，宋好佳在心底骂自己，这是每个人都会经历的事情啊，干吗这么矫情。

舒也来到病房门口，看到的就是这一幕，她独自坐在床上，手忙脚乱地在擦眼泪，一边擦一边哭，最后干脆抱着枕头，压在脸上，一动不动。

离别终有时，他们各自有要前行的方向。人与人的相遇，就像一起抬头，看到了夜空里的烟花绽放，短短的一瞬，长留心间。

第十章

宋好佳手术后的恢复情况并不算太好,病情的发展只是得到了暂时的抑制,但是阻止不了它的恶化,也就是说,接下来就算是一直在医院里长期治疗,效果也不会太明显。

宋好佳完成了《风之旅人》的故事,打到结局的时候,她操作的小人倒在了一片雪地里。宋好佳以为是自己失败了,又重新玩了一次,还是没有改变死去的结局。

她去网上搜索才知道,原来这个游戏的结局就是这样,主角一定会死去。

得知这一点的时候,宋好佳静静坐在床上,她转过头,看到窗外已经再一次长出繁盛绿叶的树,刹那间领悟了人生的种种。

每一个人,活在这个世上,最后都会死去。

活着的意义,只是为了经历这一切,然后带着所有的记忆,勇敢地走向死亡。

宋好佳对宋建军说:"爸,我想出院了。"

她已经在医院里待了大半年的时间,她一生有三分之一的时间都是在这里度过。

"我有一个心愿清单,你看,"她把自己的本子拿出来给宋建军看,上面第一条就写着,给宋建军做一顿红烧鱼,"我想要把上面的事情都做完,我想,大部分人死去的时候,都没有实现自己的心愿。"

宋建军听完,没有说话,他去室外连抽了三支烟,然后发现自己哭了。

宋建军的母亲离世时他没有流泪,是因为他自认问心无愧,走完了这段母子情。可是他的女儿还这么年轻。

属于她的时间太短了。但正因为太短,作为父亲,他不能再用一己私欲捆绑她,让她按照自己的意愿度过剩下的时光。

在同龄人还在苦恼着要读哪一所大学、什么专业,选择怎样的未来的时候,她已经决定了,要如何死去。

宋建军为宋好佳办了出院手续。离开的时候,周医生站在门口送她:"每天开心,比什么都强。"

宋好佳点头。

回到怀川中学的那一天,她打开门,房间已经被宋建军收拾过,虽然算不上整整齐齐,但通透明亮。

隔壁传来宋建军斗地主的声音,昨日场景历历在目,仿佛她只是刚下课回家。

她去了一趟广播站,在医院治疗的这段时间里,这是她最怀念的地方。对宋好佳来说,每天的广播时间,就是她的日记,记录着她的存在。

从学校寝室到广播站会路过樱花林,这个时节,早就没有了樱花。

她错过了今年的樱花季,也不知道能不能等到来年的盛开。

校霸正趴在树下晒太阳，听到了宋好佳的脚步声，它猛然睁开眼，冲到宋好佳面前，用身体蹭她的鞋，"喵喵"叫个不停。

宋好佳蹲下身，在树上刻上自己的名字。

她对校霸说："看到没，这个是我的名字，以后我就在这里陪你。"

校园里先是响起"滋"的一声，众人抬起头，四处张望，然后听到广播里传来温柔的音乐声。

"大家好，这里是今天的校园广播，在高考来临之际，播放一首我喜欢的歌《小小校歌》送给大家。"

舒也正在篮球场打球，音乐声响起，"哐当"一声，舒也做了个暂停的手势，说："有事，不打了。"

然后如离弦的箭般冲了出去。

篮球队长一脸迷茫："发生什么事了？"

秦帅拍着篮球，笑了笑："还能有什么事，某人回来了呗。"

"谁啊？"

"能让也爷全力奔跑的人。"

蓝色的天空之下，额头还挂着汗的少年推开广播室的门，看到熟悉的身影站在里面。宋好佳转过头，手里抱着那只又胖又懒的橘猫。

"你回来了？"他怔怔地问。

"我回来了。"宋好佳露出一个灿烂的笑容。

歌手的声音在校园里轻盈地响起。

我有个她，美丽风华，人人都说，景美之花。
我有个他，潇洒多情，人人都说，风中之星。
我愿陪她，追逐山林，我愿陪他，携手天涯。

校霸从宋好佳的怀里跳走，站在桌子上，撅起屁股伸了个懒腰。

粉色的晚霞在天空蔓延开。

共看月亮，共数星星。

六月的时候，宋好佳参加了高考。或许是因为她没有什么高考决定命运的想法，整个人状态放得很轻松。

宋好佳很久没在教室里考试了，考试铃声响起来的时候，她心中竟然充满了期待和激动。

两天的考试，第一天艳阳高照，第二天落了大雨。走出考场的那一刹那，她抬起头看着不知道什么时候落下的雨水，雨声渐小，雨势渐缓。

宋好佳想，在她那彷徨、不安、自卑、敏感的青春期，最后落下的这场雨，或许就是为了冲刷所有伤心的回忆，只留下雨后的彩虹。

宋建军撑着伞站在人群里等她，他这一生，很多次在考场等待学生们考试结束，终于有一天，轮到了自己的女儿。

宋好佳看到他，一脚深一脚浅地踩在水坑里，开心地向宋建军跑去。

"爸。"

"干吗？"

"去菜市场买鱼，回家我给你做红烧鱼。"宋好佳说。

宋建军白了她一眼："你又不会做鱼，浪费。"

嘴里虽然这样说着，脚下却转了弯，那是去菜市场的路。

"那我会看菜谱啊。"

买完鱼，雨已经停了，两个人正好走到老房子边。

门卫认出了他们，热情地打招呼："回来玩啊？"

"随便看看。"宋建军说。

房子已经卖出去有一段日子了,据说是卖给了一对准备结婚的情侣。宋好佳想象他们那间空荡荡的老房子,会因为他们的入住变得充满生机,或许会变成三个人的家,小孩和她一样,在门口刻着身高线,一点点长大。

不舍的情绪已经被时间冲淡很多,但还是会有遗憾和担心,宋好佳低声问:"奶奶的那套祖屋,你还回得去吗?"

"你爸还能被饿死不成?"宋建军气呼呼地说,明显是生气宋好佳杞人忧天的样子,"等我退休了,我就去买一辆摩托车,全国骑行,找一个山清水秀的地方开个客栈,养条大狗,每天喝茶晒太阳,你少操心我了,老子以后日子好得很!"

院子里有几个小孩在绕着花园追蜻蜓,儿时的好友们都已经长大,各奔东西。

吃过晚饭的老人们坐在石阶上,拿着蒲团赶蚊子,再随意聊点家常,你说你的,我说我的,各不干扰。

宋好佳还记得,冬天舒也为她拍的视频里,满墙的爬山虎都已经枯萎,露出瘦弱的枯枝,如今一转眼的时间,已经全部活了过来,新生的叶子饱满苍翠,像绿色的海洋,一浪一浪,在夏日傍晚摇曳着,沉醉着。

生命真是不可思议啊,宋好佳想。

下一秒,她伸出手,紧紧拽住宋建军的胳膊,这个姿势看起来有点别扭,但是姑且就把它当作是挽手吧!

宋建军被女儿这突如其来的示好吓了一跳,十分不满意地瞪了她一眼,却没有拒绝她,而是继续往前走。

"你干什么?腻腻歪歪的。"

"你是我爸,我当然要缠着你了。"宋好佳笑嘻嘻地回答。

"肉麻!快放开!"

"我不，我不，我就不，我挽着我爸难道犯法吗？"

虽然有点晚了，宋好佳想，但是她还是想试一试，和宋建军当一对不吵架的父女。

十几天后，出了高考成绩。宋好佳半年没有去学校，高考成绩却比平时还高一点。大概是因为她确实心态轻松。

大家并不知道宋好佳的病情，都以为她是身体好转才出院，秦帅问她填了什么志愿，宋好佳说留在本市，等被录取了再告诉他。

出成绩以后的第二天，宋好佳和宋建军一起去了一趟墓地，看望郝佳莉。

天朗气清，两个人走在寂静无人的墓地里，道路两旁的草长得很好，树上挂了红色的小果子，宋好佳叫不出名字。树林间有风吹过，窸窸窣窣的，仔细看过去，原来是相互追逐的野猫。

宋好佳站在母亲的墓碑前，尘埃在阳光下起舞，照片上郝佳莉笑容灿烂。

宋好佳忽然开口问："爸，妈妈这一生，应该过得挺值得的吧？"

宋建军没回答。

这个问题，恐怕只有郝佳莉本人能回答。

宋好佳和母亲在一起的时光极其短暂，很长一段时间里，宋好佳没有关于郝佳莉的记忆。

反而是十四五岁以后，她脑海里偶尔会浮光掠影般闪过一些画面，自己和郝佳莉一起在天台晒太阳，郝佳莉坐在石凳子上看书，白色的床单被风吹起，落在地上。

但是那画面太模糊，影影绰绰的，宋好佳也分辨不清真假。她不敢开口问宋建军是否有过这样的天台，怕这一切都是假的，只是她通过一些看过的影像，虚构出来的美好时光。

宋好佳不是没有怨恨过，每次看到大街上牵着女儿手心的母亲，她也忍不住在心中询问，郝佳莉为什么要离开自己和父亲？

然而，随着年岁渐长，某一天，某一个刹那，她明白了郝佳莉。

在死亡到来之前，每个人都只是在大河之中，奋力地向前。

爱了想爱的人，做了喜欢的事，追求自由和正义，就算只是一粒尘埃，也变得像钻石一样闪耀。

她的母亲是这样的人，她拥有这样一位母亲。

她留给了宋好佳一样非常宝贵的东西，那就是勇气。面对困境、不甘、死亡的勇气。

"爸，我最近总会梦到一个画面，"宋好佳下定了决心，"小时候，我和妈妈一起在一个天台上，妈妈穿着白衬衫，天台上挂满了床单和各种衣服，风一吹，衣服就满天飞。妈妈坐在石凳子上看书，她的头发很短，像电影里的苏菲玛索。"

宋建军看着墓碑，没有什么表情，淡淡地开口："那是你刚出生的时候，我们住在学校分的老房子，她喜欢去天台看书，说那里距离天空很近。"

"原来是真的啊。"宋好佳怔怔的，心里一颗石头落下，"我以为是我想象出来的。"

宋建军低下头，空荡荡的烟盒被他捏得变了形，他只好把它重新放回裤兜。

大家在群里聊起毕业旅行，宋好佳忘了关静音，拿出手机的时候，宋建军瞟了一眼屏幕，群名就叫"毕业旅行"。

"你们想出去玩？"他问。

宋好佳不敢回答，她怕宋建军不同意。宋建军低头看着女儿，想起去办出院手续的时候，周医生对他说的话，有人说出院就是为了等死,若真要这么说,谁活在世界上,不是在等死呢?

宋建军开口道:"你去吧。"

"啊?"宋好佳没反应过来。

"你那个单子上不是写着吗,要去看大海。"

宋建军和郝佳莉的第一次旅行,就是在海边。他们坐绿皮火车到祖国的最南边,却遇到雨季,下了一个星期的雨。

宋建军很失望,他原本还计划要试一试潜水和冲浪,阴雨连绵的海边让人败兴,他和郝佳莉在宾馆里看了几十个小时的电视,最后无聊到去大厅里下五子棋。

离开前的最后一夜,雨终于停了,两个人在路边买了啤酒和瓜子,铺了两张报纸去沙滩上等日出。天气预报说第二天是多云,是等不到日出的,但是郝佳莉坚持要试试。

他们在那个寒冷的夜晚聊了很多,郝佳莉说她的梦想是去环游世界,宋建军说好啊,以后一起去看极光。

郝佳莉说:"我想写出有意义的新闻。"

宋建军问她:"你觉得什么才叫有意义?"

郝佳莉说:"当然是……"话到嘴边,居然不知道要如何回答。是啊,什么才叫意义,她心中一片茫然。宋建军笑了笑,转移了话题。

夜色慢慢过去,就在宋建军昏昏欲睡的时候,郝佳莉推了推他的肩膀,他睁开眼睛,看到一整片海被日光染红。

宋建军被眼前的美景惊得说不出话来,身边的郝佳莉笑了笑说:"我明白了,只要一直写,就是有意义的新闻。"

二十六岁的郝佳莉,在猎猎的海风中大声喊:"我们结婚吧——"

郝佳莉就是这样的女人,大部分的女孩都憧憬刻骨铭心的求婚,郝佳莉偏偏要自己来。

二十年的岁月如海水退潮，四十六岁的宋建军，挥一挥手，告别了墓碑上的那个名字，向着下山的路头也不回地走去。

"大海很美。"他对宋好佳说。

所以，去看海吧，去看一看这片广阔天地里，所有你未曾见过的美丽。

这个世界的真相，一定要用自己的双眼亲眼得见。

宋好佳在群里说想去海边的时候，秦帅第一个同意。夏天嘛，就应该去海边。余乔白也很愿意，去了海边一定能拍出好看的照片。

唯独舒也沉默了很久，到晚上才回答："好。"

得到了舒也的同意，大家又兴高采烈讨论起住宿。宋好佳原本是打算去住青年旅社，几十块钱一晚，就算是这样，路费加上住宿费也是一笔不小的开销。

可是让几个大少爷跟着自己住青旅，宋好佳也不想强人所难，便建议大家各自分开住。

最后是余乔白找到了一间非营利性质的民宿，说可以让他们打工换宿。

火车开过寂静的海底隧道，忽然之间，蓝色的、一望无际的大海映入眼帘，海和天连成一条线，让人想起《千与千寻》，出了山洞的一刹那，已经来到了新世界。

宋好佳恨不得贴在火车玻璃窗上，阳光直晃晃落下来，原来这就是大海。

民宿的老板开车来接他们。

老板叫胡桃，宋好佳以为她是那种厌倦了城市生活，去海边寻找诗与远方的文艺女性，笑起来温柔安静的类型。

所以胡桃出现的时候，有点出乎几人的意料。胡桃的皮肤晒成古铜色，留一头清爽的短发，她五官生得十分漂亮，腰背挺直，一看就学过舞蹈。她穿一件白色衬衫短袖，阔腿裤，像是在海边度假的艺术家，让人分辨不出年龄。

她开了一辆越野车，改装过，比普通的越野车还要高几许，衬得她身型更小。她说在岛上有许多事务要忙，大车比较方便。

胡桃笑着打方向盘，她开车有一种浑然天成的自在。岛上道路蜿蜒，她却将一辆看起来沉重无比的越野车开得轻盈如风。

车在道路的尽头停下，起初说是民宿，宋好佳便以为这里和青年旅舍差不多大。可到了门口才发现，这里更像是海边的度假村。

民宿的名字叫"他方"。其中有一座矗立在沙滩上的小木屋，一直通向无人的大海。木屋的顶棚是透明玻璃，夜里可以看到星星。

整个院子面积非常大，几乎看不到院墙，里面有一个小植物园，种满了各种热带植物。

既然是来打工换宿的，几人在前台放下行李，就乖乖去领取任务。胡桃清楚宋好佳的身体状况，所以她主动说起，宋好佳可以什么都不用做。

宋好佳有点沮丧，她知道自己做不了重活，可又不想什么都不做。

舒也把他的草帽扣在她的头顶。

"别这么沮丧。"他冲她扬扬下巴。

宋好佳得了他的鼓励，决定向胡桃争取。

"我作文写得还不错，唱歌挺好听的，我是学校播音站的主持人，我以前很喜欢看书，生病期间看了不少电影……我可以学着做很多事情。"

"那你很厉害，"胡桃笑着说，"我像你这么大的时候，每天早晚就知道谈恋爱。"

"那是因为没有人和我谈恋爱。"

被夸奖了，宋好佳在心中偷偷松了一口气。

最后胡桃决定让宋好佳帮民宿做宣传的文案。三个男生就很好安排，轮流跟着胡桃去修院子和当代理店长。

代理店长听起来很厉害，实际上任务烦琐，帮忙录入订单、检查房间状况、打扫大厅的卫生、给植物们浇水，还要给不时来院子里玩耍的猫咪喂食。

好在每天只工作四个小时，沙滩上有露天厨房，可以自己做饭和烧烤，旁边还有咖啡机、茶叶和冰块。

院子里还有一个公益的图书馆，供海边的居民和游客免费阅读。图书馆有一面落地窗正对着大海，无人管理，借书和还书都是自主登记。宋好佳去的时候，有一群放暑假的小孩在里面写作业，年轻的游客在选书拍照，一位老人坐在窗边喝茶，静静看着大海。

听说胡桃的心愿是这里可以成为一个"理想国"，大家来海边旅游，在民宿和图书馆做义工，去海边做垃圾回收和环保宣传，来换取食宿。最后形成一个没有规则、人人自发保护的精神家园。

让来到大海边的人，既是游子，也是归人。

"如果世界上的一切都是免费的，我们既劳动、又收获，那么我们每个人都能是自由的。"胡桃说，"这就是我的理想国。"

宋好佳第一次听说这样的梦想。

"会有这样的世界吗？"宋好佳呆呆地问，"这样的地方不就是天堂吗？"

"如果只是想，什么都不做的话，就不会有。"

胡桃告诉她，在帕劳的旅游网站里有这样一段话："在大多数目的地，金钱可以买到最好和最独特的体验。我们邀请全世界游客来参观我们最珍贵的自然和文化奇观，但不是根据你的花费多少，而是你对我们美丽又脆弱的岛屿家园有多温柔和尊重。"

"你不觉得，人生也是这样吗？"

漂亮女人凝视大海，风将她的短发吹起，她一双眼异常明亮："对这个世界温柔和尊重的人，会得到最珍贵的事物。"

上了木质的台阶，推开小木屋的门就能看到大海。房间装潢简洁别致，听说里面的家具都是岛上的木工打造的。

房间里没有电视，窗边有一张书桌，上面放着诗集和保护海岛的宣传海报。

下午阳光正好，晒在身上暖洋洋的，男生们放下行李就倒在床上睡着了。只有宋好佳是第一次见到大海，心中兴奋不已，换了拖鞋走到沙滩上。

这日万里无云，沙滩上也没什么人，她还戴着舒也的草帽，坐在椅子上听歌、发呆。

不知道过了多久，一个椰子出现在她眼前，宋好佳抬起头，看到舒也的脸，逆着光，有一瞬间她觉得他变得好陌生，距离自己好遥远。

"你没睡？"

"嗯。"

他在她身边的椅子上坐下来，眯着眼睛喝椰子水，露出心满意足的表情，像猫。

两个人就这样，谁也不说话地并肩坐着，眼前是波光粼粼的大海。

宋好佳想到了好多事，想起他说过的妹妹的事情，她很愧疚，她最想要去的地方，是他一生噩梦开始的地方。

他现在是如何看待大海的呢？还会做噩梦吗？可是话没有问出口，她也学会了，一个体贴的人，是不会打着"关心你"的名义，触及对方的伤口的。

过了一会儿，舒也开口："你的心愿清单呢，还有什么？"

"我看一下。"宋好佳慢吞吞从包里翻出记事本，递给舒也。

舒也一件件看过去，合上记事本。

"去看日落吧。"

"现在？"

"现在。"

"好！"宋好佳开心得哇哇直叫。

看日落的最佳位置在岛的另一侧，民宿里有自行车，宋好佳和舒也一人骑了一辆。

宋好佳很久没有骑自行车，刚开始的时候骑得摇摇晃晃，她心惊胆战。但好在岛上的车辆少，顶多有一辆摩托车呼啸而过。

舒也在她的身后，她的心渐渐放松下来，微热的海风吹在脸上，一边是山，一边是波光粼粼的大海。

海鸥在头顶盘旋，天空澄澈得不见云朵，她偷偷加快速度，车身向前冲，风变得冰凉，闭上眼睛的一瞬间，似乎可以就此乘风飞翔。

在太阳落山前，他们终于抵达了最佳观落日点。在道路的尽头，有一家叫NOT SURE（不确定）的酒吧。酒吧开在悬崖上，面朝大海。Not sure，人生的种种，可不都是这样不确定吗？

老板是一位长着胡子的，看起来四十多岁的大叔，一个人抱着吉他在露天的小台子上唱歌。

他唱的是The Beatles 的*Yesterday*。

Oh, my troubles seemed so far away

Now it looks as though they're here to stay

……

海鸥在空中盘旋,男人的歌声消失在粉彩色的晚霞中。

他自顾自地唱着歌,有没有客人根本不重要。好像天地之间只剩下他和这间矗立在悬崖的小小酒吧。

酒吧旁边有一条栈道,延伸到海中。眼前的太阳渐渐沉落,宋好佳向栈道尽头走去,海风把她的头发吹得凌乱。

她穿了一件粉红色的短袖,上面印了一朵玫瑰。舒也看着她的背影,就像看到一朵玫瑰在风中摇曳。

他的玫瑰,就这样在海风中盛开着。

她一步步走在孤独的桥上,像是去往大海的深处。

下一秒,舒也小跑起来,在宋好佳就快要抵达栈桥尽头的时候,他伸出手一把拽住她的衣服。

宋好佳回过头,撞上男生深深的眼。

"不要往前走了。"他声音沙哑。

宋好佳看着前方的海,想到舒也的妹妹,猜到了他此时的心情。他或许就像害怕失去妹妹一样,失去自己。

对他来说,自己也是很重要的人啊,宋好佳想。

宋好佳点点头,任由舒也拉着自己的衣摆,回到岸边的礁石上。

"你还记不记得,去年夏天的时候,我跟你说我想要去海边。"宋好佳说,"没想到,我真的和你一起来了海边。"

舒也看着她的眼睛:"笨蛋。"

"我小时候最喜欢的故事就是人鱼公主,每次看都会哭得稀里哗啦,"宋好佳看着海边的落日,没头没脑地说起来,"再长大一点,懂事以后,就觉得人鱼公主也太傻了,为什么要牺牲自己成全别人。"

"不知道重新选一次的话,人鱼公主还会不会选择上岸。"

过了一会儿,眼前的夕阳变成一片一片的火烧云,在海上散落开。

沉默了一会儿,舒也开口说:"她或许只是想看看岸上的景色。"

宋好佳一怔。

"为此付出了生命,也可以吗?"

"也可以。"他点头。

宋好佳得到了肯定,心情轻松起来:"是吧,来人间一趟,可以只是为了看看这个世界的漂亮风景。舒也,我现在很快乐。"

他凝视她灿烂的笑容,心想,他也是。他这一生,恐怕不会有比现在更快乐的时光。

天地壮阔美丽,重要的人近在咫尺,仍有美梦可做,就是人生最好的时光了。

宋好佳主动拿出手机:"也爷,我们拍张照吧。"

舒也回过头,还没来得及反应,女生已经比出"V"的手势,"咔嚓"按下拍摄键。

照片里,戴着草帽的女孩笑得两眼弯弯,男生侧过头,看着她。

两人身后,晚霞绚烂,粉紫色的云布满天空。

舒也想到她学生证上的照片,垂着眼,不敢看镜头,也没有笑,大概是怕自己笑起来不够好看。

宋好佳变得爱拍照了。

舒也没有告诉宋好佳,出发前,宋建军单独找到了他。向他讲明了宋好佳的真实病情,希望舒也一路上多照顾她。

舒也沉默很久，问宋建军："你为什么会同意让她出院？"

宋建军看了他一眼，说："换作是你，你也会同意的。"

这一刻，看着对他说"我很快乐"的宋好佳，舒也突然心中一酸，他能为她做的那么少。

晚上回到客栈，两人被秦帅数落了一番，自然是因为他们背着他偷偷去约会。

舒也慢条斯理："既然是去约会，为什么要带上你？"

秦帅无言以对。宋好佳在旁边逗猫咪，装作没有听到。

几人在海边开始了真正的夏日假期。

每天七点钟起床，这时太阳已经从海平面升起，天空变成了暧昧不明的粉红色。宋好佳起床以后第一件事是找猫咪，它们通常已经在庭院的树下等着，虽然不用守着猫咪吃饭，但是宋好佳喜欢这个时刻，在清晨潮湿的空气里，坐在石阶上发呆，等它们吃完饭。

客人不多，只需要提前和客人商量好前台登记的时间，其他时候几个人就一起在沙滩上晒太阳。秦帅比较惨，他的皮肤一晒太阳就容易脱皮受伤，每天都可怜巴巴地在伞下擦很多防晒。

宋好佳天生皮肤就偏黑，她一直记得，小学的时候同桌是一个皮肤白皙细腻的女孩。有一年夏天，她穿了一条白色的裙子，宋好佳惊讶地发现同桌似乎就连膝盖也是白的。

怎么会有这样的事，她回家以后盯着自己黑黢黢的膝盖看了很久，绝望地发现了人和人之间的不同。

但是现在，看着白到没有膝盖的秦帅在阳光下嗷嗷大叫的样子，宋好佳悠哉游哉地喝了一口椰子水。

她喜欢吃椰肉，每天喝完的椰子拿到厨房砍开，用勺子挖肉来吃。

生活在海边的人可真幸福啊，宋好佳一边大口吃着椰子肉，一边看着蓝色的大海想。

宋好佳还在民宿里发现了许多乐器，有吉他、非洲鼓、架子鼓等等，胡桃说是和男朋友全世界旅行的时候收集来的纪念品。

胡桃喜欢宋好佳，选了一把吉他送给她："拿去玩。"

那是一把很漂亮的吉他，上面的木纹清晰，宋好佳第一次拨动琴弦，没弹成功。胡桃笑了笑："多试几次。"

有了吉他以后，宋好佳有了其他打发时间的方法，她坐在沙滩椅上拨弄吉他。

她弹吉他的时候，舒也就躺在旁边打盹。偶尔会跟着她的旋律哼两句，他哼歌的时候声音干净清澈，像是夏日乡间小路上，纯净得没有一丝杂质的天空。

"也爷，"宋好佳用沾满了沙子的脚踹他，"跑调了！"

"不可能！"舒也摘下墨镜，斩钉截铁道。

"跑调了跑调了跑调了！"

宋好佳使用无影腿，踢得他身上全是沙。

夏日晴朗，天空湛蓝，海水几乎透明，沙滩又细又白。

成群结队的小鱼在海中嬉戏。

海水一下下晃荡，装在玻璃杯中的冰块也跟着融化，"咕噜"一声，冒出气泡来。

宋好佳随手把拍到的落日视频放到了社交网络账号上，没想到点击量猛涨，留言也一下子多了一两百条。

宋好佳受到了鼓励，燃起斗志，决定每天都要更新一条、。

第二天一大早，秦帅还打着哈欠，在露天的厨房里做吐司的时候，身边突然冒出来一台手机，宋好佳笑嘻嘻地抢走了他刚刚做好的三明治。

"等我一下！"秦帅偶像包袱很重，抓了抓自己的头发，又摘下他的眼镜，"你重新拍。"

宋好佳偷笑，拿着手机的手抖啊抖。

出了学校以后，宋好佳才发现秦帅确实蛮帅的。他皮肤很白，戴上眼镜的时候一副斯文败类的模样，和不熟的人也不爱说话，冷冰冰的。但是在熟悉的人面前就完全不一样了，摘了眼镜，懒懒散散的单眼皮，个子也高，话又多又密。

余乔白就更紧张了，他正坐在木桌前调相机，一抬头对上宋好佳的镜头，从脸到耳朵根都在发红。

宋好佳再一次感叹："余乔白以后可怎么谈恋爱啊？"

秦帅把刚刚调好的冰镇柠檬茶放在她面前："像小白这种害羞的类型，说不定谈恋爱的时候还是一把好手。倒是你——"

宋好佳循着他的目光看过去，舒也躺在沙滩椅上看小说，他戴了一顶深色草帽，脸上投下一半的阴影，让他的鼻子看起来更加挺拔。

懒懒散散的少年，到了黄色海岸，看起来就像一只酣睡的猫咪。

宋好佳装作没有听懂秦帅的暗示，借了余乔白的相机就四处去拍照录视频了。

等她走远，秦帅收拾完厨房，走到舒也的面前，摘了他扣在脸上的书。

"你妈昨天打电话给我，问我们什么时候回去，说美国那边下个月就要开学了，机票也都给你买好了。"

舒也爱搭不理地"嗯"了一声。

秦帅只好自顾自继续说："还问我，你怎么突然想到来海边？不是都发誓说不回来了吗？"

舒也没有回答，眯起眼睛看着前方海浪。

"最后她还问我，你是不是谈恋爱了。"秦帅面无表情地转述。

这下舒也终于有反应了,傲娇地"哼"了一声。

秦帅一颗八卦的心根本拦不住,问他:"你们现在什么情况?"

舒也转过身背对着他。

出发前,秦帅也问过他这个问题,他每一次面对宋好佳的时候,他眼里看到的,究竟是她,还是他的妹妹,舒嘉。

其实宋好佳自己心里或许也明白,人和人之间的情感如此复杂,他对她的好,或许只是镜花水月。

胡桃的丈夫也在岛上,他是生物学博士,十年前因为海洋环境保护的项目来到岛上,两人在此定居。他们最近在做的项目是在海底种植珊瑚,这是一项非常危险的工作,曾有工作人员险些丧命。两人都十分喜欢这座小岛,于是他保护海洋,她保护岛屿,他们没有生育的打算,决定在这里终老。

宋好佳见过她的丈夫,是一个英俊的男人,他不苟言笑,工作的时候十分严肃认真。有天傍晚,宋好佳在沙滩边看到他和胡桃坐在一起聊天,他们靠得极近,两个人都露出十分放松的笑容。

她在远处按下快门,布满火烧云的天空,深色的海洋,一对爱侣坐在夕阳下,眼里只有彼此。

宋好佳听说他们是学生时代的同学,相识多年,彼此之间比亲人还要熟悉。宋好佳在心底想,如果自己能平安健康地活下去,等到许多年后,她和舒也,说不定也能拥有这样的关系。

想到这里,宋好佳脸慢慢变烫,又若无其事地别过头。

秦帅去报名考潜水证,第一天回来累得半死不活,第二天又满血复活,兴致勃勃给大家讲起潜水时候遇到的海龟和鱼群。

胡桃告诉他们,最开始的时候,这里的环境保护做得不好,后来随着游客素质的提升,海域已经越来越干净。

过了一个星期，秦帅拿到了潜水证，他信誓旦旦说明年还要来，把自己的证书升级成AOW（进阶开放水域潜水员）。

宋好佳的身体承受不住深潜，只能在相机里看着反反复复翻秦帅拍的照片。

胡桃看到宋好佳心心念念的样子，告诉她，如果会游泳的话，可以去试试浮潜，这里的水质很清澈，是著名的浮潜海岛。

下午的时候，舒也从图书馆出来，在沙滩边转了一圈都没看到宋好佳。他在图书馆很受欢迎，本地放暑假的小孩们都来这里写作业，点名要舒也哥哥给他们辅导功课。

舒也自己都没看出来，他到底哪里长了一张优等生会讲题的脸？

等他得了空，到海边吧台里切了个椰子，听到唱片机还在放歌，是宋好佳喜欢的女歌手，却没见到她人。

舒也拿出手机，才看到宋好佳在群里说去海边游泳了。看到这句话，他的心跳加速，浑身血液像是凝固住了。他侧过头向大海望去，明明不久前还一片晴朗的天空，突然乌云密布。

海边的雨季来临了。

这一幕唤醒了舒也内心深处最痛苦的记忆，他只是向大海深处前进了一点点，不知不觉间，海水涨潮，岸边传来急呼："有人落水了——"

再回头，刚刚舒嘉还在的地方风平浪静。

从此他再没有见过他最心爱的小妹妹。

"有人落水了——"

声音越来越大。舒也猛然反应过来，这不是他的记忆，这是此刻正在发生的事！

舒也拔腿向海边冲去。

乌云越来越厚，雨滴打下来。短短的一截路，他却像是怎么都跑不到终点。

"舒也!"

他回过头,看到披着浴巾向自己走来的宋好佳。

最遥远的天边,还有一缕尚未被乌云遮盖的阳光,落在几乎要消失的海岸线上,这是他所见过最美的日落。

他伸出手,紧紧抱住她。

宋好佳被这突如其来的拥抱吓了一跳,等男生的温度传达到她的身上时,她听到了他强烈的心跳声。

他的手越收越紧,肩胛骨突起,再不是平日里无所不能的那个舒也。

"好啦,"她轻声说,"我在这里呢。"

晚上,沙滩上的人渐渐散去,躺在小木屋旁的大摇椅上,可以看到满天繁星。

再过几天就是宋好佳的生日,那也是舒嘉的生日。她已经和秦帅他们约好了,生日那天要去海里浮潜。

她问舒也:"你去不去?"

舒也没有回答。这么多天以来,他从未下过海。

舒也教宋好佳认星星,连成一条线的三颗就是"福禄寿",红色的是火星,因为星星在我们眼里通常只是发光的一个点,而距离地球更近一点的火星,才能看到它本身的颜色。

宋好佳躺在大摇椅上,舒也一边说话,一边帮她推动摇椅,宋好佳惬意得像只猫咪。

舒也讲小时候,全家去旅行,曾看过夜幕低垂,银河横跨其间。那时候妹妹还在,吵着要哥哥给他摘星星。

舒也忽然停下来。

他惊讶地发现，不知从何时开始，他竟然可以心平气和地提起妹妹。那些曾让他痛苦的记忆，如同经历了蛹期的蝴蝶，终于破茧高飞。

蝴蝶高飞的背影，让他想起了，所有不敢回望的记忆，是因为快乐才诞生的。

那个蔚蓝海岸的夏日再次在他脑海重现，这一次，他终于听到了妹妹的声音，她说：哥哥，无论发生什么事，你都一定要，开开心心地活着。

舒也低下头，宋好佳躺在摇椅里，摇摇晃晃地睡了过去。

星光落在她的脸上，他看着她微微颤抖的睫毛，不知她正做着怎样的梦。

但愿是个美梦。

浮潜的时间定在了宋好佳生日的上午，上午光线充足，海水会折射出更复杂美丽的色彩。她特意起了个大早，走出小木屋，却看到舒也已经在露天的吧台边烤三明治。

"早上好。"

他一如既往，扎着小揪揪。穿了一件黑色的背心，露出手臂肌肉的弧线。

宋好佳装作什么都没看到，低头喝奶茶。但随即明白了，舒也这是答应和他们一起去了。

她埋着头，自顾自地笑。

这时，宋好佳的手机响起来，来电显示是"贺千山"，她接起电话，贺千山的声音依旧，清朗温柔，他说："生日快乐。"

宋好佳走到窗边，和贺千山说起话来，她语气轻快，告诉他今天要去浮潜。自从贺千山去了巴黎，两个人之间的关系从明星和粉丝变成了朋友,她不再小心翼翼地崇拜他,他也主动和她分享自己的生活。

舒也撇撇嘴,没说话,但是辫子不服气地晃了晃。

海岛位置得天独厚,最佳浮潜点不算太远。几人在听过注意事项以后,做了热身运动,换上装备就准备下海。秦帅当然是迫不及待,他专门买了一套昂贵的水下相机,甚至没有从楼梯上下去,而是从小船上一头扎下水,激起一圈浪花。

宋好佳穿的是最普通的黑色连体泳衣,胸前有一个小小的蝴蝶结。她看着身下的大海,这是真正的海洋,和沙滩边的浅水区截然不同的深海。

她一时间有点害怕。

舒也从她身后走出,先从楼梯上走下去。他踩在水中,仰起头对宋好佳说:"我接住你。"

宋好佳深呼吸,戴上潜水镜,眼睛一闭,走入海里。

那一刻,她有一种非常奇妙的感觉,仿佛进入了一个崭新的、充满希望的世界。不知道人鱼公主在上岸的那一刻,是否也有同样的感受。

舒也就在她身边,她一转过头,几乎撞上他的胸膛。这是她第一次见到舒也游泳,他长手长脚,在水里比她想象中要自如。那一刻,她想起高一的游泳课,套着小黄鸭泳圈的男生在水里挣扎,体育老师骂他捣乱,她还觉得老师太严苛了,谁说男生就一定会游泳?

没想到,果然是在捣乱。宋好佳不由自主笑了起来,舒也似乎也猜到了她在想什么,也跟着笑起来。

他带着她往礁石边游去,鱼群聚集在水草边,大片大片的珊瑚,随着光的摇曳,折射出不同的颜色。海底世界的美丽让宋好佳目不暇接，阳光落下，金色的光一层一层荡漾开。

世界变得前所未有的安静。

这一刻，宋好佳眼角湿润，喉头微动。

眼前的万物，是她最好的十九岁礼物。好到即便让她就此离开人间，她也觉得没有遗憾。

比起这些美丽安静的生物，人类的寿命已经漫长得像是永生，她应该知足。她凭什么盲目地认为，她比它们更有资格活着？

就在这时，对面的舒也对她做了一个手势。

宋好佳回过头，看到一群海豚从她身边经过。这群被喻为海洋精灵的生物，就这样安静地在距离他们不远的地方前行。

宋好佳不可思议地看向舒也，他目光沉沉，温柔地追随着海豚。

胡桃曾说过，在这里浮潜看到野生海豚的概率在30％左右，不算高，宋好佳也从来没有想过能有这样的运气。

他们安静地目视前方，在海中自由地游动。

天地有大美，而正是因为她做出了向前一步的决定，才得以见到这样的景色。世间美丽，一定是对勇敢者的嘉奖。

见到海豚这件事让众人无比兴奋。胡桃听说以后也很惊讶，宋好佳想，生物的回归，正是胡桃他们一直努力在做的环保事业带来的。

结束了上午的浮潜，他们坐车回客栈，小巴车沿着盘旋的山路行驶，宋好佳坐在舒也的身边，她有点疲惫，没过多久就睡了过去。

她的头一点一点，迷迷糊糊间，靠上了舒也的肩膀，舒也有一瞬间的动弹不得，然后身体微微朝她的方向调整，想要让她更舒服一点。

余乔白坐在两人后排的位置，举起相机，偷偷拍了一张照。

讨厌大海的舒也，终于再一次走入大海。这好像是一件再平常不过的事,但距离他上一次走入大海,已经过了五年。

这五年来的每一个日夜,海浪都在拍打他的心头,直至今日,他看到海豚跃出海面,阳光落在少女的脸上,闪耀着温柔的光明,那愤怒和痛苦,才终于慢慢退潮。

舒也喉头微动,小心翼翼地转过头,看到宋好佳的睡颜,她双眼合上,嘴巴微张,曾经婴儿肥的脸已经开始消瘦,从颧骨处凹下去。

夕阳无限好,只是近黄昏。

只有这一个人,他在心中祈祷,只有她,他不想要再失去。

宋好佳回到客栈,睡了整整一个下午。

她做了一个梦,她梦到自己变成了人鱼公主。她从海底来到沙滩,遇到了晕倒在岸边的王子,她弯下腰,轻声呼唤王子,王子睁开眼,宋好佳才发现他竟然和舒也长得一模一样。

下一幕,王子邀请宋好佳和自己共舞,宋好佳的鱼尾变成了双腿,她踩在白沙上,牵住王子的手。他们一圈又一圈地跳舞,忽然王子停下来,看着她的眼睛,他慢慢凑近她,眼看就要吻上她的眼睛。

这时,太阳从海岸上升起,她发现自己的身体变成了泡泡,渐渐消失。

宋好佳迷迷糊糊醒来,下床穿拖鞋,却不知为什么,没有一点力气,直接从床上摔倒在地。宋好佳费了好大的力气从爬起来。

门外传来敲门声,舒也在叫她的名字。宋好佳忍着剧痛打开门,舒也却一眼发现了她的异样,追问她怎么了。

宋好佳慌忙中找了个理由,说做了个噩梦而已。她不是有意想要隐瞒自己的身体情况,只是在最后一刻来临之前,她还有一点未竟的心愿。

宋好佳几人在日落前出发,骑车去"NOT SURE"。

这段时间以来,他们和老板日益熟悉,余乔白认出了他曾是一名早期摇滚乐队的吉他手。那是一个传奇的乐队，却在红极一时时解散，那时候互联网不发达，大部分人消失以后就很难再被人想起。

老板知道是宋好佳过生日，亲自下厨给他们煎牛排，还开了一瓶自己珍藏的葡萄酒。

大家从冰箱里拿出给她准备的蛋糕，秦帅说漏了嘴，蛋糕是舒也一大早起来借用老板家的厨房，自己做的。舒也的烘焙手艺实在算不上好，一层白色的奶油，上面歪歪扭扭放了大片的芒果，画了一个太阳的笑脸。

宋好佳双手合十，本该许生日愿望的时刻，她却发现心中别无所求。

她在医院写下的心愿清单，不知不觉间已经一一实现，不是没有想过要求健康平安，长命百岁，像个普通人一样。

以前觉得无灾无难、一生风调雨顺的人才叫普通人，现在知道，正是因为命里无常，不能左右之事太多，才叫普通人。

所以平安如意其实是奢望，她觉得现在这样就足够了。

这日依然是珍珠汇聚的好天气，夕阳染了一片橘子海。不知道何时，宋好佳偷偷起身，等到最后一丝夕阳落下，她才再次出现。

她穿上了贺千山送给她的绿色长裙，颈间的珍珠光泽细腻。

她抱着一把木吉他，走在寻常老板坐着表演的露天吧台上，对着大海的方向微微鞠躬。

"今天是我的十九岁生日，我想要送一首歌，给十九岁的自己，和我最喜欢的朋友们。"

夜晚七点，夜幕落下，夜市的灯火一盏盏亮起，海岸线像是蜿蜒的萤火。

海风吹拂着整片天空，红色的火烧云退到了海的那边，晴朗的日子里，抬头可以看见遥远的星星。

旋律响起，这首歌是中岛美嘉的《曾经我也想过一了百了》。

这是宋好佳最喜欢的一首歌，多少个日日夜夜，她独自坐在医院里，听着耳边的歌声，看着窗外的鸟群。

她穿着绿色的吊带裙，坐在吧台的椅子上，抱着吉他，轻轻摇晃着双腿，开始歌唱。

"曾经我也想过一了百了，就因为看着海鸥在码头上悲鸣，随波逐流浮沉的海鸟啊，也将我的过去啄食，展翅飞去吧……"

人鱼公主的故事那样悲伤，但是，如果她不是为了爱情上岸呢？

如果人鱼公主只是一个普通的女孩，生活在海底深处，孤独地长大。

不是为了爱情，她只是想要上岸，看一眼这个辽阔的世界，所以她忍受着疼痛，舍弃了鱼尾，来到人间，走在白色的沙滩上。

阳光落在她的身上，她一步一个脚印地走着，她看到了海平面以上，自由的飞鸟、灿烂的烟花、落雪的街道、连绵起伏的山脉。

"曾经我也想过一了百了，因为生日那天杏花绽放，在那筛落阳光的树荫下小睡……"

不远处的夜空，一簇簇的烟火绽放。"嘭——"人们惊讶地抬起头，看到绚烂的花火映照在平静的海面上，再如流星一样坠落。

她看着周围那么多的人，大家都是因为什么来到海边呢？

为了来到人间，晒一晒太阳，追逐那遥不可及的星。

她闭上眼睛："今日和昨日相同，想要更好的明天，今天就须有所行动……"

舒也看着坐在舞台上的女孩，星光落在她的身上。远处有海浪的声音，集市的喧哗声，烟火的爆炸声，他的耳朵里却只有她的声音。

他曾经是一个怎样的人呢？

他的世界成了一片沙漠，他浑浑噩噩地，过着锦衣玉食的生活，却不知要为了什么活下去。

他觉得自己不配再获得幸福。他将用漫漫余生赎罪，虚度自己的人生，直到死亡的审判来临。

然后他遇到了她。

他没有想过，自己还能再一次爱上这个世界。

她的出现，让他觉得自己是一个有用的人，他被她信任着、依赖着、需要着。其实，是他离不开她。

明明灭灭的烟花落在她的脸上，他再一次看到了她的笑容。

"困在鸟笼中的少年捂住耳朵，与无形的敌人战斗着，他是三坪房间里的唐吉诃德……"

万里之外，贺千山坐在巴黎街头，艳阳高照，鸟儿拍打翅膀，从屋檐这边飞到那头，花神咖啡馆才刚刚开始营业，他面前摆了一本法语入门书，戴着耳机，听着电话那头传来的歌声。

他从小到大和很多女孩一起拍过戏，她们性格各异，但大多都是同龄人中的佼佼者，美丽、优秀，被众星捧月着。

他有些时候远远地看着她们，觉得就像看着无数个自己，走在明亮笔直的道路上，却连痛苦都显得那么精致。

而宋好佳是他认识的女孩里，最普通的那一个。她看见他的时候会手足无措、舌头打卷，但也会和他保持安全距离，小心翼翼不靠近和打扰他。

她有着无数的小烦恼，会在电台读诗，聊自己喜欢的电影。

他偶尔会听到隔壁屋里，她一边打扫卫生一边唱歌。运动会上，他站在人群外，看着她在跑道上，一边流泪一边跑完3000米。他去医院里看她，她坐在病床上笨拙地弹吉他，唱着她想要去海边的心愿，他在门外站了许久。

贺千山从小习惯了被人注视，可是遇见宋好佳以后，他开始学会注视别人。

最最普通的那一个，却也是最勇敢的那一个。她接受自己的命运，并且一直在反抗着，迎难而上。

她就像是一道光，他借着这光，渐渐看清了自己。

他并不是一个特别的人，他没有三头六臂，不能拯救世界，那些巨大的名利、爱意也不过是镜花水月，既是真实，也是幻觉。

他其实也是几十亿人里，最最普通的那一个。

"曾经我也想过一了百了，你美丽地笑着，满脑子想着自我了结，终究因为活着这事太过于刻骨……"

最后的一簇烟花升上天空，宋好佳抬起头，看着无边无际的夜空。烟花就是地上的流星，蜿蜒的灯光就是人间的银河。

"因为有像你一样的人存在，我稍稍喜欢上这个世界了，因为有像你一样的人存在，我开始稍稍期待着这个世界……"

谢谢你们，让我看见了这样美丽的世界。

生日结束以后，宋好佳的身体就像是完成了最后一项任务，一下子垮了下去。她昏迷不醒的那个清晨，众人叫来救护车，医生建议他们还是回到省城，进行最后的治疗。

宋建军听说了，千里迢迢赶来海边，要带女儿回家。虽然只有短短的十几日，但是对宋好佳来说，这一段回忆，好像是人生里多出来的一个平行世界，她在这里已经活了一生一世。

离开前的最后一个夜晚，宋好佳剪完了最后一个视频。有一个素材，是舒也发给她的，宋好佳一个人朝着海边走去，晚霞烂漫，他喊了她一声，她回过头，冲他挥挥手。

她很喜欢那个镜头，来回放了很多次，把它剪在了视频的最后，落日沉下,大海回归黑夜。

宋好佳走到海边,舒也坐在礁石上面,他戴了一顶鸭舌帽,穿着黑色短袖,似笑非笑地看着她。

远处的路灯光落在他身上,照得他一双眼睛如星河璀璨。

宋好佳想爬上礁石,结果脚下太暗,踩到了自己的裙子,她"哇"地大叫一声,差点摔下去。下一秒,舒也伸手拉住她,他的手掌很大,手心温热。就着昏暗的光,宋好佳能看到他修长的手指,还有笔直、清瘦的手臂,独属于少年的骨骼,让她有一瞬间的失神。

舒也微微用力,把宋好佳拉上礁石。高处的风比想象中大,海浪一改白日的温柔美丽,一下下拍打着沙滩。

宋好佳说:"今年冬天,你过生日的时候,我们再回来这里,看冬天的海吧。"

"好啊。"舒也轻声回答。

"啊,不对,那时候你都去美国了吧。"宋好佳有点遗憾,"美国太远了,这片海已经是我去过最远的地方了。"

"我可以回来找你。"他看着宋好佳的眼睛,认真地说。

她被他的目光凝视,心头微微一颤,她想说,好啊,那你一定要回来。可是话到了嘴边,却说不出来。

舒也又再次看出她的难过,扬了扬声,叫她:"宋好佳。"

他的声音在黑夜的风中异常温柔:"和我跳支舞吧。"

"可是我不会跳舞。"

"没关系,你可以把手交给我吗?"

他鞠躬,向她伸出手,请求与她共舞。她将手放入他的手心,她感受到他温柔的体温。他收紧手心,手指划过她的手背。

他像是月光下的骑士,向他的人鱼公主行礼。向前踏步,向后退,一步,两步,三步,她在月光下转圈。

她曾以为，一个人只有足够优秀、美丽，才会被爱，才会拥有灿烂的人生。

她赤裸的脚踩上湿润的沙滩，细碎的白沙，让人痒痒的，让人忍不住想要大笑。

他忽然停了下来，她没有来得及反应，踩上了他的脚，头轻轻撞到他的胸膛。

她抬起头，看到他怔怔凝视自己，他做了一个无声的口型。

"宋好佳，我爱你。"他说。

原来不是这样，宋好佳想。

她听到自己的心跳声，如海浪般涌上，哗啦哗啦，哗啦啦，一浪高过一浪。

原来她可以什么都不做，只是因为她是宋好佳、最普通的宋好佳而被爱。

下一秒，宋好佳踩着他同样赤裸的脚背，踮起脚，吻上他的唇。他的唇是那样柔软，她闭上眼睛。这一切就像是夏日午后，趴在桌子上的一场美梦。

泪水慢慢盈上。

眼前的一切开始变得模糊，那梦也开始摇晃，然后一片一片瓦解。

多么多么想，和你共舞至天明，太阳从我们的头顶升起，照亮蔚蓝色的大海。

如果可以的话，让时间定格在此刻，就能抵达永远。

尾声

从海边回来以后,宋好佳的病情急转直下。或许当时不选择出院,不采取保守治疗,一直躺在医院里,能多出几个月的寿命。但是没有人怀疑过这对父女的决定。

最后的一段日子里,她拒绝见所有人,她希望大家记得的,还是那个健康快乐的宋好佳。她已经不太有力气玩游戏,就在iPad上反复播放《风之旅人》的录像,那个孤独的小人,代替着已经不能行走的她,在广袤的世界里,一步一步向前走。

她知道,人生到最后,一定是孤独的。所以在很多热闹的时刻,在大家一起冲着广播站喊"宋好佳我们爱你"的时刻,在她跑过终点线、躺在草坪上的时刻,在和舒也肩并肩看到初雪落下的时刻,在舞台上看到烟花绽放的时刻……在那些让人从心底里期盼时间能就此暂停的时刻,她都在想,这也会过去。

她闭上眼睛,脑海里的那个自己,伸出手,在无人的世界里起舞。

铺满平原的鲜花随风摇曳,蔚蓝色的大海潮起潮落,候鸟飞过连绵起伏的雪山，广袤无垠的沙漠里群星闪烁……

这美丽而静默的世界里，只有她一个人，不停地旋转、跳跃。

最后一个画面，所有的灯光熄灭，汇聚成又细又窄的一束，她站在播音室的话筒前，深深低头鞠躬。

这个夏天的尾巴，落了一场雨。

黄昏雨停，天边出现了彩虹。

宋建军收到了宋好佳的录取通知书，是她的第一志愿，在一座四季都是夏天的城市，图书馆建在悬崖上，每一天都可以看见大海。

宋建军兴高采烈，像往常一样，招呼也不打一声，就闯入了女儿的房间。

宋好佳安静地躺在床上。

白色的窗帘被风吹得轻轻卷起。

窗外的山坡上，草木茂盛，郁郁葱葱。

她在这个普通的、阳光灿烂的一天里，离开了她深爱的人间。

宋好佳的一生，只有短短的十九年。她没有能见到更广阔的世界，没有等到宋建军再婚，没有看到贺千山获得影帝，没有坐过秦帅开的飞机，没有成为余乔白的女主角。

没有能和喜欢的男孩牵着手慢慢白头。

但是她度过了，一个美丽的人生。

宋好佳离世以后，舒也回了一趟学校。他帮着宋建军整理了宋好佳留下的东西，书和衣服都收拾干净捐赠给山区学校，最后在枕头下发现一封宋好佳留给舒也的信。

离开的那个傍晚，舒也经过宿舍楼下的抓娃娃机，他投了三次币，一次都没有抓中。

校霸同往常一样，靠在樱花树边，翻着肚皮，半眯着眼睛晒太阳。看到舒也，橘猫懒懒散散地叫了一声，舒也走到它身边，看到它背后的树上，刻着女孩的名字。

林中的鸟儿振翅高飞，树影哗啦作响。天空蔚蓝，但是城市里的天空，比起记忆里的海边总是要逊色一点。

舒也蹲在校霸的身前，帮它扫去背上的枯叶，用商量的语气对它说："我们毕业了，你要是愿意，今天就跟我回家吧。"

平日里驰骋校园的胖猫，毫无反应地舔着爪子。

远处篮球场传来少年们奔跑的呐喊声。隐隐约约间，他似乎听到了校园广播站里传来的熟悉的声音。

他等了一会儿，站起身，对它说："那我走了。"

书包搭在少年的肩膀上，剪过的头发又已经长长，像棕褐色的、柔软的云朵。

他手插在校服兜里，松松宽宽的外套，仔细一看，也有了褪色的黄。

时间就是这样不知不觉地消逝。

这一生，多么想要，为你击退所有的苦难。

多么多么想要，再见你一次。

看见你哈哈大笑的样子，和你沿着操场奔跑，和你一起在波光粼粼的大海边唱歌。

再一次，呼唤你的名字。

忽然，舒也听到一声长长的猫叫，他回过头，看到橘猫站起身来，抓着草地，伸了一个懒，然后向自己飞奔而来。

夕阳西下，橘猫的步伐越来越快，它终于来到了舒也的脚边，用头碰了碰他的裤腿。

我想要为了你，再一次、再一次，喜欢上这个世界。
这个你曾存在过的世界。

番外一 向海深处（舒也篇）

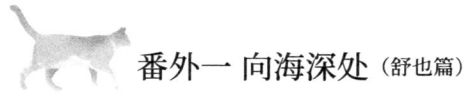

舒也出生的时候，和他父亲交好的大师为他算命，说他是富贵命，生在这样的家族，当然一生荣华富贵，平步青云。

然而大师的下半句说，可惜他福缘浅，慧极必伤，注定了一生漂泊。

舒也母亲忧心忡忡，然而他父亲想得开，说各人有各人的命运。

过了三年，有了妹妹舒嘉。和从小就漂亮聪明的舒也不同，舒嘉样貌平平、天资普通。

舒母为她请来众多名师，钢琴、舞蹈、英语、美术，倾注许多心血，拿到舞台上一比，却总是垫底的那个。反观哥哥舒也，终日不务正业，但是各种考试比赛手到擒来。老师们都偏爱这样的学生，一传十、十传百，舒家小公子的大名远扬。

好在兄妹俩从小关系亲密，并没有因此生出间隙，舒嘉崇拜哥哥，自己做不到的事，哥哥都可以轻松做到，没有什么难得倒他。

春天的时候，花园里的花开了，妹妹坐在石凳上，把植物的名字念给他听，菖蒲、玫瑰、玉兰、姜花、鸢尾、天竺葵……

认得出花园每一株植物的妹妹，却总是被人说愚笨。

这天晚上，舒也合上书房的钢琴，走到母亲面前说："妈妈，你不要逼妹妹了。她这一生，想怎么过就怎么过，不会弹钢琴又怎么样，成绩不好又怎么样，她是我妹妹，我会保护她一辈子。"

舒母看着眼前像树一样挺拔的儿子，想到丈夫说各人有各人的命运，一声叹息，她又何必执念一对儿女都要当最优秀的人？

从此舒嘉迎来自由，她的脸上肉眼可见多了许多笑容。她有一个奇怪的爱好，她喜欢待在花园里画花花草草，她的人物素描画得很差，但是很擅长植物工笔画，没有人教她，无师自通。

不画画的时候，她就跟着哥哥到处跑。哥哥擅长运动，在小区里和同龄男生打棒球，他击球准，跑得快，很快成为整个社区最受欢迎的男生。

他最喜欢的运动是游泳，炎热的夏日，游泳池的水折射出瓷砖的蓝，透明清澈。少年纵身一跃，溅起漂亮的水花。

舒嘉坐在水池边，捧一本漫画书等他。她从小就害怕水，但是喜欢看哥哥游泳，哥哥自由得像大海里的精灵。

舒也十四岁生日，全家去南太平洋的岛屿为他庆生。那日天气晴朗，舒嘉也鼓起勇气跟着哥哥下海。她要升初中了，选的是家附近的一所综合性中学，舒也读的怀川私立是男校，她去不了。

大概是预感到了，和舒也在一起的时间会越来越少，她在学着好好珍惜。

舒也教了她基本动作，叮嘱她只能在岸边玩耍，她戴着游泳圈，冲舒也挥挥手，说哥哥你去吧，我在这里等你。

于是他向海深处游去。

来年春天，院子里的花又开了，他一一看过去，却想不起它们的名字。要是舒嘉在，她一定会嘻嘻笑，然后说，原来哥哥也有不擅长的事情。

舒嘉去世以后，他像是行走于世间的一缕游魂。那两年他过得浑浑噩噩，心灰意冷，恨自己，也恨这个世界。听说人死若心怀思念，便会入生者的梦里。他听到父母提起某日梦到妹妹，可唯独他，从来没有在梦里见过她。

直到夏日的尾声，他漫不经心地走进老师办公室，听到他们在小声讨论教导主任的女儿，说从小生病，又没了母亲，是个可怜的女孩。

她的资料单被风吹落在他脚边，他弯腰捡起来，照片上的女孩，静静看着他，是那样孤独。

很长一段时间，舒也都不明白，宋好佳对他而言，到底意味着什么。

刚开始的时候，他总是下意识把她当妹妹，他怜惜她，想要看她笑，不愿让人靠近她半分。再久一点，他越来越清晰地意识到她不是舒嘉，她们是如此的不同。

她很矛盾，又开朗又自卑，又活泼又内向，这个世界对她有诸多不公平，但她总是心怀善意。她会背着他偷吃零食，会为新长出来的青春痘烦恼，会为了做不出的题目大发脾气，却也会一天不落地去跑步，喜滋滋地叫自己大美女，每天早起背单词。

她是鲜活的、生动的，她热爱这一切，因为她的生命，比别人要短暂许多。

他开始想要见到她，每一天都想要见到她。不再是为了弥补对妹妹的亏欠，而是因为看到她的时候，会让他觉得这个世界充满了色彩。

有个春天的夜晚，下了晚自习，他们同往常一样去跑步。

跑到一半，宋好佳忽然停下来。他循着她的目光看过去，操场旁的一棵樱花树，在这寂静无人的夜里，悄然绽放。

一阵风过，白色的花瓣簌簌落地。

宋好佳张开手臂，像是让那风从她身体穿过。

她回过头，笑着对他说："也爷，我觉得活在这个世界上，真是太好了。"

她的笑容盈盈，眼底似有泪光闪动。

那一刻，他却觉得心如刀绞，他几乎承受不住这生命的暗涌，记忆里的海浪向他席卷而来，几乎就要吞没了他。

身为罪人的他，害死了妹妹的他，竟然也可以感受到这个世界的美好。他心底，那沉睡了多年的春天，似乎就要醒来。

这天夜里，他终于梦到了舒嘉，她说："哥哥，你不要难过了，这不是你的错，是我自己选的。"

那也是他最后一次梦到自己的小妹妹。

十九岁的夏天，舒也再一次来到海边。

从爱上宋好佳的那一天起，他就知道，他会失去她。

他曾愤怒地问过宋建军，为什么不选择继续留院治疗，宋建军沉默了许久，回答他说，是她自己选的。

他陪着她在海边看星星，弹吉他，她一连吃了三天的芒果干，末了，捧着腮帮可劲儿地喊疼。

她生日的前一天，她来找他，问他："舒也，你愿意跟我去到海的深处吗？"

她给了他再一次面对人生的勇气。

在她身边，他渐渐活了过来。再一次有了想要保护的人，可以挡在她的身前，为了她变得更强大。

她离开的那天，是个阳光灿烂的好日子。他一直记得她说的话，不应该有遗憾，已经好好说过了再见。

他带着校霸回家，给它擦干净身体，放上食物和水。猫到了新的地方会害怕，一溜烟就不知道躲去了哪里。他倒是一刻不得闲，打扫卫生、收拾行李，去给花园的植物浇水，身体像是被设定了任务，怎么也停不下来。

那天晚上月圆，世界变得很安静。校霸蹑手蹑脚跳上他的床，蜷缩在他的头顶，呼呼睡去。

他侧着身体，一动不动，终于还是忍不住落下泪来。

同年八月，他和猫一起抵达了西雅图。城市的旁边就是大海，周末的时候，他会独自开车去海边住一夜。

海已经成为他生命里重要的一部分，所有痛苦的、快乐的、灿烂的、悲伤的记忆都变成了海。

第二年春天，西雅图的樱花开了，他从樱花树下走过，看到同龄的女孩在树下拍照，他总是会想起她，她在医院的时候，总是心心念念着樱花何时盛开。

为什么不是其他的花呢，他甚至有点恨意，为什么偏偏要是这样短暂、脆弱的樱花。

他从小就讨人喜欢，上了大学后，经常遇到女生向他表白。他安静地坐在图书馆窗边，看起来就像一个英俊忧伤的富家少爷，让人心生怜惜。但是大家都说，舒也这个人，身上似乎少了点什么，对感情的事总是很不开窍。

在完成了四年的基础学业后，舒也考入医学院，然后四年又四年，他才终于获得医学学位和执照。谁能想到，当初成绩垫底的也爷，成为全班读书最长时间的人。

放假的时候，他会回到海岛，帮胡桃打理她的理想国，给周围的小孩们检查身体，告诉他们，要好好爱惜自己的身体和心。

有一次，有人看到他在客栈里，和一只流浪猫絮絮叨叨地讲话，小猫吃光了他递过去的小鱼干，大摇大摆地走了。他也不恼，好脾气地笑了笑。

看见这一幕的女游客说，没想到，舒也笑起来这么好看。

她们永远都不会知道，十七八岁的他，扎个冲天辫，懒洋洋地趴在桌子上睡觉，和一只大胖橘猫吵架，争地盘。

谁能想到，那个总是笑嘻嘻没个正形的男生，和如今沉默寡言的男人是同一人。

年少的时候，我们都无法想象，会成为什么样的大人。

秦帅博士毕业以后，在母校留任。新生的第一堂课，有人偷拍了他的照片上传到网络，年轻帅气的老师，在网上小火了一阵子。他没有注册网络账号，说是有研究在身上，越来越低调。

余乔白进入一家大型的动画公司，认识了作品改编的原著漫画家，两人感情稳定，相互支持。几年后，他们不顾家人反对，卖了房子，去往日本留学，出了许多佳作。

贺千山27岁的时候，重新找回电影演员的身份，在这之前，他尝试过做话剧演员、书店店员、陶土作人、作家、木工、歌手……无数个他，和唯一的他。这次回归以后，他只以作品与观众见面，不参加综艺、不接受访谈，他一生的修行，才刚刚开始。

他们好像每个人都走在更加宽敞明亮的大道上。

除了舒也。

拿到医学学位以后，舒也回到怀川市，成为一名普通的外科医生。新建的大楼，进口的机械，医院里永远都挤满了人，夜晚他值班，替病人关上窗户，看到窗外的绿树，春天发芽，冬天落叶，他会有一瞬间的恍惚，想到某个落雪的夜晚，她笑嘻嘻地问："舒也，你会喜欢什么样的女孩子啊？"

身边的护士见他发呆，轻唤他的名字，他回过神，安慰旁边的病人，一切都会好起来。

他成了人群里逆流而退的那个人，只想当一个普通医生，升职和加班都不愿意。同事们给他介绍对象，他也都说已经有了心上人。

怀川私立中学进行了改革，变成了男女混合的综合性中学，更名为怀川中学。后来的学子们，在寻找知名校友的时候，找出几人的高中毕业照，怀川私立中学的红瓦墙下，第一排最中央，短头发、圆脸的女孩对着镜头露出羞涩的笑容，站在她身后的男生，在她耳朵后比了两个"V"。

就这样过了十年，有一天，舒也救了一个女孩。是和宋好佳一样的病，医学进步了，当年的不治之症要是换到这时，治愈率能提升很多。

手术结束以后，他从医院离职，几乎独自走遍了全世界。

他一直带着她送给他的那只玩偶兔子。每到一处终点，他就架着相机，把兔子放在肩膀上，拍一张两人的合照。

那是当年他们一起从抓娃娃机里摇出来的玩偶，在那个夏日晚风吹拂的夜晚，他们在路边的KTV机里一首接一首，唱了很多歌。

她在信里说他要代替她去看看全世界，他总算是做到了。

那都是好多好多年前的事了，可是人的记忆真是奇怪，过去得越久，越是清晰。至于离开她以后的这些年，反而模模糊糊，看不真切。

最后一个夏天，舒也回到理想国所在的海边，那是她离开的地方。

胡桃当初设想的理想世界，尚未完成。但是海洋环境有了很大提升，晴朗的天气里，海豚跃出海面，海底大片的珊瑚，守护着这个乐园。

这个世界不会有天堂，但是我们可以消除地狱。

他的手机里，播放着她剪辑的最后一个视频。他闭上眼睛，对着空荡荡的沙滩鞠躬，像是在发出约会的邀请。

一步，两步，抬头旋转。时隔六十年，他已经头发花白，再不是当初的翩翩少年，若是黄泉路上再相见，不知道是否还能相认？

海水涨潮，浪花一次次拍打礁石，那些已经褪色的记忆，也在他的心中汹涌。那几乎溢出心间的思念，让他无法再承受。

女生的青涩、稚嫩的声音响起来。

时光好似倒流几十年，阳光灿烂的海边，她抱着吉他，轻咳了一声，开始唱："等一个自然而然的晴天，我想要带你去海边。"

耳边传来少年憨笑的声音："宋好佳，你走调啦！"

"要你管！"她凶巴巴地皱起眉头，"听我唱完啦。"

海水涌上，拍打着沙滩，女孩的声音渐渐微弱。

"就当是最后一次、再一次和我去冒险。"

那所有的，闪着光的岁月，都成为过去。

他一个人记得就好。

给舒也：

今年凋落的樱花，明年还会再开。可是明年的时候，我已经不在这个世界上了。

可是你不要为此伤心，我是为了让你感受到幸福才写了这封信。

第一次见到你的时候觉得你气势很足，一定是那种长得很好看，但是脾气很大的小少爷，还担心会被你欺负。

没想到最后是你，成了我生命中最重要的人。

在遇见你以前，我是一个又普通又别扭的人。

明明想要和爸爸好好相处，却总是吵架；明明想要瘦一点，却怎么也管不住自己的嘴；想要努力学习，却总是抱怨自己不够聪明；明明想要被人喜欢，却偏要摆出一副享受孤独的样子……这就是遇见你之前的我。

因为遇见了你，我知道了，人只要坦率地面对自己的心就可以了。

每次想要退缩的时候，你都会从看不见的地方走出来，站到我的身边。你举手说想要和我成为同桌，在游泳池里逗我笑、给我放烟花。

谢谢你，比谁都要坚定地选择了我。让我回忆起这趟人生之旅，会不知不觉露出笑容。

我曾经讨厌这个世界，它为什么对我如此不公平。

因为你的出现，我开始喜欢自己，开始被很多很多人喜欢，我那颗冰冷孤独的星球上，开出了花。

谢谢你教会了我爱。

你带着我实现我的心愿清单，虽然每个人都会面对死亡，但是至少我学会了痛痛快快地活着。

虽然一想到有一天，你会爱上别人，和陌生的人开始一段新的人生旅途，我就会有一点不甘和不舍，但是也只能这样啦！

但是我和你一起度过的三年时光，17岁在学校操场飘落的樱花，18岁隔着医院的窗户看到的雪花，19岁在海上绽放的烟花……这些重要的回忆，是只属于我和你的。

因为时间不能倒流，所以，我比谁都要珍惜，和你在一起的每一分每一秒。也爷，答应我，在我离开以后，也要像现在一样，开开心心地活下去，好吗？

舒也，谢谢你，带我看见了大海。

这个世界，还有许多我尚未看见的美丽天地，你就代替我，去看一看吧。

若能一直去向海的深处，一定还有更广阔的人生，在等着你。

能遇见你真是太好了。

舒也，我喜欢你，这一生都不会再改变了哦。

哈哈，最后做了一个很帅气的人。

P.S. 最后一个心愿，请你不要忘记我。

19岁的宋好佳

番外二 人生在世（宋建军篇）

宋好佳离开以后，宋建军又继续在怀川工作了18年，60岁的时候，他正式退休。

这个时候，他最初的一批学生早已经结婚生子，带着小孩来上高中，在教学楼碰到宋建军跟他打招呼。

宋建军照例不冷不热地点点头，一声不吭，看着过去的学生离开的背影，也只有这个时候，他才会难得地多在走廊上站一会儿。

没多久，风吹起的时候，樱花花瓣会随着风飘过来，落在宋建军的肩膀上。

他似乎浑然不觉，只是拿着保温杯，佝偻着背，走进办公室里。

要在同一个地方待几十年可不是一件简单的事，宋建军早就学会了各种摸鱼的办法，他总是蝉联网络斗地主冠军，高处不胜寒，宋建军每次看到屏幕上弹出来的奖杯，都会觉得有点寂寞。

学校给他举行了退休仪式，说是仪式，其实也没有什么特别的，在一周工作大会的最后上台，发表了一篇不算精心但是也很精心准备的演讲。

在演讲的最后,他说,我很舍不得这座美丽的校园。

宋建军嘴里说着舍不得,第二天就卷着铺盖,去买了一辆全新的红色摩托车,开始了他计划了十年的退休之旅。

他详细地规划了他的摩托车之旅,对大大小小的危险路段、各种餐厅饭馆的价格了如指掌。他这个教导主任虽然业绩不佳,但是做回地理老师这个本行的时候,又拿出了无与伦比的专业性。

半年后,他如愿以偿,抵达了南方的一座小镇,遇到了一座破烂不堪的古庙。他在小镇里住了下来,盘了一个客栈,5间房,自己改水电、做装修,平时不算太忙,但是也不愁饿肚子。

宋建军没事的时候总爱上庙里溜达,用自己的退休金修修古庙,他的客人们总以为那里是个名胜古迹,一来二去,寺庙也有了香火。

宋建军和周医生谈过一段恋爱,看起来是八竿子打不着的组合,失去妻女的中年男人和发誓不结婚的女人。

没想到他们竟然意外地很合适。他们在医院附近的公园约会、散步,一起看电影,不住在一起。周医生也喜欢喝酒,两个人炒一盘花生,能喝一晚上。

偶尔还会提到宋好佳,周医生说很想念她,宋建军不说话。

这个世界上,记得宋好佳的人不多了。她是个讨人喜欢的小姑娘,只是她自己不知道。

过了两年,周医生单位派她去上海进修,她说这事的时候,两个人就在宋建军的教师公寓喝酒。阳台的窗户望出去,可以看到一轮淡淡的月亮。

宋建军难得下厨,做了一碗煎蛋面,蛋煎得金黄,但是盐放多了,等周医生吃完,他就说,咱俩算了吧。

周医生点点头,她依然不打算结婚,宋建军更是没有这样的想法,两个人清清爽爽地分开,从此再也没有见过。

生命是为了经历，而不是求一个结局，反正每个人结局都一样。

说来也奇怪，宋建军的人生充满了意外，少年时代大哥意外身亡，读完大学以后父母相继离世，和妻子离婚、女儿生病，前妻离世、女儿病逝，亲朋好友们也纷纷离开，可以说，死亡充满了他的人生，他像是活在某个诅咒里。

没想到，他人生的最后一段会过得如此平静。

每年过年的时候，有个长相英俊的年轻人会来客栈看他。他穿白色的羽绒服，看起来像是落在山里的雪。

年轻人每次上门都提着大包小包的东西，给宋建军带点好酒和过冬的衣物。客人们都猜测这是宋建军的儿子，但是两个人外貌实在不像是父子，年轻人个高、寸头，笑起来阳光灿烂，十分讨人喜欢。

他每次来，还带着一车的烟花，就在宋建军的院子里，把烟花全部放干净。

烟花腾空的时候，宋建军和他各自站在一处，也不说话，就静静看着夜空。那么多斑斓的颜色在遥远的地方炸开，映照得人间璀璨。

明明灭灭的光落在两人脸上，像是一些无声的回忆碎片。

年轻人来的第一年，在院子边遇到一只待产的狗，他陪着宋建军把它带去医院。它生了四只小狗，宋建军嘴里说着要送人，却翻了些旧衣服给它们搭了个窝，母子们就此住了下来。

不知道又过了几年，连新出生的小狗们都过了壮年，宋建军已经老得走不动了。

山中的云每一天都不同，太阳下山的时候，山边会镶上一层金边，天空会变成粉红色的海洋。

在这样的时刻，宋建军会坐在院子里，放点音乐发呆。

每一天的这个时候，他都会想起他的女儿，曾经和他一起生活过的女儿。

"爸爸以后一个人可怎么办哦。"她总是很担心，自己离开以后，宋建军一个人过得孤苦伶仃。

"呸，"宋建军斜睨她，"老子以后过得好得很。"

人在上了年纪以后，对于死亡的看法就会改变，宋建军不怕死，只是总是想起很多过去的事。

那时候女儿还小，说想要去游乐园，他总是答应说，下一次、下一次带她去游乐园。有一天，学校里女同事说要带小孩去玩，要不要一起。女儿很开心，每天都在期待那个周末的来临。可是出发前，他被学校的事务绊住，只能让她跟着同事一个人去。

等他处理完工作，去到游乐园，听同事们说女儿不见了。他在雨中四处寻找，终于在乐园的大门口找到了她。她孤零零蹲在那里，看到宋建军的一瞬间，一双眼睛亮了起来。

那一刻，宋建军在心底对自己说，这辈子，他再也不会丢下她一个人。

活到最后，他耿耿于怀的，是那日他没有陪女儿一起去游乐园，没有和她一起坐旋转木马、她最喜欢的摩天轮，还有过山车、激流勇进……以为还有无数个未来，以为那只是稀松平常的一天。

一个阳光灿烂的春天午后，院子里栽的樱花树开了，狗子们趴在宋建军的腿边睡觉，这是全心全意信任他的姿势。

宋建军坐在树下的摇摇椅上，头一点一点打着瞌睡。

老子好得很呢，他在心底倔强地说。

你在那边也要好好的，听到没有。

如果有来生，我们继续做父女。

后记

今年春天,我搬家了。

在天还没有亮的时刻起床写稿,看书,跑步,逗猫咪,窗外鸟儿自由自在地飞翔和歌唱。

楼下的花园开了不同的花,我吃过饭后会在那里坐一会儿,把这世界上的万物都当作朋友,和它们说话、分享我的时间,就不会觉得孤独了。

我要把在这里写过的每一本书,都献给它们,万物静默却坚韧。

我发现,我的人生,是在一次次的放弃里变得更快乐、更自由的。

痛苦当然并未消失,世界上没有一劳永逸消除痛苦的办法。听说人生有三件事无法摆脱:痛苦、不确定性和永无止境的努力。

或许正是因为这如影随形的命运,才让我们前行,去追寻昙花一现的快乐和幸福。

我常常在想,到了人生的终点站,我会看到什么呢?我是否也能同宋好佳一样,看到一片一望无际的、波光粼粼的大海?

我是不是能看到这些年自己所有走过的路、做过的选择，一次次被痛苦击中，又一次次靠着这个世界的善意站起身继续向前。

我是否能面带笑容地写完最后一本书，跳完最后一支舞，平静地向这个世界鞠躬告别。

其实我们可以选择自己的活法，对吧？

"岁月系列"里的第一本，《岁月忽已暮》讲述的是追寻，不断向前，就能看见更广阔、美丽的人生；《致岁月迢迢》讲述的是勇敢，一生一次的爱情；《岁月有神偷》讲述的是对生命的热爱，一个叫宋好佳的普通女孩的人生。

在这个互联网时代，人似乎被分成了两类，一类是闪闪发光、被无数人追捧的博主，还有一类，是他们的followers（关注者们）。宋好佳仰慕贺千山，是因为他受到万千人喜爱，他可以站在世界的舞台上大放异彩，她认为，像她这样普通平凡的女孩，只能成为台下的观众，远远地看着那些被选中的人。

我们都只有独自翻越过千山，才能看到世界的中心，从来都不在他方，它就是我们自己。

舒也是我非常喜欢的男主角，因为他看到了这个孤独的她，告诉她，我们一起去创造属于你的舞台吧。

爱是在心中种下一棵树，或许有一天，我们会离开此地，会去到更远的地方，可是某年某月的某一天，那棵亲手种下的树，会在我们的宇宙里枝繁叶茂，如期盛开。

我们每个人都有被看见的渴望，被看见，被理解，被接纳，被拥抱。正视自己的欲望，然后勇敢地去书写自己的人生吧。

一个小姑娘跟我说，她喜欢看我写的书，因为自己的青春太普通太平凡，而书里那些美好灿烂的故事，可以弥补她的遗憾。

我们定义自己的青春普通、平凡，是因为我们那时候只是小孩和学生，在学校和家之间徘徊。

考试进步了一点、在校门口碰到了喜欢的男孩，可能就是这一段时间里的波峰，考砸了、和朋友吵架了，就是有伤心好几天的波谷。

但是如果再长一点，二十七岁以前都算是青春的话，会突然发现，原来自己生命中已经发生过好多好多的事。

考上了大学，第一次去看live house（小型现场演出），去电影院打工，和朋友一起去海边，谈恋爱了，分手了，一个人去旅行，考研成功了，面试失败了，终于找到了人生第一份工作，开始独居，学会了做饭，拿到了驾照……

好多好多的高点和低点交织，不同的时刻、不同的人、不同的心情，让原本规律的曲线变得张牙舞爪。我们看着墙上的这幅画，歪着头，心想：嚯，这个人的青春，看起来还蛮复杂的哦。

二十七岁以后呢？

二十七岁前的一切，说不定只是在做热身运动，接下来还有几十年的时间，要走很多很多的路，继续创造自己的人生。

等到老去的时候，这一树沉甸甸的果实，一定比我书里写过的故事还要美好、灿烂。

所以，不是"普通而平凡"，是"虽然没能拯救世界，但还是独一无二的我的人生"。

我曾经想过，要不要改写故事的结尾。但是创作这个故事的初衷，正是"人生苦短，要活在当下，好好地爱自己，去创造属于自己的故事"。

我们每一个人的生命都是有限的，它一定会在某一天结束。

这趟旅程，重要的不是终点，而是沿途风景多么美丽，在下一个路口遇到同样风尘仆仆的旅人，一起并肩走过一段路，告别的时候好好说了再见。

等到生命结束的那一天，能够心满意足地说，我越过了千山，潜入过大海，见过樱花是如何盛开，在星空下翩翩起舞，在烟花绽放的时候表白过我的心，我曾用尽全力地奔跑，我看到了风的形状。

我用这渺小的一生，去追寻过自由，去抵抗过世界的虚无、黑暗和永无止尽的欲望。我或许没有战胜它，但是我也没有低头认输。

这个故事讲述的就是这样一段旅程：无论人生有多坎坷、多无常，发生了多么糟糕痛苦的事情，也请你一定要喜欢自己。

我很喜欢现在的自己，希望你们也是。

忘记种过的花，重新出发吧。

我们下一本书再见。

为纯粹的乐趣而读